盲戀

徐訏文集

小說卷

導言　彷徨覺醒：徐訏的文學道路

陳智德

「個人的苦悶不安，彷徨無依之感，正如在大海狂濤中的小舟。」[1]

——徐訏〈新個性主義文藝與大眾文藝〉

在二十世紀四、五十年代之交，度過戰亂，再處身國共內戰意識形態對立夾縫之間的作家，應自覺到一個時代的轉折在等候著，尤其在當時主流的左翼文壇以外，被視為「自由主義作家」或「小資產階級作家」的一群，包括沈從文、蕭乾、梁實秋、張愛玲、徐訏等等，一整代人在政治旋渦以至個人處境的去與留之間徘徊，最終作出各種自願或不由自主的抉擇。

1 徐訏〈新個性主義文藝與大眾文藝〉，收錄於《現代中國文學過眼錄》，台北：時報文化，一九九一。

一

一九四六年八月，徐訏結束接近兩年間《掃蕩報》駐美特派員的工作，從美國返回中國，直至一九五〇年中離開上海奔赴香港，在這接近四年的歲月中，他雖然沒有寫出像《鬼戀》和《風蕭蕭》這樣轟動一時的作品，卻是他整理和再版個人著作的豐收期，他首先把《風蕭蕭》交給由劉以鬯及其兄長新近創辦起來的懷正文化社出版，據劉以鬯回憶，該書出版後，「相當暢銷，不足一年，（從一九四六年十月一日到一九四七年九月一日），印了三版」[2]，其後再由懷正文化社或夜窗書屋初版或再版了《阿刺伯海的女神》（一九四六年初版）、《烟圈》（一九四六年初版）、《蛇衣集》（一九四八年初版）、《幻覺》（一九四八年初版）、《四十詩綜》（一九四八年初版）、《兄弟》（一九四七年再版）、《母親的肖像》（一九四七年再版）、《生與死》（一九四七年再版）、《春韮集》（一九四七年再版）、《一家》（一九四七年再版）、《海外的鱗爪》（一九四七年再版）、《舊神》（一九四七年再版）、《成人的童話》（一九四七年再版）、《西流集》（一九四七年再版）、潮來的時候（一九四八年再版）、《黃浦江頭的夜月》（一九四八年再版）、《吉布賽的誘惑》（一九四九再版）、《婚

[2] 劉以鬯〈憶徐訏〉，收錄於《徐訏紀念文集》，香港：香港浸會學院中國語文學會，一九八一。

事》（一九四九年再版），[3]粗略統計從一九四六年至一九四九年這三年間，徐訏在上海出版和再版的著作達三十多種，成果可算豐盛。

《風蕭蕭》早於一九四三年在重慶《掃蕩報》連載時已深受讀者歡迎，一九四六年首次結集成單行本出版，沈寂的回憶提及當時讀者對這書的期待：「這部長篇在內地早已是暢銷一時的名著，可是淪陷區的讀者還是難得一見，也是早已企盼的文學作品」[4]，當劉以鬯及其兄長創辦懷正文化社，就以《風蕭蕭》為首部出版物，十分重視這書，該社創辦時發給同業的信上，即頗為詳細地介紹《風蕭蕭》，作為重點出版物。徐訏有一段時期寄住在懷正文化社的宿舍，與社內職員及其他作家過從甚密，直至一九四八年間，國共內戰愈轉劇烈，幣值急跌，金融陷於崩潰，不單懷正文化社結束業務，其他出版社也無法生存，徐訏這階段整理和再版個人著作的工作，無法避免遭遇現實上的挫折。

然而更內在的打擊是一九四八至四九年間，主流左翼文論對被視為「自由主義作家」或「小資產階級作家」的批判，一九四八年三月，郭沫若在香港出版的《大眾文藝叢刊》第一輯發表〈斥反動文藝〉，把他心目中的「反動作家」分為「紅黃藍白黑」五種逐一批判，點名

---

[3] 以上各書之初版及再版年份資料是據賈植芳、俞元桂主編《中國現代文學總書目》、北京圖書館編《民國時期總書目，一九一一－一九四九》。

[4] 沈寂〈百年人生風雨路——記徐訏〉，收錄於《徐訏先生誕辰100週年紀念文選》，上海：上海社會科學院出版社，二〇〇八。

批評了沈從文、蕭乾和朱光潛。該刊同期另有邵荃麟〈對於當前文藝運動的意見——檢討．批判．和今後的方向〉一文重申對知識份子更嚴厲的要求，包括「思想改造」。雖然徐訏不像沈從文般受到即時的打擊，但也逐漸意識到主流文壇已難以容納他，如沈寂所言：「自後，上海一些左傾的報紙開始對他批評。他無動於衷，直至解放，輿論對他公開指責。稱《風蕭蕭》歌頌特務。他也不辯論，知道自己不可能再在上海逗留，上海也不會再允許他曾從事一輩子的寫作，就捨別妻女，離開上海到香港。」[5] 一九四九年五月二十七日，解放軍攻克上海，中共成立新的上海市人民政府，徐訏仍留在上海，差不多一年後，終於不得不結束這階段的工作，在不自願的情況下離開，從此一去不返。

二

一九五〇年的五、六月間，徐訏離開上海來到香港。由於內地政局的變化，其時香港聚集了大批從內地到港的作家，他們最初都以香港為暫居地，但隨著兩岸局勢進一步變化，他們大部份最終定居香港。另一方面，美蘇兩大陣營冷戰局勢下的意識形態對壘，造就五十年代香港文化刊物興盛的局面，內地作家亦得以繼續在香港發表作品。徐訏的寫作以小說和新詩為主，

5 沈寂〈百年人生風雨路——記徐訏〉，收錄於《徐訏先生誕辰100週年紀念文選》，上海：上海社會科學院出版社，二〇〇八。

來港後亦寫作了大量雜文和文藝評論，五十年代中期，他以「東方既白」為筆名，在香港《祖國月刊》及台灣《自由中國》等雜誌發表〈從毛澤東的沁園春說起〉、〈新個性主義文藝與大眾文藝〉、〈在陰黯矛盾中演變的大陸文藝〉等評論文章，部份收錄於《在文藝思想與文化政策中》、《回到個人主義與自由主義》及《現代中國文學過眼錄》等書中。

徐訏在這系列文章中，回顧也提出左翼文論的不足，特別對左翼文論的「黨性」提出質疑，也不同意左翼文論要求知識份子作思想改造。這系列文章在某程度上，可說回應了一九四八、四九年間中國大陸左翼文論的泛政治化觀點，更重要的，是徐訏在多篇文章中，以自由主義文藝的觀念為基礎，提出「新個性主義文藝」作為他所期許的文學理念，他說：「新個性主義文藝必須在文藝絕對自由中提倡，要作家看重自己的工作，對自己的人格尊嚴有覺醒而不願為任何力量做奴隸的意識中生長。」[6]徐訏文藝生命的本質是小說家、詩人，理論鋪陳本不是他強項，然而經歷時代的洗禮，他也竭力整理各種思想，最終仍見頗為完整而具體地，提出獨立的文學理念，尤其把這系列文章放諸冷戰時期左右翼意識形態對立、作家的獨立尊嚴飽受侵蝕的時代，更見徐訏提出的「新個性主義文藝」所倡導的獨立、自主和覺醒的可貴，以及其得來不易。

《現代中國文學過眼錄》一書除了選錄五十年代中期發表的文藝評論，包括《在文藝思想

[6] 徐訏〈新個性主義文藝與大眾文藝〉，收錄於《現代中國文學過眼錄》，台北：時報文化，一九九一。

與文化政策中》和《回到個人主義與自由主義》二書中的文章，也收錄一輯相信是他七十年代寫成的回顧五四運動以來新文學發展的文章，集中在思想方面提出討論，題為「現代中國文學的課題」，多篇文章的論述重心，正如王宏志所論，是「否定政治對文學的干預」[7]，而當中表面上是「非政治」的文學史論述，「實質上具備了非常重大的政治意義：它們否定了大陸的文學史論述」[8]，徐訏所針對的是五十年代至文革期間中國大陸所出版的文學史當中的泛政治論述，動輒以「反動」、「唯心」、「毒草」、「逆流」等字眼來形容不符合政治要求的作家；所以王宏志最後提出《現代中國文學過眼錄》一書的「非政治論述」，實際上「包括了多麼強烈的政治含義」。這政治含義，其實也就是徐訏對時代主潮的回應，以「新個性主義文藝」所倡導的獨立、自主和覺醒，抗衡時代主潮對作家的矮化和宰制。

《現代中國文學過眼錄》一書顯出徐訏獨立的知識份子品格，然而正由於徐訏對政治和文藝的清醒，使他不願附和於任何潮流和風尚，難免於孤寂苦悶，亦使我們從另一角度了解徐訏文學作品中常常流露的落寞之情，並不僅是一種文人性質的愁思，而更由於他的清醒和拒絕附和。一九五七年，徐訏在香港《祖國月刊》發表〈自由主義與文藝的自由〉一文，除了文藝評論上的觀點，文中亦表達了一點個人感受：「個人的苦悶不安，徬徨無依之感，正如在大海狂

[7] 王宏志〈心造的幻影——談徐訏的《現代中國文學的課題》〉，收錄於《歷史的偶然：從香港看中國現代文學史》，香港：牛津大學出版社，一九九七。

[8] 同前註。

濤中的小舟。」[9]放諸五十年代的文化環境而觀，這不單是一種「個人的苦悶」，更是五十年代一輩南來香港者的集體處境，一種時代的苦悶。

三

徐訏到香港後繼續創作，從五十至七十年代末，他在香港的《星島日報》、《星島週報》、《祖國月刊》、《今日世界》、《文藝新潮》、《熱風》、《筆端》、《七藝》、《新生晚報》、《明報月刊》等刊物發表大量作品，包括新詩、小說、散文隨筆和評論，並先後結集為單行本，著者如《江湖行》、《盲戀》、《時與光》、《悲慘的世紀》等。香港時期的徐訏也有多部小說改編為電影，包括《風蕭蕭》（屠光啟導演、編劇，香港：邵氏公司，一九五四）、《傳統》（唐煌導演、徐訏編劇，香港：亞洲影業有限公司，一九五五）、《痴心井》（唐煌導演、王植波編劇，香港：邵氏公司，一九五五）、《鬼戀》（屠光啟導演、編劇，香港：麗都影片公司，一九五六）、《盲戀》（易文導演、徐訏編劇，香港：新華影業公司，一九五六）、《後門》（李翰祥導演、王月汀編劇，香港：邵氏公司，一九六〇）、《江湖行》（張曾澤導演、倪匡編劇，香港：邵氏公司，一九七三）、《人約黃昏》（改編自《鬼戀》，

[9] 徐訏〈自由主義與文藝的自由〉，收錄於《個人的覺醒與民主自由》，台北：傳記文學出版社，一九七九。

陳逸飛導演、王仲儒編劇，香港：思遠影業公司，一九九六）等。

徐訏早期作品富浪漫傳奇色彩，善於刻劃人物心理，如〈鬼戀〉、〈吉布賽的誘惑〉、〈精神病患者的悲歌〉等，五十年代以後的香港時期作品，部份延續上海時期風格，如《江湖行》、《後門》、《盲戀》，貫徹他早年的風格，另一部份作品則表達歷經離散的南來者的鄉愁和文化差異，如小說《過客》、詩集《時間的去處》和《原野的呼聲》等。

從徐訏香港時期的作品不難讀出，徐訏的苦悶除了性格上的孤高，更在於內地文化特質的堅守，拒絕被「香港化」。在《鳥語》、《過客》和《癡心井》等小說的南來者角色眼中，香港不單是一塊異質的土地，也是一片理想的墓場、一切失意的觸媒。一九五〇年的《鳥語》以「失語」道出一個流落香港的上海文化人的「雙重失落」，而在《癡心井》的終末則提出香港作為上海的重像，形似卻已毫無意義。徐訏拒絕被「香港化」的心志更具體見於一九五八年的《過客》，自我關閉的王逸心以選擇性的「失語」保存他的上海性，一種不見容於當世的孤高，既使他與現實格格不入，卻是他保存自我不失的唯一途徑。[10]

徐訏寫於一九五三年的〈原野的理想〉一詩，寫青年時代對理想的追尋，以及五十年代從上海「流落」到香港後的理想幻滅之感：

10 參陳智德《解體我城：香港文學1950-2005》，香港：花千樹出版有限公司，二〇〇九。

多年來我各處漂泊，
唯願把血汗化為愛情，
遍灑在貧瘠的大地，
孕育出燦爛的生命。

但如今我流落在污穢的鬧市，
陽光裡飛揚著灰塵，
垃圾混合著純潔的泥土，
花不再鮮豔，草不再青。

海水裡漂浮著死屍，
山谷中蕩漾著酒肉的臭腥，
潺潺的溪流都是怨艾，
多少的鳥語也不帶歡欣。

茶座上是庸俗的笑語，
市上傳聞著漲落的黃金，

戲院裡都是低級的影片，
街頭擁擠著廉價的愛情。

此地已無原野的理想，
醉城裡我為何獨醒，
三更後萬家的燈火已滅，
何人在留意月兒的光明。

「原野的理想」代表過去在內地的文化價值，在作者如今流落的「污穢的鬧市」中完全落空，面對的不單是現實上的困局，更是觀念上的困局。這首詩不單純是一種個人抒情，更哀悼一代人的理想失落，筆調沉重。〈原野的理想〉一詩寫於一九五三年，其時徐訏從上海到香港三年，由於上海和香港的文化差距，使他無法適應，但正如同時代大量從內地到香港的人一樣，他從暫居而最終定居香港，終生未再踏足家鄉。

四

司馬長風在《中國新文學史》中指徐訏的詩「與新月派極為接近」，並以此而得到司馬長風的正面評價，[11]徐訏早年的詩歌，包括結集為《四十詩綜》的五部詩集，形式大多是四句一節，隔句押韻，一九五八年出版的《時間的去處》，收錄他移居香港後的詩作，形式上變化不大，仍然大多是四句一節，隔句押韻，大概延續新月派的格律化形式，使徐訏能與消逝的歲月多一分聯繫，該形式與他所懷念的故鄉，同樣作為記憶的一部份，而不忍割捨。

在形式以外，《時間的去處》更可觀的，是詩集中〈原野的理想〉、〈記憶裡的過去〉、〈時間的去處〉等詩流露對香港的厭倦、對理想的幻滅、對時局的憤怒，很能代表五十年代一輩南來者的心境，當中的關鍵在於徐訏寫出時空錯置的矛盾。對現實疏離，形同放棄，皆因被投放於錯誤的時空，卻造就出《時間的去處》這樣近乎形而上地談論著厭倦和幻滅的詩集。

六七十年代以後，徐訏的詩歌形式部份仍舊，卻有更多轉用自由詩的形式，不再四句一節，隔句押韻，這是否表示他從懷鄉的情結走出？相比他早年作品，徐訏六七十年代以後的詩作更精細地表現哲思，如《原野的理想》中的〈久坐〉、〈等待〉和〈觀望中的迷失〉、〈變

[11] 司馬長風《中國新文學史（下卷）》，香港：昭明出版社，一九七八。

幻中的蛻變〉等詩，嘗試思考超越的課題，亦由此引向詩歌本身所造就的超越。另一種哲思，則思考社會和時局的幻變，《原野的理想》中的〈小島〉、〈擁擠著的群像〉以及一九七九年以「任子楚」為筆名發表的〈無題的問句〉，時而抽離、時而質問，以至向自我的內在挖掘，尋求回應外在世界的方向，尋求時代的真象，因清醒而絕望，卻不放棄掙扎，最終引向的也是詩歌本身所造就的超越。

最後，我想再次引用徐訏在《現代中國文學過眼錄》中的一段：「新個性主義文藝必須在文藝絕對自由中提倡，要作家看重自己的工作，對自己的人格尊嚴有覺醒而不願為任何力量做奴隸的意識中生長。」[12]時代的轉折教徐訏身不由己地流離，歷經苦思、掙扎和持續的創作，最終以倡導獨立自主和覺醒的呼聲，回應也抗衡時代主潮對作家的矮化和宰制，可說從時代的轉折中尋回自主的位置，其所達致的超越，與〈變幻中的蛻變〉、〈小島〉、〈無題的問句〉等詩歌的高度同等。

*陳智德：筆名陳滅，一九六九年香港出生，台灣東海大學中文系畢業，香港嶺南大學哲學碩士及博士，現任香港教育學院文學及文化學系助理教授，著有《解體我城：香港文學1950-2005》、《地文誌——追憶香港地方與文學》、《抗世詩話》以及詩集《市場，去死吧》、《低保真》等。

12 徐訏〈新個性主義文藝與大眾文藝〉，收錄於《現代中國文學過眼錄》，台北：時報文化，一九九一。

目次

癡心井

一

那還是抗戰的時期，我同余道文都住在重慶李子壩一家報館裡。那裡的交通相當不便，在上清寺下公共汽車，到李子壩還要走許多路，碰到停電的日子，如果天又下雨，那麼那一段泥濘黑暗的公路實在不好走，使人感到又淒涼又害怕。因此我總希望有一個同伴，路上可以談談話，而余道文則是最理想的伴侶，這因為他有口才，在這樣的場合上，談到隨便哪一件事，他總是有許多話可說的。

有一次，就在那一段路上，不知怎麼，我們忽然講到女子的愛情，我說：

「現在的女孩子都已沒有愛情，好像都太實際，所以我們同她們來往，覺得都沒有什麼味道。」

「這不很好麼？要癡情幹麼？你真是古怪，要女孩子癡情。我最怕癡情的女孩子，同她們來往，一定要出事情。」

「沒有癡情，就不會有愛，彼此見面只是說說不誠懇的笑話，走開了大家忘去，以後這些笑話說頻了，千篇一律，那還有什麼趣味。」

「但是你不知癡情女子的可怕，弄得不好，不是自殺，就是殺人，什麼樣的愛，弄得不好都變成了恨。」余道文抽上一支煙又說：「我可怕有人愛我。」

「你好像傷害過對你癡情的女孩子。」

「啊！我沒有。但是我們家專多出癡情的女孩子，她們沒有一個有好結果的。」余道文於是滔滔不絕非常流利地講下去了：「我們家你知道那時候是在杭州，是舊式的大家庭，房子很大，正屋有十幾個院落，大院套著小院，叫做漪光樓，外面有一個大花園，有老式的亭臺樓閣，像紅樓夢大觀園一樣。我有一個表姑也住在我們那裡，她同我一個堂叔非常要好，後來我堂叔出門就商，在外面結婚成家，我的表姑慢慢地就有精神病了。那時候我們家祖的古玩小擺設很多，有一個珊瑚雕成的心刻得很講究，中間打開來，一面刻著林黛玉焚稿的畫，一面刻著黛玉的葬花詞，刻得很細很細。不知怎麼，這東西落在我表姑的手裡，她一直藏在懷中，見了人就拿出那顆心問：『你看見過這東西沒有？你有這東西沒有？』」

「那時候她幾歲了？」

「才十九歲。」余道文說：「她的病後來越來越厲害，常常不睡覺，一個人到園中月下去哭，有人去勸她睡覺，她就從懷裡拿那顆珊瑚的心說：『你看見過這東西沒有？你有這東西沒有？』再後來，她一個人的時候，也常捧著那顆珊瑚的心，自己問自己的說：『你看見過這東西沒有？你有這東西沒有？』她病了十幾年。三十二歲那年，她投井死了，有人說是她自殺，有人說是她失足，總之我們家裡第二天才發現她的屍體，她懷裡仍舊懷藏著那顆珊瑚的心。」

「你看見過她麼？」

「自然，」余道文說：「不過她十九歲的時候，我才六歲，在我的印象中她長得實在漂亮。真是紅顏薄命。」

「那麼是你堂叔不好，辜負了她的癡情。」

「那時候也沒有戀愛，我堂叔恐怕還比她年輕，小孩子，兩個人青梅竹馬，自然很好，但後來出門就商，沒有再想到她，也是很自然的。還有一樣，就是我堂叔是一個很普通的人，一點沒有這樣風流自賞，自作多情的性格，於我表姑也不怎麼配的。」

余道文說完了亮了一下手電筒。我以為他的故事完了。但是忽然他又說：

「她死了竟變成了鬼。」

「鬼？」

「他們說多情人陰魂不散。」余道文說：「我父親就是被她駭死的。」

「你父親不是心臟病死的麼？」

「是啊，就是被鬼駭的。」他說：「那是一個中秋的夜裡，我們照例有祭祀，祭畢家庭裡大家聚聚，父親也喝了點酒，看看月亮，睡覺已經不早，但半夜間他忽然聽到花園中有女人的哭聲，他以為是哪一房的女人同丈夫吵架在外面哭了，他一個人就溜出去看，他聽那哭聲越來越清楚，但是尋不見人，他一直走到井邊，忽然聽見後面有人的聲音，他一回頭，就看見我那個跳井自殺的表姑站在他面前，據說還是同生前一樣漂亮，婀娜的身材，嫵媚的面容，只是面色悽白，嘴唇發青，我父親吃了一驚，但是他是一個膽子很大的人，他正想定神同她說什麼的時候，她忽然從懷裡摸出一顆血淋淋的心說：『你看見過這個沒有？你有這個沒有？』」

我們正走在一面是山一面是荒野的地方，四面漆黑，腳下泥濘，頭上灑著細雨，有十月的寒風吹來，我不禁有點害怕起來，四周望了望。我說：

「血淋淋的心？」我聲音有點顫抖。

「是啊，她掏出來竟是真的人心。」余道文說，忽然看看我問：「你怕麼？」

「你講下去吧。」

「我父親膽子可大，他知道她是鬼，但他想一把拉住她。可是他抓了一個空，腳一滑，就倒下去，險些兒掉在井裡。等他從地上爬起，他只看見皓月當空，樹影繽紛，四顧茫茫，孑然一身，這時候，據說他才真的害怕起來，奔到裡面，就病倒了。」

「真有這樣的事？」我說：「那麼以後這鬼魂還出現過麼？」

「以後，在夜裡，我們也常常聽見女人的哭聲，但是我們再沒有人敢出去，所以也沒有人再看見她過。」

「現在你們還有誰住在那房子裡？」

「我們是大家庭，有很多房兄弟，常常外面有事情了，就搬出去；外面維持不下，就搬回來，我也弄不清楚，這次日本人到杭州，據說漪光樓都住了兵，不知道怎麼樣了。」

一時間我們沉默了，天還是下著雨，腳下泥滑不堪。四周沒有一點聲音，我感到一陣冷，拉緊雨衣。

余道文忽然又說：

「真奇怪，我們那裡長大的女孩子，總是這個典型，又聰敏，又美麗，帶著感傷的趣味，憂鬱的情調，很小就愛詩詞，對音樂繪畫都有過早的直覺，對大自然又特別的敏感。但是沒有一個結局是幸福的。」

「我想你們的女孩子都沒有進近代的學校吧。」

「怎麼沒有，大多數都進杭州最好的中學，但這沒有用，她們都不愛運動，不活潑，有的到南京北平去進大學，總還是想念家裡。」

「但是你不是這樣的氣質。」

「奇怪的就是我們的男孩子個個都不是這樣，後來我們家裡甚至對於女孩子極力要她們去玩，不許她們看詩詞小說，但是沒有用，她們自然而然都傾向這個典型，有人說這是風水關係，有人說是我那個表姑的影響。」

大概是已經快到報館，我們好像沒有再說什麼。

以後，我們從來沒有再談起這件事，我也一直沒有機會想起他同我講過的這個故事。

二

抗戰勝利後，我回到上海，余道文回到杭州，我們沒有通信，但我知道他在一家報館裡做社長。春假裡我們到杭州去玩，住在大華飯店。那年運氣很壞，天一直陰晦，雨忽停忽下，我們玩得很不痛快，有一天夜晨我忽然想到余道文，我到報館裡去看他，他非常熱誠的招待我，要我到家去多住幾天。我告訴他同許多親戚一同來的，幾天就要回去，下次如果一個人來，一定到他家去。他於是約我第二天到他家去吃中飯，他寫給我一個地址，還告訴我如何搭車。當時我看他很忙，我就告辭出來。我一個人走到街上，天忽然又下起雨來，幸虧我帶著雨衣，街頭非常冷落，天氣不好，又是夜間生意清淡，店鋪也多打烊，附近沒有車子，而我因為想買一點香煙同幾份報紙，所以就散步出來，忽然我想到余道文以前在重慶同我講的故事，那麼他現在是不是仍在那個房子裡呢？我竟後悔剛才沒有問他。

第二天天還是一樣，灰色的天空始終不開太陽，時而雨，時而陰，地上永遠是溼的。我們上午去遊湖，十一點半的時候，我一個人在岳墳上岸，在那面可以搭公共汽車到洪春橋，余道文的家就在洪春橋下去不遠，當時我想知道余道文的房子，比吃飯還放在我的心上。

原來余道文的家是占這麼大的地皮，泥磚的矮牆圍著少說說也有七八十畝，站在公路上可以看到牆內，裡面樹木蔥蘢，但是看不見房子，也不見什麼亭臺樓閣。泥牆已經圮坍多處，我沒有看見門，就從缺口裡走了進去，進去正是竹林，裡面雜草盈尺，泥濘不堪，我本想退出來另尋大門，但發現旁邊是一條石砌的小徑，我就循著小徑進去，那時雨已停了，但從竹葉上還不斷的滑下水滴，滴在我的身上，林間鳥聲悉索，我走這去，就驚動了它們，它們就飛到別的枝上，叫了起來；走出竹林，是一片瓦礫，我四面看看，竟沒有一個人可以詢問，也沒有房子可以使我假定裡面有人，可以讓我探詢。那麼難道是我走錯了地方，佘道文並不住在這裡？我心裡猶疑著但還是走過去，再回轉去也有許多路，我希望我可以從別處繞出去。

我踏過那片瓦礫，前面是碧綠的樹林，它不但擋住了我的去路，也擋住了我的視線，我想繞到樹林那邊去張望張望，忽然看到了一個古舊的亭子，伸在樹叢的上面，我就向著亭子走去，小徑曲折，雜草叢生，兩旁矮樹灌木，點綴著紅白黃紫的花朵，這引起我幽然離世之感，倒像是來遊玩一樣，我就慢慢地踱過去。就在快到亭基的地方，我看到路邊一個磚砌的平臺，上面是一個圍著兩尺高石圍的古井，不知怎麼，這馬上使我想到了佘道文以前告訴我的故事，那麼這口井是不是就是他表姑自殺的地方？這裡是不是他父親見鬼的地方？一時間我心裡也有點害怕，但是好奇心似乎強過我的怕懼，好在是白天，於是我就走上平臺到井邊去看去。井裡是黝黑的，水很低，裡面非常清晰地照出我自己的面容，我彎下身子，我故意的笑了笑，影子也笑了，而同時也發出了我假笑的回音。這使我感到一種奇怪的淒涼與寂寞。我站起來，想離開這口古井向亭子走去，但是突然在在我後面不遠的地方我竟看見了一個女孩子站著，是一個十八九歲的姑娘，身材非常苗條，圓圓的臉，扁薄的嘴似乎帶著笑容，正亮著一對烏黑的眼球望著我。我吃了一驚，我鎮定一下自己，正想採取一個什麼行動或者說一句什麼話時，她一返身忽然跑了，她穿的是月白竹布衫，下面是黑生絲的褲子，她搖擺著兩條長長的烏油辮子在樹叢中消失了。

難道是鬼？我想。但是她倒並沒有拿出血淋淋的心問我：「你看見過這東西沒有，你有這東西沒有？」

望著吞沒這個後影的樹叢很久，我才想到我要急於碰見余道文，急於知道這是不是余道文的住處。我走向亭基，亭基很高，有倒敗的石級可以讓我上去，一到上面，我馬上看到前面展開著雜亂的果木，豆棚與瓜畦，在遠處有三五所平房，粉刷很新，亭子的左面也隱約地可以看到一些的平房，似乎敝舊了一些，在兩組平房中間，疏落樹林裡可以看見殘牆斷垣，大片的瓦礫與顛倒的石塊。我決定一直向粉刷很新的平房走去，我相信余道文大概是住在那面，如果不在，我也可以在那邊打聽。

亭子的頂瓦已經不齊全了，但石柱還很完好，地上砌著磚，已顛亂不平，石柱上刻著一副對聯，字跡也已不明，細看像是「且留殘荷落葉，諦聽雨聲；莫談新鬼舊夢，泄漏天機。」我穿過亭子，走下亭基，天忽然又下起雨來，是泥路，非常濘滑難行，離亭基不遠，兩旁是荷塘，荷葉已經浮在水面，雨灑在上面，悉索發聲，中間是一座板橋，蹊蹺朽殘，我很怕滑到池塘裡去。但走過了板橋，路就漸寬，比較好走，但仍使我想到在重慶時我們從上清寺到李子壩的那段路。

在我沒有走到那幾間平房前面，我就看到余道文站在門口，我知道他正在等我，他一見就說：

「你怎麼從那面過來？」

「我找不到你正門，就從圍牆缺口地方進來的。」我說：「好難走。」

「昨天我忘告訴你，你下了車應當從支路來，第一個門就是。」

不錯，我站在他平房的平臺前就可以看到裝在圍牆上的正門，圍牆雖舊，但門很新。我說：

「新裝的？」

「這房子也是我新弄的。」余道文說：「日本人把漪光樓都燒了，我一回來，沒有辦法，就利用那面倒坍了的材料，造了這幾間房子。」

「你真聰敏，弄得很好。」我說。

那是工字形的三間平房，前面是一個平臺，房子不高，窗戶很大，但都裝了紗窗。我們走進了左面的一間，裡面陳設非常簡單，桌椅都是藤器，只有一張寫字臺是老式紅木的，放在窗下，還有一架雜亂的書籍，占了很大地方。他於是帶我到了後窗，後窗外面有一株很大的樹，也種了一些草花，隔著這個自然形成的小園，是兩間平房，余道文告訴我那是廚房。他於是帶我去參觀另外的兩間房子，寢室裡我發現了女人的物件，我說：

「怎麼？你結婚了？」

「無所謂。」

「沒有請吃喜酒。」

「根本沒有什麼舉動。」余道文說。

「是誰呀？」我馬上想到他在重慶的那幾個往還的女朋友，我知道我都認識的。

「你不認識的。」

「我不認識的？」

余道文忽然打開後窗說：

「波吾！你怎麼不出來？」

等我回到他左首廚房，余道文招呼我在一把藤椅上坐下，遞給我一支煙。這時從後面進來一個很清秀的女人，手裡拿了兩杯茶，余道文說：

「這就是徐先生，這是內人，她叫葉波吾。老朋友，不要客氣。」

「先讓我看看新娘子。」我說。

葉波吾有非常清秀的面孔，前額很開闊，下面稱尖，眉毛淺淡，但根根見底，眼睛非常清澈，眼珠嫌小，但眼白碧清，沒有一點點雜色，小巧的鼻，小巧的嘴，小小的耳朵，什麼都是纖小的，但身軀不矮，只是瘦怯怯的顯得纖弱。她一點沒有化妝，也沒有打扮，穿一件白色淺黃花的布旗袍，她遞我一杯茶。

「這麼漂亮的太太。」我說：「也不請吃喜酒。」

葉波吾笑了笑，坐在我與余道文的旁邊，她掀動她小巧的嘴唇說：

「我們是鄉下人，你不要見笑。」

「余道文是我的弟弟。」我說：「你可不要當我外人。」

「徐先生我久仰了，道文也一直同我講起你。」

「道文，你倒好，你有這樣的一個情人，一直不告訴我。」

「我同她路上才認識的。」

「什麼路上。」

「你自己坐飛機回來，我是從陸路搭公路車來的。」

「啊，早知道陸路上有這樣漂亮的太太可找，我怎麼也不坐飛機了。」我說：「怎麼，你們一見面就相愛了。」

「我們沒有談什麼戀愛，抗戰九年，大家都疲倦了，差不多，合得來，我們就決定結婚了。」余道文說。

「徐先生沒有結婚？」葉波吾問。

「結婚，先要有這樣幾間乾乾淨淨的房子。」

「你上海呢？」余道文說。

「上海的房子，頂費很高，我還不是住在父親那裡，弟妹多，地方小，親戚往還雜，我連東西都沒有法子寫。」

「杭州也是，房子很難找，所以我自己蓋了幾間，好在還有點倒下來的舊材料。」余道文又說。

「徐先生其實也可以住在這裡來。」葉波吾笑著說。

「真的。」余道文忽然說：「你也可以到這裡造幾間平房，我們空地很多，那面倒下來的磚瓦也都可以利用，用不了多少錢。」

「那麼我先要找一個太太。」我笑著說。

這時候後面有人叫波吾，葉波吾就出去了。我於是就問余道文，這是不是那次在重慶同我講的那個房子。

「啊，我同你講起過？」

「怎麼？你忘了。」我說：「那天我們從上清寺到李子壩去，天下雨，路很難走，又碰著停電，你在路上同我講的。」

「是，是，」他說：「不過你不要在我太太面前講，她膽子小，現在已經常常說怕，知道這故事，她更不要住了。你知道，我出去了，她總是一個人在家裡。」

「你沒有孩子？」

「沒有。」他說：「不過我有一遠房的親戚，在這裡幫忙，洗洗衣服，同她作作伴。」

「你講的那口井，你說你表姑自殺的地方，是不是就是那面亭子下面那一口。」

「是呀，你怎麼知道？」

「我剛才從那裡走過來的。」

「所以我把房子造到這裡來，離開遠一點。」

「怎麼，難道現在也鬧鬼？」

「不見得，不過她們還說現在夜裡也常有女人的哭聲，總之知道了這件事情總有點什麼，所以最好是不知道。」

「剛才我從井邊走過，我去望一望，真奇怪，一轉身我看見了一個女孩子……」

「胡說八道，」他笑著說：「我都忘了，你怎麼還記得我講的故事。這一定你心理作用。」

「大白天怎麼我心理作用。」我說：「那女的大概十八歲，穿一件月白竹布的短襖，黑生絲褲子，拖著兩條長長的烏黑的辮子，看得清清楚楚的，又不是晚上。」

「啊，那是銀妮。是我一個族妹，他們就住在那面幾間平房裡。這幾年來她一直在這裡。」

「她家裡有誰？」

「她有父親母親，她有一個哥哥，是軍人，抗戰時候在內地，勝利了回來一次，現在到東北去了。」余道文很平淡的說：「現在聽說很好，抗戰時候，後來匯兌不通，家裡一度很苦，全靠這裡種一點東西生活。」

「銀妮在讀書？」我說。

「去年起沒有讀，身體不好，一累就生病。」余道文說。

就在這時候，忽然一個五十多歲的女人在後窗口說：

「吃飯了。」

余道文站起來了對我說：

「吃飯，吃飯。」他接著又說：「她就是銀妮的姑姑，我們都叫她五姑，一個孤孀，住在銀妮家裡，現在在我們這裡幫忙。波吾也幸虧有她作作伴。」

吃飯就在中間一間，桌上就只有兩付杯筷。我說：

「你太太呢？」

「她同五姑一同吃。」

「這怎麼回事？一同吃不好麼？我又不是外人。」

「隨便她們，一定是五姑不肯來，波吾也不來了。」他說：「算了，我們吃酒，她們坐著也不舒服。」

菜很豐富，我們喝了兩瓶啤酒，談談過去在重慶的生活，老朋友在一起，辰光很容易過去；吃了飯，回到書房裡，波吾還燒了咖啡出來，我於三點鐘告辭，余道文說同我一同進城。不知怎麼，我竟有奇怪的欲望，很想再見銀妮一次，所以我提議一同到那面繞一個圈子再走。

「啊，路很難走，」余道文說：「全是破房子，有什麼可看的。」

但是我堅持著要去看看，余道文於是就陪我同去。但是他並不帶我向亭子走，他帶我走到斷牆殘垣瓦礫堆前，余道文告訴我這就是漪光樓的舊址。我看到裡面倒敗的磚瓦斜成起伏的小山，總占了好幾畝的地方，有未倒的牆，未枯的大樹，還伸在瓦礫堆上顯得非常難看。我們就在邊緣走去，於是走進了樹林，越過樹林，我們就到了那另外幾間房子，余道文站住了說：

「銀妮她們就住在那邊。」

雨大了起來，前面的路似乎很溼，我雖然很想過去，但是余道文說：

「路很難走，我們還是從正門出去，下次你來也容易走點。」

我似乎沒有理由堅持到那邊房子去，就跟著余道文走了回來。

三

那次在杭州，大概又住了兩天，我沒有再去看余道文。回上海後，寫了一封信給他，沒有什麼事，只是告訴他我已經回上海。因為很匆忙，沒有再去看他，好像他也沒有回我信。以後我們也沒有什麼消息來往。

可是，四月底，余道文到上海來，他突然到我家裡來看我，他說他住在滄洲飯店。

「你太太呢？」我問。

「她在杭州，沒有來。」他說：「我不是來玩的，我兩三天就要到南京去。」

當時我請他在來喜飯店吃飯，他同我談到他不想再幹那報館的事情，錢少，人事複雜，官場交接麻煩，沒有意思。他說南京有一個大學請他去擔任新聞系主任，他這次就是想去看看，如果合適，他也許順便就看看房子，他想帶太太搬到南京去住。他又說到他的性格似乎還是近於教書，辦報館於他總不相宜，最後他說到如果他擔任了這個新聞系主任，問我是不是肯到南京去教書。我告訴他我對於教書沒有興趣，而我正計畫寫幾本新書，很希望可以平靜地工作，只是住在父親那裡，地方小，人多事雜，總是不能寫什麼。吃了飯以後，我又到他旅館去坐一會，我們談到很晚，但不外乎社會上人事上的種種，似乎也扯到政治經濟以及國際的糾紛等等，始終沒有談到別的。

好像第二天我又去看他一次，他出去了，第三天打電話去問，說他已趕去南京；此後又是一直沒有他消息，我也不知道他究竟有否決定到南京去做事。一直到兩星期以後，我忽然接到他從杭州寄來一封信。

在那封信裡他先告訴我已經決定到南京去，又說到我的生活不入軌道，總不是辦法，於是他勸我搬到杭州，說他的房子可以給我住，而他相信這是一個較好寫作的環境。他似乎怕我不好意思，又詳細地說他雖然可以把房子頂去，但他不想那麼做，因為說不定半年一年後他們仍舊又要回到杭州，怕到時候收不回房子。所以，這雖說是請我去住，實際上還是講我代管房子，如果他們回杭州，我反正一個人，住在他那裡也毫無問題。於是他說到如果我不去住，他也是要請別的朋友，但他也不願他那裡住有太太及許多孩子的人家，把他的房子糟蹋了。總之，這是互助兩利的事，絕不是只為幫我忙。最後他說到如果我接受他的提議，先寫信給他，並且於五月底以前一定搬到杭州去，因為他就要動身了。

余道文這封信寫得非常誠懇，而我又十分需要一個可以寫作的地方，因此我就決定接受了他的提議。他接到我的信，來信表示非常快慰，並希望我可以早點搬去，大家在那面可以敘幾天。以後又來信催我早去，說他因為南京的房子關係，要早點搬去了。

我於五月二十一日到了杭州。余道文已經什麼都準備好，說專等我到，他就要動身了。

現在我知道他太太葉波吾的家裡在南京，葉波吾似乎也住不慣杭州，尤其是余道文的房子，葉波吾雖然不知道那裡曾經鬧鬼，但仍感到有點害怕；在幫忙的五姑雖然同她很好，但因為生活不同，言語隔閡，也不能十分投機。恰巧杭州的報館有點麻煩，而南京又有機會，所以葉波吾主張搬到南京去，而她在那面，也進行了一個職業，她本在鐵道部做過事情，現在她又可以進去了。

他們同我共住了三天，余道文說五姑仍舊願意為我管家，如果我喜歡的話。這當然是我求之不得的事情。第二天夜裡余道文還備了一些菜，他請來了銀妮同她的父母，為我介紹。這一次五姑同葉波吾和大家都在一桌吃飯了。

余道文稱呼銀妮的父母叫三叔與三嬸，我也跟著稱呼。三叔是一個六十四歲的老年人了，面孔很清秀，養著鬍子，人很瘦，高高的個子，但一點沒有屈背，精神非常健旺；三嬸雖也過了六十，但胖胖的，看來似乎只有五十歲；五姑則是一個有點像葉波吾的典型，但從她們面貌想像起來，她年輕時候一定比葉波吾還要秀麗。三嬸與五姑都很少說話，三叔則同我談點世界的情形，他問我是否喜歡著圍棋，在這裡沒有事可以到他那裡去下棋去。

銀妮自然是我最注意的人物，她有一個圓形的微扁的臉，扁薄的嘴唇似乎經常帶著笑容，大大的眼睛，像都被烏黑的眼珠所占據，非常流動，似乎有點含羞，這點剛剛同葉波吾相反，葉波吾的眼珠特別小，而常常愛凝視在空虛裡似的。銀妮膚色很健康，是道地的鄉下女孩子的顏色。她的頭部說話時常愛搖動，二條長長的髮辮非常有趣。這當然是一個活潑好動的典型，我想起余道文過去所講的他們家的姑娘的傳統的性情，似乎並不在銀妮，而倒是在他太太葉波吾的身上。銀妮很少同我們說話，但葉波吾則以很大方的大嫂的身分在招呼銀妮。我很想找句話同銀妮談談，於是就提到上次來時在井邊看到她，她看見我就逃跑的事。銀妮忽然張大了眼睛，堆下兩個笑渦很爽朗地說：

「啊，那天就是你？」

「怎麼，你不認識我了。」

「我那天沒有看清楚。」她說：「我只看見後影。」

「你一跑倒駭我一跳。」

「你也駭我一跳。」銀妮說：「我們很少有人到那面去。」

這時三嬸忽然看銀妮一眼，搶著說：

「我們這裡有五六個井。那面一個太遠，總不去用它的。」

我也就不再說什麼。

吃了飯，三叔一家就回去了，五姑忽然同銀妮說：

「他們到南京去，徐先生一出門，我可只有一個人了，你可要常常來陪陪我。」

銀妮笑了笑，沒有回答，就跟著她父母走了。

第三天夜裡，三嬸備了菜叫我們去吃飯，我帶我上海帶來的兩條香煙，兩匣巧克力糖去送他們。

這是我第一次走進銀妮家，房子比余道文要深大，每間前後隔成兩間，完全是古老的舊式的，後窗外還有很大的空地，兩面有矮平房，正面是圍牆，有門，外面像還住著農家。他們的房間裡面擠滿東西，都是些講究的笨重的家具，三叔告訴我都是從倒了的正屋裡撤出來的，還有許多沒有搬出來更大更好的家具，都被日本兵當柴燒了。

裡面有長長的紅木的陳桌，上面放著大大的花瓶，雜亂的古玩；有龐大的紅木書櫥，櫥裡放著雜亂的中國書，我大概張了一張，發現許多中國醫書。我問三叔，他告訴我這是他自己要用的。許多書都毀了，還有一些不全的他在抗戰時賣去了，比較完整的他存放在後面閣樓上，他一再叫道文來理理，但是道文又懶又忙，總發興不起。

「三叔對於中醫很有研究。」道文忽然說：「你住在這裡，有什麼病痛可以請教三叔。」

我有病雖是不喜歡看中醫，但當時當然客氣地說：

「那好極了，我一個人住在這裡，許多地方都要打擾三叔三嬸的。」

吃飯的時候到了，菜很豐富；他告訴我許多蔬菜都是他們自己種的。他說他還喜歡種花卉果木，他現在有二十幾盆珠蘭，叫我白天裡來看，他還有七十六種菊花，秋天裡他可以送我一些。

飯後已經不早，余道文照著手電筒，我們一同從三叔家出來，他走在前面，我走在後面，中間是波吾與五姑，那天天氣絕好，天空碧藍，正是陰曆十八九的樣子，月色仍是豐滿，而繁星熠熠，這園林似乎顯得特別美麗，又仍使我們看得清一切，我說：

「還照著手電筒幹麼？」

「你有沒有電筒？」余道文滅了手電筒說：「你住在這裡，這東西可不能不備。」

「我想落雨天我也不會出來。」我說：「天晴，也用不著手電筒。」

那正是晚春初夏的天氣，樹叢裡有間歇的蟲聲，田野間已經鼓起輕微的蛙聲，星光月光在樹梢閃著銀色，夜鳥還未入睡，發出偶然的喘息。有清微的五月的和風吹來，我感到特別醉人。

「當心蛇。」余道文忽然又亮了一亮手電筒說。

走出樹叢，有較寬的路，波吾走到余道文的旁邊，她挽著余道文的手臂，這時候我望見了那個亭子，它站在那星光之下，似乎還是很完整的，同它旁邊一些樹木配合，與稍遠的竹林連成了一個神祕的曲線，月亮好像就鑲在那曲線的邊緣，這給我一種奇怪的美感。我說：

「我們到那面繞著亭子過去，好不好？」

「有什麼可繞的。」余道文說。

「月亮很好，我們多散散步不好麼？」

「徐先生真是詩人。」葉波吾說著，似乎是諷刺，有點不同意我的提議。

「那邊池塘邊板橋多難走。」五姑也反對我的提議。

我當然也不再堅持我的意見，跟著余道文走，余道文拉緊了葉波吾在談什麼，隔著五姑，我在後面當然聽不清楚。

走到漪光樓舊址前面，踏著顛亂的石頭瓦礫時，葉波吾忽然說：

「走到這裡總有點怕。」

「所以我勸你繞著亭子走。」

「那面更怕。」葉波吾說：「我搬到這裡，只去過一次，不知怎麼，白天裡我都感到一種淒涼與恐怖。還有那亭子裡的對聯，給我印象很深。」

「對聯？」我說。

「你沒有看見亭住上那對聯？」余道文說：「留得殘荷落葉，諦聽雨聲；莫談新鬼舊夢，泄漏天機。」

「這有什麼，上聯像是義山還是放翁的詩句，這有什麼可怕？」

「我自己也不懂，」葉波吾說：「總好像給我一種恐怖的暗示，配這個景色，望著這裡的殘牆斷垣，好像是聊齋志異的背景。」她更緊的靠緊了余道文。

「你也太想入非非。」余道文開亮了手電筒說著，腳步似乎放快起來。五姑在我的面前，低著頭直走路，一句話也不說。我看他們好像都有點害怕，就說：

「道文，你應當花一點錢，把這地方整個整理整理。」

「這得花多少錢！」他說：「我們本來想完全把它賣去，太大，沒有人要。」

回到家裡，開亮電燈，五姑忽然說：

「要是我一個人，我真不敢回來。」五姑說著走了出去。

「這有什麼可怕。」我說：「為什麼你們膽子小得這樣。」

「你不知道。」余道文對我說：「五姑親眼看見日本人在那面殺死過好些人。」

「啊？」葉波吾忽然叫起來：「你怎麼一直沒有告訴我，道文？」

「不要害怕。」道文安慰波吾說：「告訴你你更不敢在這裡住了。」

「那麼你現在何必說出來呢？」我說。

「現在我們要到南京去了。」余道文說著笑起來：「你反正膽子很大。」

四

余道文夫婦終於離杭去京。動身的一天，我到車站送他們，在車站上，我就碰到了兩個熟人。他們告訴我許多熟朋友都在杭州，並且熱心地邀我吃飯，說大家敘敘。

果然我在隔天的宴會裡碰到許多朋友，從那些朋友中，又知道一些朋友在杭州。杭州是一個很小的地方，這樣一應酬，我安居寫作的計畫就不能像理想一樣的實行，事實上我也是不慣於整天孤獨生活的人，所以有時候也常常進城。余道文的房子離市區遠，來看我的人不多，如果我不出去，我永遠有一個很清靜的環境。但使我住在那裡感到安詳舒服的，則還是五姑對我的照拂與慈愛，她幾乎把我當作她自己的孩子一樣，她非常愛清潔，近於怪癖，開始的辰光，我弄亂了地方，只要我一出去，甚至只是在外面散步，她就進來把一切安頓成原來的整潔，弄得我以後只好自己當心起來。後來我們熟了，她就像我母親一樣來叮囑我。我想這些也許就是使葉波吾不能同她投機之處，但是對我這樣的單身漢，則是一種溫暖。這因為配合這個的是她對我的關心。她會燒很可口的菜，我們一起吃飯，但她總是不肯多吃我愛吃的菜；她珍惜一切的物資，我一直是一個人，許多小東西，譬如襪子，破了也就丟了，但是她為我補綴得非常精巧，叫我再穿；在夜裡，我有時候要寫作，她在睡前，看我在做事情，總是預備了點心，叮嚀我睡前必須吃點東西，有時候我沒有吃，她早晨看見了，總問我是不是不喜歡這東西，下次她可以預備別的。頂奇怪是有一天晚上，天有點熱，我寫作到兩點鐘，站起來，我看到外面月色很好，螢光四飛，蛙聲輕奏，我想到外面去散散步。我們屋子的外門在夜裡是落鎖的，這鑰匙我記得是掛在客室裡，但是那天我怎麼也找不到，而我又不因為此驚動五姑。

我想從窗戶跳出去，而窗戶大都裝著鐵欄，只有一扇氣窗，又高又小，不知怎麼，我一時高興，竟從氣窗裡爬了出去，就在外面跳下去的時候，大概是氣窗上有釘子，把我的褲子從大腿一直撕到腰部，我的腿上還劃破了一條，竟流出血來。我本來想到園中去散散步，但這一下使我毫無興趣了，我在外面站走一會，就從原來氣窗裡爬了進來，我洗了創口敷紅藥水，褲子不但撕破，而且上下衣服都染上灰塵，我換了衣裳就開始睡覺。

第二天，五姑看到我換下的衣服，她就問我：

「這是怎麼回事？」

「啊，我昨夜找不到鑰匙，我從氣窗裡跳出去，不但撕破褲子，還劃破了腿。」

「你真是一個小孩子。」五姑忽然皺皺眉說：「半夜裡你到外面幹嗎去？我就怕半夜裡出去，所以把鑰匙收起來了。」

「你真不許我在夜裡出去？」我笑著說。

「道文難道沒有告訴過你？」

「告訴過我。」我說：「但是我並不是聽見有哭聲才出去的。」

「不管怎麼樣，」她說：「不出去總沒有什麼大害處。是不？」

我當然知道她的好意。沒有再說什麼；夜裡我想再試一次，但是我發現五姑已經把那個氣窗釘死了。

這使我深深地覺到五姑的美意。

在我住了一星期的時候，有一天我從外面回來，發現房中多了一個花架，上面放著一盆珠蘭，五姑告訴我是銀妮送來的。

「銀妮？」我說：「我怎麼沒有碰見她？」

「她天天都來，只是不願打擾你，在後面陪我一會就走了。」

當時我就走到銀妮家裡去謝謝她們送我的花。我在窗口看見銀妮在屋後餵雞。三叔同我下了一盤棋，銀妮一直沒有進來。天已經暗下來，我怕五姑等我吃飯，就告辭回來了。第二天黃昏時候，我在外面散步，忽然看到銀妮提著一個小竹籃過來，我迎了上去，我說：

「怎麼，你見我還怕羞？」

我看她臉上露出很不好意思的微笑，我就去提她手上的竹籃說：

「這是什麼？」

「雞蛋。」她說：「媽媽叫我送來給你吃。」

「怎麼那麼客氣。」我說：「你應當多吃一點。」

「我們的雞每天生蛋，很多。」她看我拿了她的竹籃，她忽然又說：「那麼我回去了。我明天再來拿籃子。」

「不，不，」我拉住了她，我說：「五姑正等著你呢。」

於是我們一同走回來，走進廚房。我請她到我房間裡去玩，我同她談到杭州的一些風景，我講她哪一天伴我去玩玩，我們還談到划船，釣魚，她忽然說：

「我們那池塘裡魚很多，不過母親不許我一個人去釣。」

「真的，那麼明天我們一同去。」我說：「我有支很講究的釣魚竿，還是在法國買的，帶回來十年，只用過十幾次。」我當時就把釣魚竿找出來給她看，她感到很新鮮，看了看，忽然說：

「這好釣麼？」

「自然，」我說：「你看這竿子很輕，但是結實，大一點魚也可以釣。你明天倒試試看。」

「我不用，你用這個，我用我的，看誰釣得多。」她閃動烏黑的眼球說。

「你的釣竿是怎麼樣的？」我說：「是什麼牌子？」

「啊，我是自己做的，」她說：「我們竹園裡可以做釣魚竿的竹子很多。」

「那怎麼可以比，」我笑著搖比著我的釣竿說：「我這釣竿是桑比愛牌子，是世界上最好釣竿的一種。」

銀妮接過去，試了一試，她不相信地說：

「釣外國魚也許好些。你釣到過大魚麼？」

「但是我用了十來次，從來沒有釣上過三四尺的魚。」

「我們明天去釣去，這裡池塘裡有很大的魚。」她說。

我們從釣魚不知怎麼談到魚，從魚談到產魚的地方，不知不覺天色已暗下來。銀妮要走，我留她吃飯。但那時候五姑進來，她說她還沒有燒飯，吃了飯回去太晚，一個人不好。我說吃了飯我當然送她回去，但是五姑說：

「夜裡跑來跑去！你也不好，她家裡沒有關照也不放心。銀妮明天來吃晚飯好了，我飯燒得早一點，你也可以同媽媽講一聲。」

「那麼明天，明天我們去釣魚，你中飯可在我家裡吃，叫你媽媽不要等你了。」

太陽已經西沉，初夏的園中都是綠色與黃色，樹枝上掛滿了歸鳥，田野上浮蕩著蛙聲，我送銀妮走到殘牆斷垣的瓦礫前，我說：

「五姑說走過這裡總有點怕，你呢？」

「我不怕，」銀妮說：「房子沒有倒以前我倒有點怕，現在還有什麼怕？」

「我也不怕。」我說。

「她們說日本人在前面殺死過人。」銀妮忽然說。

「你也看見的？」

「沒有，我在讀書，那時候白天總在學校裡，回家也就不出來了。」

走過那片殘牆斷垣的淌光樓廢址，從參差的樹林已經可以見到她家了，我就沒有再送她過去。我們約定第二天早晨她來看我，我們一同去釣魚。

第二天九點鐘，銀妮果然帶著釣竿同一個竹籃來了。她穿著中學生制服似的短袖的白衫與黑裙，沒有穿襪子，赤腳穿一雙玄色的布鞋。她頭上還掛著一頂大草帽，她說：

「你還沒有吃早點吧？」

「我正等你來一同吃。」

「我早就吃過了。」她說。我當時看她的釣竿，那只是一枝小竹竿頭上掛著紵線，鵝毛管做浮標；竿端太軟，竿柄太硬，我說：

「這竿子怎麼可以釣魚！」她笑了笑，低聲地說：

「我用慣了這個。」

五姑拿早點給我吃，我邀銀妮一同吃點，她一定不吃，我也就草草吃了一點，同她走了出來。

藍天上鋪著白雲灰雲，陽光已有了夏意。我們一逕走到池塘邊，泥路上雜草叢生，上面都是露水，在陽光下晶晶發亮，池面舊荷未除，新荷初生，珠一般的露滴聚在葉上，我看池塘對岸有幾株樹木，長長的青草中還有石塊。我一面踏著草過去，一面說：

「我們到對岸去。」

「你當心蛇，」銀妮說：「你應當先用竿子趕一趕。」

我馬上甩竿子打著草，果然有許多青蛙跳到池裡去，發出清脆的水聲，於是我突然看見了一條綠色的蛇，從青草中駛出來，很快的游下池去，它伸著三角形的頭，吐出兩條柳絲般的舌頭，在水中一轉兩轉就不見了。銀妮在後面忽然說：

「你看，一條竹葉青；你要不趕，給它咬了可危險。」

「你常一個人來這裡釣魚麼？」

「沒有。」銀妮說：「我媽媽不許我一個人來的。」

走到白石邊，我踐倒了附近的雜草，我們在白石上坐了下來。樹蔭覆蓋著我們的身軀，時時有風拂著我們的衣髮，鳥兒在我們頭上閒鳴，我們開始拋擲我們的釣絲。

這是第一次我同銀妮過了一個寧靜的上午，心中沒有一點雜念，腦中沒有一點牽掛。池中的魚很多，但似乎都不大，兩點鐘的工夫，銀妮居然釣到了六尾，而我則只釣到了兩尾。這時候已經十一點多，她要回家，我說：

「不是說好在我地方吃飯麼？」

「不，不，下午太熱，五姑說你要休息的。」銀妮說：「我們五點鐘再來。」

「那麼五點鐘我來接你。」

「我們在這裡等不好麼？」她笑著說。

我於是為她提著魚，送她回去。路上，銀妮說起我的釣竿沒有用，我則說是我的技術不好，她忽然說：

「這種外國釣魚竿也許能夠釣外國魚，中國魚不喜歡上鈎的。」

她說得很認真，我不知道是她的天真還是幽默，當時我說：

「下半天我同你換一根竿子。」

到了她家，她一定要我帶魚回去，我帶了兩條。

下午五點鐘的時候，我遵約到池邊，看她從亭子那邊走來，我招呼了她，她笑著奔過來。我堅持著同她換一根竿子，我們在石上坐到黃昏，但是下午有點不同，上午我們很靜，下午我們談了較多的話。我起初很用不慣她的竿子，但後來倒也釣到兩條，她則半天只釣到一條，於是她又很多的笑聲說我的竿子不好。

六點多鐘的時候，太陽已西斜，歸鴉噪著寧靜的黃昏，銀妮看到我的屋頂浮起了炊煙，她提議要回去。我要她到我家吃飯，她先感到不很自然，但是經我的堅持，她也就應允了。

在我們收拾釣具，從池塘繞出來的時候，天邊忽然浮起了渾圓的五彩的長虹，在碧藍的長空中，它呈現出誘人的鮮艷，投映在池塘裡尤感奇美，我望著天，不知不覺我帶銀妮到亭基的高處走去。

站在高處上許久，我忽然看到了那口舊井。很奇怪的，我忽然想到那口舊井裡是否也反映著虹彩，就無意識地同銀妮走到井邊。我轉身到井口去看，果然發規井裡的虹影竟毫無雜色，好像縮小了許多。我叫我身後的銀妮，我想叫她來看，我叫：

「銀妮！」

銀妮並不知道我發現什麼，她也彎身來看，我向右讓了一點，一只手不知不覺挽了她的身軀。就在她向井口望去的時候，井裡浮起了我叫「銀妮」的回聲。這聲音竟如此悠長而緩慢地展延著。我看到她的無比純潔笑容在我的影子的旁邊，我們的髮鬢已經接觸，虹影似乎被我們遮去了一部分。我聽那回聲非常好玩，拖長地又叫了一聲：

「銀妮！」

接著又是那展延的回聲：

「銀……妮……」

就在這時候銀妮忽然收斂了笑容，她抬起頭來，她按了按額角說：

「我有點頭暈。」

這當然是頭低了太久之故。我扶她在井欄邊坐了一會，她也就恢復了原狀；但是當她站起來的時候，她烏黑的眼珠望到我的視線，忽然間她流動的眼光凝住了一下，於是臉紅了起來，頭低了下來。我說：

「回去吧，五姑在等我們吃飯了。」

這樣，我們就背著黃昏回到家裡，她也就活潑愉快起來，我們又談到我的釣竿，我說：

「這釣竿也許太好，英雄無用武之地，隔天我們到錢塘江去釣去。」

五

這以後，銀妮就時常同我在一起了。我們遊山，我們常到錢塘江去釣魚，銀妮開始欣賞我的釣竿，她已經用慣。我把釣竿送給她，她很喜歡。每次由錢塘江釣魚回來，帶回的魚總是吃不完，五姑在小菜場裡有熟人，她就托人賣去，去換了別人的小菜，這使我們吃得很好。

但是天氣熱起來，除了早晨黃昏以外，炎熱的太陽使我們無法出門。池塘裡的蓮花長高，碧綠的葉子，粉紅的花蕾擠滿了池面，我們因此很少出門，也不再釣魚，但是銀妮還是同我在一起。這正是她們種的西瓜黃金瓜熟了的時候，黃昏時我常伴著她到田畦裡去采摘，但摘來的瓜總是太熱，要在井水裡浸一夜我們才吃。她還帶我到樹上去摘木蓮果，木蓮果的子可以做涼粉，五姑與她媽媽都會做，夜裡我們常常一吃好幾碗。我也常常同三叔去著棋，一著就是一上午。銀妮總是在我們旁邊看著。有時候，逢到我城裡去訪友，回來的時候，銀妮總在我家裡等我，每次我都發現她的期待的神情，但是總是掩蓋著說：

「爸爸叫我請你下棋去。」

……

炎熱的日子在愉快和諧之中過得很快。我沒有想到過去與將來。我的寫作也進行得順利。

但是有一天，我忽然感到頭痛胸脹，一量熱度，竟有三十八度四。我知道這是吃壞了什麼，我想睡一天終會好的，我吃一點早餐後就又去睡了。上午銀妮過來，她竟為我拿熱水瓶，搬凳子，量熱度，於是坐在我旁邊一直陪著我，這使我心裡很過意不過。我催她回去，她不理我，忽然提議找她爸爸來看看。我是不相信中醫的人，所以我說：

「不要麻煩三叔了，我睡一天就會好的。」

銀妮於吃中飯時回家去。我中飯喝了一點粥，飯後我就睡覺了，醒來的時候似乎熱度更高，我感到很不舒服。但我聽到銀妮與三叔正在外間等我，她們聽我醒來，就走進來。我當然無法拒絕三叔善意的診治，他為我按了脈，同我說幾句話，於是他叫我靜睡，就出去了。

我聽他在外面開藥方，我想我不一定要吃他的藥，如果熱度不減，我計畫著到醫院去住些日子。

一下午我昏昏沉沉睡睡醒醒的過去，不知怎麼，我竟很期望銀妮來看看我，但是她竟沒有來。黃昏時候，我又入睡，醒來已經是夜裡。這時候，五姑忽然端來一碗中國藥，她一定叫我吃。我告訴她我明天想到醫院去住幾天。

「一點小毛病，住什麼醫院，吃了這藥明天就好了。」

「我可的確不相信中藥，我二十年來都沒有吃過。」我說。

「你真是自說自話。」五姑說：「這麼熱太陽，銀妮替你去買去，你也不要辜負人家的好意。」

這使我想到銀妮下午沒有來的原因，我忽然為她的善良與熱誠所感動，我終於喝了我二十多年來未吃的中藥。

奇怪，第二天我的熱度退了許多。十一時左右三叔又過來為我開了一張藥方；銀妮於中飯後，冒著太陽又進城去為我買藥，三點多鐘回來，我正睡著。醒來就發現銀妮在房內，我說：

「銀妮。」

「怎麼？醒了？」她說：「覺得好一點麼？」

「差不多。」我說。

但是她過來為我量了熱度，她說：

「只有三十七度六，今天吃了藥，明天就好了。」

她高興的出去，回來時竟又端了一碗藥進來。

她的美意使我無法違拗，我皺著眉喝了藥，她說：

「你生一點病同小孩子一樣。」

銀妮於我吃了藥後就回去了，夜裡五姑又給我吃了一劑。當天夜裡，因我白天睡多了，竟睡得不很好。可是早晨就沉沉地貪睡起來，醒來又見到銀妮在我房內，她說：

「真能睡，已經十一點了。」

真的，已經是十一點，我看看錶，覺得我的病竟完全好了。銀妮為我量了熱度，她高興地說：

「熱度完全沒有了。」

「那麼我起來吧。」

「爸爸說如果熱度退了，他不用來看，但還要叫你睡一天。」

「我起來洗個澡，吃點東西再睡。」

「也好，現在我去通知爸爸，下午再來看你。」銀妮說著就出去了。

下午，銀妮來時，我已經同平常一樣。她同五姑開始譏笑我不相信中醫，我們有很愉快的談話。黃昏時三叔同三嬸都過來，他們一定要我躺在床上，談到吃晚飯的時候，他們方才同銀妮回去。

就在我這場小病以後，我同銀妮的感情很自然增加了許多，我們間已經沒有什麼距離，我當地完全像小妹妹一樣，日子就在平靜和諧中過著。

但是，七月裡，我上海的妹妹忽然來信，就要同兩個同學到杭州來玩，希望可以在我的地方住，並叫我於十二日下午到車站去接她們。

我的妹妹在滬江大學讀書，今年在外文系畢業。她從小還受鋼琴的訓練，所以琴也彈得不錯。她沒有說同來的兩個同學是誰，但是她所往還的同學，我在上海都碰到過，她們常常到我們家來，有時候也一同看電影跳舞。她也沒有說那兩個同學是女的還是男的或者是一男一女。我的地方當然容得下三個客人，但沒有床鋪。為安排睡眠，我實在需要知道是男的還是女的。但是信的來回需要時日很多，也來不及叫她通知我。那時候，我的許多書籍同東西都留在上海；趁妹妹來杭，我想到要用的請她帶些來，我於是去了一封信表示歡迎，開了一張想要的書目，請她撿出帶來，此外，我還叫她為我帶幾張唱片。我來的時候，只帶了二十來本書十來張唱片，日子一多，這些自然都感到不夠了。

我把這些消息告訴五姑同銀妮，她們都非常高興。銀妮告訴我她們那裡舊鋪板很多，隨時可以去搬。於是我們就一同搬了三床鋪板過來，預備她們來了再搭。

十二日下午，銀妮同我一同到車站去。妹妹果然準時到了，她的兩個同學原來是杜國心同施耐冰。杜國心是妹妹同班同系的同學，一個聰敏活潑很會說話的上海小姐；施耐冰則是在國立音專學音樂的學生，是杜國心的表妹，在上海我只碰見過幾次，只驚於她的一種昂然自尊緘默冷艷的風姿，沒有同她怎麼熟。我常常同妹妹開玩笑說：

「你的要好同學沒有一個漂亮的。」她於是就要同我爭，她說：

「國心的活潑聰敏，一口流利的英語，露章的挺秀嫻靜，幾筆秀麗的字；素鏡的雍容華貴，一付福相；難道都不漂亮？」

「都不夠，」我譏笑她說：「都有點俗氣。」

後來，我碰見施耐冰，我就說：

「倒是杜國心，她有一個這樣高貴的表妹。」

妹妹知道我有點傾慕施耐冰。所以當時就說：

「你一定想不到我同誰一起來，是不？」

「怎麼想不到，杜國心一定會是兩個人裡面的一個。」

「那麼耐冰，你總想不到吧？」妹妹說：「我信裡不告訴你，想給你一個surprise。」

我當時知道冷落了銀妮，她在一旁似乎很不知所措，於是我就同銀妮介紹：

「這是我的妹妹索亞，這也是我的妹妹銀妮，這位是杜國心，這位是施耐冰，都是我妹妹的好朋友。」

這真奇怪，就在這一瞬間，我發覺了三位來賓對於銀妮有一種妒嫉似的自尊，她們只是冷淡地同銀妮招呼一下，而銀妮的面孔忽然紅了起來，她露出很羞澀的笑容。在這三位上海人面前，銀妮的確是一個鄉下姑娘了。這三位打扮的倒不是華麗奢侈，都是穿著很素淨的旗袍，也沒有戴什麼首飾，除了妹妹與國心手上都戴著一只校戒。但是她們的頭髮，是燙過做過的，面上施過粉，唇上搽過口紅，手指上還塗過指甲油，她們的腳上是尼龍襪子，都穿著夏季新穎的半高跟鞋，舉動談話都有電影裡薰染來的海派。她們見了銀妮，正如燕子見了麻雀，她們是無從親熱起來的。我很後悔我帶銀妮同來，當時我就說：

「銀妮是余道文的妹妹，她是我的房東。」

我的意思很明顯的，要三位上海小姐看重一點銀妮；但是妹妹看了銀妮一眼，對我說：

「她同她哥哥一點不像。」

當時我們跟著行李走到車站外面，我們一直雇車到了家裡。

五姑正在預備飯菜，銀妮去幫她忙，三位上海小姐則忙於洗澡換衣。我為她們在右首一間搭了三個床，她們都沒有帶鋪蓋，雖然是熱天，我的分出去也不夠，不得不同銀妮到她家裡去借了一些。

晚飯開了出來，我早約好銀妮一同吃飯的，但臨時她竟要回去了。我一定不放她，於是她也勉強留了下來。

飯桌上，妹妹同國心談的都是上海的瑣事，什麼電影，什麼服裝，什麼誰同誰怎麼樣，什麼汽車的牌子，無線電的節目，音樂會的情形。施耐冰話較少，只是偶爾發表一點意見。我後來也同妹妹談談上海音樂圈子裡的一些人，某某如何，某某怎樣……只有銀妮，她坐在一旁，沒有說一句話，很為落寞不自然。我於是談到釣魚，我說：

「可惜現在太熱，不然我們去釣魚去。上次銀妮同我釣了不少魚。」我於是向銀妮說：

「銀妮，是吧？」

但是銀妮不響，她只是望望上海客人笑笑。

飯後，妹妹撿出我托她帶的書籍和唱片；她馬上找我房裡的留聲機開起來。我的留聲機平常很少用，夜裡一個人的時候，我才會想到它。我上次自己帶來的幾張都是些優美的夜曲，一個人在睡前聽聽，不但可以掃去寂寞，也可淨清心境。這次想托妹妹帶的是幾套交響樂與奏鳴曲，我信裡雖沒有寫明，我相信她知道那些是我愛好的唱片。

但是，出我意外，她帶來的都是些爵士跳舞音樂，開了音樂，她說：

「你們地板不錯，可以跳舞。」說著她就拉開桌子，同杜國心跳了起來。

的確，這地板原是新的，又因為五姑愛清潔，所以常常收拾得光滑可舞，這也難怪妹妹會想到跳舞。

這時候，施耐冰在留聲機旁揀著唱片。銀妮望著妹妹跳舞，很不自然。忽然她同我說她要回去，我一定留她，我叫她也學著跳舞，但是她害羞地拒絕了我。我於是說：

「你不想跳舞也玩一會兒，回頭我們大家送你回去。」

銀妮於是勉強地坐在牆邊，我站到她旁邊同她談音樂的拍子。可是妹妹跳完了一支竟過來拉我帶她跳舞，我自然不能拒絕的，國心則同耐冰跳起來。於是銀妮變成一個人坐在牆邊，我低聲地同妹妹說：

「你應當帶著銀妮玩玩，教教她跳舞。」
「她好像不喜歡我們。」
「她一定以為你們不喜歡她。」我說：「下支你一定去帶她。」
妹妹點點頭，忽然說：
「你剛才怎麼不請施耐冰跳舞？她的舞跳得很好。」
我笑了笑，沒有說什麼，她說：
「你不是很喜歡她麼？」
「那不一定要請她跳舞。」
一曲音樂完了，妹妹真的去同銀妮去說話，邀她一同跳著玩玩。國心在換唱片，我就過去請耐冰跳舞。她的身材與舞藝似乎都是我最好的舞伴，我離開上海後沒有跳舞過，這一舞就引起了我對於跳舞的興趣，我一連同她跳了三支；妹妹教了銀妮一會，就自管自同國心跳起來，在第三支音樂完了以後，銀妮忽然說：
「我回去了，明天見。」
這時候我才想到銀妮是落寞的，於是，我說：
「我們大家送銀妮回去，外面去散散步。」
「不用了，我自己會回去的。」銀妮客氣地說。
「我們也該去散散步，我帶她們去園裡走走。」
於是我就拿了手電筒帶頭走出到陽臺。

外面月色朦朧，灰雲飛渡長空，星斗稀疏，陣陣的夜風使我感到舒暢的涼意，極目遠望，天邊反映著市區的燈光，蛙聲響澈了田野，掩蓋了遠處傳來的車聲。

我等她們都出來了，我說：

「我走在前頭領路。」

我向著亭子的方向走去，她們跟在我的後面，銀妮大概因為客氣，她走在最後面。走不了幾步，妹妹忽然哼起歌來，接著國心與耐冰就應和著合唱起來。她們似乎很開心，唱了一支又一支，唱了中國歌又唱外國歌；走到池塘邊，我忽然想到銀妮，我回頭看她一聲不發的走在後面，於是我就打斷了她們的歌聲說：

「明天你打算到那裡去玩？應當先有點計畫才對。」

我的話很有效驗，這使她們停止了唱，七嘴八舌的討論這個問題起來，銀妮還是不響。這時候我們走上了亭基，那裡可以較清楚的遠望外面，有忽明忽滅的車燈在路上駛過，但就在我們在遠望的時候，忽然不見了銀妮。我看她已經走下亭基，到了井邊。我不知怎樣竟有一種說不出的感覺，我很急的奔下去，但很自然的叫：

「銀妮。」

她似乎正向井口去張望，我拉著她說：

「天怕要下雨，快一點走吧。我想今天你也累了，明天還要去玩山，應該早一點睡。」

「明天我不去。」她忽然說。

「為什麼？」我說：「大家一同去玩玩。」

妹妹在後面走上來，她應著我的話順口說：

「明天一同去。」

「你不去，」我笑著說：「我們也不去了。」

銀妮沒有作聲，到了她家，她邀我們到裡面去坐一會。我說三叔三嬸也許睡了，我們也還要散散步，所以不進去了。最後我叮嚀她說：

「你早一點睡，明天八九點鐘我們來接你，我們一同去玩去。」

「你們去玩，我不去了。」

「明天早晨我來接你。」我說著就預備走了。但是銀妮忽然說：

「那麼還是我到你們那裡來好了。」

道了明天見，我同妹妹她們繞向漪光樓舊址的瓦礫場走回來，三個上海小姐又唱起歌來，我望著三五個忽滅的流螢，心中有一種不解的滋味，忽然感到我剛才應當走這條路，而現在應當繞著亭子回來，免得銀妮又走到井邊。這種感覺倒是怎麼回事，實在我自己也並不明白。

第二天早晨，妹妹們正在裝束，我則已經什麼都準備好，在企待銀妮過來。從八點三刻到九點鐘，我等得很焦急，但忽然五姑進來了，她說：

「銀妮不能陪你們去玩山，她生病了。」

「生病了？」我說：「怎麼回事？」

「總是受點涼。」五姑說。

當時，我很急地趕到銀妮家裡。我先碰到了三嬸，我問她：

「銀妮怎麼啦？」
「這孩子，一吃力就要生病，所以她爸爸不讓她去念書。」
「真是，昨天我不該帶她到車站去。」我說：「看她身子倒並不太弱。」
「她常常這樣，讀書的時候，三天兩頭生病，睡一二天就好了。」三嬸說：「所以索興不叫她上學了。」
「有熱度麼？」我說：「我去看看她好麼？」
三嬸於是帶我到了左首的後間，門開著，但掛著一個藍印花布的門簾，她說：
「銀妮，徐先生來看你。」一面她掀起門簾就先走進去，銀妮穿著湖色的短衫褲，靠在床上，她的面頰很紅，長長的辮子繞在頭上，手裡不知在玩一樣什麼東西，一看見我進去，她露著笑容迎我，一面把手裡的東西放到枕下，我說：
「怎麼，生病了？」三嬸說：
「你坐一會，我去弄點東西給她吃。」說著她就走了。我同銀妮說：
「剛才你手裡玩著什麼？」
「沒有什麼。」她說：「手絹。」
說著，她從枕下摸出一塊藍花的手帕，揩了揩嘴唇，忽然說：
「怎麼？你們還不去玩？」
「我想先來看看你。」
「我沒有什麼，睡一天就好了。」

「有熱度麼？」我問。

「大概有一點。」

「你頂好量量熱度。」我說。

三嬸拿著早餐進來，我看銀妮的病不嚴重，精神也很愉快，於是就告辭出來，回到家裡，妹妹們正等我出發，我撿出妹妹從上海帶來的一些糖果什麼，托五姑送給銀妮，自己就伴妹妹她們出來了。

六

我們玩了一天，回來已是七點鐘，大家感到很疲倦，洗澡吃飯，飯後我想去看看銀妮，但是五姑說她已經好了許多，這麼晚不用去看她了。我也就懶了下來。第二天早晨去看她，她已經起床。她病剛好，我當然不敢約她去玩；大熱天，一跑要是又生起病來，那麼我怎麼對得住她，我談了一會，回家就同妹妹出去遊山。回來又是黃昏，很累，我沒有去看銀妮。

妹妹她們在杭州住了六天，這三位小姐也真不怕熱，幾乎所有說得出的風景都想到一到，每天回來都是很累。以後幾天我沒有去看銀妮，因為這些地方她都玩過，身體不好，一累就會生病，而同這三位上海小姐在一起，也合不來，所以我不敢再去約她。

六天以後，妹妹們要回上海去，我帶我妹妹到銀妮家裡去道謝告別，出來的時候銀妮送我們到門口。夜裡我送這三位上海小姐到車站，回家已經不早。一個人到家內，覺得六天工夫實在過得很長，亂哄哄的一陣，一下平靜下來，也感到一點空虛。當夜我睡得很早，第二天起來，早餐後我就去看銀妮。但銀妮在後園弄花，她知道我去也並不進來。我同三叔下了一盤棋，三叔留我吃飯，我也就留在那裡。吃飯的時候，銀妮幫著三嬸拿著菜進來。我們在一起吃飯，但銀妮始終對我很疏遠。三嬸同我談到銀妮的身體。她說：

「看她外面很結實，累一點就要發病。」

「因此她也不能去讀書，一上學校三天兩天就發熱。」三叔說：「所以我要她養一年再去上學。」

「讀書總是太用功，什麼都想頂好。」三嬸說：「我說別人家孩子讀書哪有這樣，晚上不肯睡，早上要早起。」

「銀妮，」我說：「你總是太好強，別人家孩子我們怕太不用功，你可使三叔三嬸怕你太用功。」

銀妮看我一眼，微笑了一下，不說什麼。飯後，三嬸叫她去休息去，我就沒有再見她，我坐了一會也就告辭回來。下午我很期待銀妮會來看我，但是她竟沒有來。

第二天早晨，我又到銀妮家裡去。她在中堂裡，但看我進去了，她就走出來，伴同她母親到廚房去了。我又同三叔下了一會棋就回家，整個的下午也沒有再見銀妮。這時候，我才想到銀妮真的對我生氣了。

我又於隔天上午走過去，這次我想如果她一個人在屋裡，我一定要同她解釋解釋。但是，就在我走完漪光樓的瓦礫場，一進樹林就看到銀妮坐在一株樹下，低著頭，兩手弄著辮子，她沒有注意我走過去，我本想繞著過去，使她吃一驚，但怕駭著了她，所以就在她面前走近去。我一直走到她跟前她才發覺。她抬頭來看見我，就站起來想走，但是我拉著了她，我就說：

「你是不是同我生氣了，銀妮？」

「沒有。」她笑著很自然地說：「誰說的？」

「沒有生氣最好。」我說：「那麼我們還同以前一樣，好麼？」

她不響，我拉著她的手，我們向著樹林的深處走去。我說：

「你是不是不喜歡我妹妹她們。」

「沒有。」她說：「不過我是鄉下人。她們是大學生，自然不會喜歡我的。」

「我倒覺得你年紀輕，不應當怎麼靜嫻，應當學學她們，什麼都玩玩。」

她又沒有作聲，我說：

「她們到這裡來旅行，我自然要陪她們走走，實則這樣熱天，誰高興去遊山玩水？你怕吃力，又剛剛病好，所以我不想叫你一同去。」

她不響，但是握緊了我手，似乎已經對我有所了解。我也不再說什麼，散了一會步，我送她回家，自己也就回來，我約她下午來看我，一同到城裡去買點東西。

下午四點鐘的時候銀妮果然來了，經過了誤會與解釋，她對我有一種新的親熱。我們進了城，買了些水果什麼，又去看一場電影，吃了冰；回來已是七點多。太陽正下去，天邊紅霞白雲，反映在湖中有萬種的嬌艷，遠山還凝聚著夕陽，蘇堤白堤的垂柳帶著煙霧，我們坐著船到了岳墳，再搭公共汽車。回家天色已暗，我留她吃了飯，於是送她回家。我叮嚀她明天多睡一會。

經過了那天的相偕進城，以後無形之中使我每次進城就去約她，而她因事進城也總約我。有時候到城裡，我去辦事訪友，就約她在什麼地方等我；有時候因為她有事，我故意到朋友地方混去一個時間去湊她。一小時的暌隔就有點掛牽，等碰在一起，不是看一場電影，就是在湖上坐著船兜兜圈子，或者找一個清靜的地方——如放鶴亭，三潭印月的茶座，或者是葛嶺的道院裡坐到黃昏，於是叫船轉車的回到家裡。

不用說，不進城的日子當然更多，而我們也很自然的聚在一起。她常常在我寫作的時間坐在我旁邊看書，有時候我們開響了留聲機瞎唱，她也願意跟我學跳舞。在她家裡，她帶我幫三叔弄花理蜂，幫三嬸餵雞，我們一同採蓮花，拾雞蛋。生活是充實的，日子過得非常輕易。銀妮的臉上閃出新鮮的光彩，烏黑的眼珠流露出孩子一般的光芒，笑容裡隱藏著一種自足自尊的神情。

這樣，悠長炎熱的夏天，就悄悄的過去。一陣風，一陣雨，秋意一層層的濃了起來。園中蛙聲漸稀，螢光初淡，綠葉裡紅花紫花都謝，油綠淡黃的果實浮到枝梢，池塘的蓮花已萎，碧綠的蓮蓬伸在帶焦的荷葉間。這正是我們可以多到外面，在青峰綠樹西湖的周圍伸展我們的愉快與光彩的時節了。

但是，西湖誘人的秋景，並不是專屬於我們，它每年都在招引遠地的遊客；而我竟也不是專屬於銀妮，住在西湖的景色裡，也招引了遊客中的朋友。

在送往迎來，招待伴遊那些斷斷續續的應酬以外，我接到老友程掌塵的信，他說：

Y：你到杭州去，也不告訴我們，我還是在南京從道文那裡知道的。道文告訴我你在杭州，很能寫作，我們老朋友聽了都很高興。

我已經脫離上影，有許多朋友投資，已組織一個江海電影公司，簡稱江電。雷剛同我在一起，我們正籌備拍第一張片子，困難的自然先要物色一個出色的劇本。

在南京時候，道文同我講起他們房子的歷史，這給我一個奇怪的靈感。我同雷剛談了很多，想了很多，現在決定把它叫做《癡心井》，就以道文表姑做故事的主角，劇本無論如何請你為我編寫。故事自然要重新組織過，我們想到的，可以供你參考。女主角我們邀了紫盟，紫盟常常想有機會演你作品裡的人物，她認為你作品裡的許多人物，都可以使她有充分發揮的演出。她聽了我們的故事，又聽到請你寫劇本，已經興奮得不得了了。

第一，我們是老朋友；第二，我相信你住在那所房子裡一定容易有，或者已經有寫這個劇本的靈感；所以也不等你的同意，我們就準備於九月六日到杭州來。道文說他的房子很空，所以我們打算來住一兩個月，幫助你，也可以說是督促你，為我們寫出這個劇本。我們一回上海就可以開拍，我已經預先洽定了攝影場，時間上有限制，所以不允許你拖誤的。

西湖的秋光一定很美，我相信現在正是我們可以好好地工作的季節；雷剛與紫盟都以為實地在那道文的房子裡住一二個月，對於他們在導演與演出上可以有許多感應。

一切面談，九月六日下午四點三刻，希望你會到城站來接我們。此祝

文安

掌塵　九月二日

看日曆，是九月五日，那麼他們明天就要到了。兩個男人，一個女人，道文也太把自己房子說得寬敞，我們安頓倒並不十分容易。當天下午我又到銀妮的家裡去搬了鋪板，我把雷剛與

掌塵的鋪位設在我自己房內，把女明星安頓在右翼那間，這當然是唯一的辦法。

程掌塵當然是我的老朋友了，是一個氣派很大，性情豪爽的山東人。雷剛也是很熟的朋友，近年來他也成了名導演，但是他始終覺得自己讀書太少，很謙虛，這自然是很難得的。紫盟在十四歲就演過電影，後來因為讀書，沒有演戲，但時常被劇團所邀，演她這樣年齡的角色。抗戰時在內地忽然紅了起來，演電影又演話劇，於是就成了明星。我在重慶碰見過她幾次，但沒有什麼深刻的印象。記得是一個很瘦很黑，中等身材，常常穿一件米色絨線外衣的小姐。

第二天，我於四點一刻就到了城站。這次我因為怕發生上次這樣的情形，沒有邀銀妮同去。我一個人在咖啡座上看了一份報，等時間到來，我才去接他們。接客的人不能到月臺上去，只好站在收票的進口地方。我遠遠地看到火車進站，白白黑黑的人影從車上下來，紅帽子的腳夫去搬大大小小的行李，於是像打翻的楊梅簍裡滾出的楊梅，大家都在我站著的出口處出來了。

於是我看到了程掌塵，旁邊一個女的，拉著他的手臂。不遠的後面，不錯，是雷剛，雷剛的前面走著兩個女人，似乎都在同雷剛說話。

我揚起手招呼他們。我馬上發現程掌塵旁邊的女人是他的太太，他們就排在收票出口處一大串的旅客後面。

程掌塵太太，程掌塵。後面一個很胖的紳士；一個很瘦的太太，臉上搽滿了脂粉；一個肩上搭著白上衣，手裡提著小旅行箱的小姐。又一個身材苗條的小姐，穿一件短袖旗袍，露著白胖的手臂，細眉小嘴，露著笑容，耳朵上戴著紅球形的耳墜。於是我看到一個小巧玲瓏，細腰肥臀的女人。她看我一眼，笑了。啊，可不是雷剛的太太。她也來了；不錯，後面就是雷剛。

程掌塵太大一出來就笑著對我說：

「想不到我來吧？」

「我只想到老程總有女人同來，如果不是你，我就寫信叫你來。」我說。

於是，她站在我的旁邊，等同伴出來，說：

「雷太太，你認識的是吧？紫盟，你們在重慶碰見過。」

「啊，」我說：「我不認識了，真是女大十八變。」

原來這個身材苗條，細眉小嘴，耳朵戴看紅球耳墜的就是紫盟。我想起她在重慶時期給我的印象，覺得真是完全不同了。

我同掌塵、雷剛、雷太太與紫盟，一個一個招呼了，忽然掌塵對我說：

「我們還帶來了阿寶，我想這可以幫著做點事情。」

不錯，阿寶是他們家裡的女佣人，我是認識的，她提了一個包袱站在雷太太的後面。

到了站外，等了行李，大大小小七八件。我看裡面有鋪蓋，倒也比較安心一點。

叫了三輛汽車，才裝齊了客人與行李。

在車上，我正想著如何安頓這兩位不速的太太時，坐在旁邊的程掌塵，已經很熱心的拉我的討論《癡心井》的故事了。

七

我把三位女性安頓在右首的房間，兩個男賓睡在我的房間。五姑的房間在後面，很大，雖然還放著許多空箱什物；本來我想讓阿寶睡在五姑一起，但找不出另外的鋪板或小床，所以雷太太認為還是讓阿寶在她們房內打地鋪。

移動家具，搬遷鋪位，打開行李，七手八腳的忙了好一陣，已是夜色沉沉，該吃飯的時候了。今天的飯菜我是預先在杏花村叫的，我請了三叔、三嬸與銀妮，連五姑一起，坐起來倒是滿滿的一桌。事先我關照掌塵、雷剛不要談起我們劇本的事情，所以大家都說些杭州上海風景氣候一類的空話。

飯後，又坐了一會，我拉了掌塵、雷剛一同送三叔、三嬸、銀妮回去。我叫太太們早點休息，但是紫盟一定要一同到園裡去走走。我說：

「你白天可以去玩。晚上，又沒有月亮，怪害怕的。」

「我？」紫盟興奮地說：「我就要演這個角色，要是實地看見『她』，不是很好麼？」忽然她又同掌塵、雷剛的太太說：「一同去，一同去。」

兩位太太似乎因為剛才喝兩杯酒，興致也很好。我說：

「你們也累了，早點休息吧，怪害怕的，明天也可以去看。」

「這麼些人有什麼可怕。」兩位太太異口同聲說著，就各自拉著丈夫的手臂同我一同走出來。

我走在最前面，紫盟、銀妮跟著我，後面是三叔、三嬸，再後面就是他們兩對夫妻了。

時候已經不早，天上雲沉沉，沒有星光，也沒有月光，時時有陣陣的西風，吹得遠近的樹木蘇蘇作響，我亮著手電筒，向斷牆殘垣的漪光樓舊址的方向走去。路上青草未枯，露水閃出水銀的光亮，隱約地可以聽秋蟲在那裡低泣。

一出門後面兩對夫妻的話還很多，不知怎麼，一下子沉默了。掌塵同雷剛都亮著手電筒，開始還照照前面，照照後面，後來似乎專照自己太太的鞋子了。我的手電筒照顧著銀妮同紫盟，三叔也有燈，他照顧著三嬸。我們從一株樹下走過去，紫盟同銀妮似乎還低聲地說什麼，忽然，不知怎麼，後面的雷太太突然怪叫起來，紫盟「啊喲！」一聲的搶前拉緊了我的手臂。

「怎麼回事？」我把手電筒照過去問。

「她踩著一個軟綿綿的不知什麼東西，」雷剛說。

「把我駭死了。」紫盟拉緊了我說。

一時我們又沉寂了，風一陣陣的好像更大更緊，忽然西方閃出了電閃。這時候我們走到那斷牆殘垣的前面，踏著顛亂的石塊高低的瓦礫，我告訴紫盟說：

「這以前就是漪光樓。」我照了照四周說：「你看，占了多大地方，那上面連我都沒有去過。」

「你不要照了。」紫盟似乎害怕地靠著我說：「快走吧。」

「你們回去吧！」三叔忽然說：「我們這裡很近了。」

「我們也散散步。」

「天怕要下雨了。」三嬸說。

「下半夜也許會下雨。」我說。

但是就在這時候，後面的兩對夫婦忽然唱起歌來了；我想得到他們想借此驅卻害怕的心理。紫盟也應和唱起來。

但是走過瓦礫堆，穿進樹林，一陣風，幾陣電閃，豆大的雨點就下來了，整個的林間響起了驚人的震撼。

我提議大家快一些趕到三叔的家裡去。總算還好，走進三叔的客廳時，大家的衣服還不太溼，但是太太小姐們的鞋可已經髒了。

我們坐了許久，喝了茶，等雨小了一些，才借了三頂傘走回家來。這次我故意提議繞著亭子那邊走，順便可以去看看「癡心井」。但是掌塵的太太罵我了：

「你有本事一個人去，我希望你有一天會碰見她。」

「怎麼？」我玩笑似的看我身邊的紫盟說：「她不是在我的身邊麼？」

「你不要駭我。」紫盟竟認真起來。她說：「我的鞋子全溼了。」

我們急速的走到家裡，大家忙著洗腳換鞋，這才大家感到應該休息了。

第二天，天晴朗了，太陽很好，我邀大家在園中走了一圈。我提議到什麼地方去走走，但是程掌塵堅持馬上要開始工作，他說等我把劇本寫好以後，我們再痛快的去玩，這樣他才有玩的興趣。雷剛同阿紫盟也附和著他，於是我開始失去了自由。

在我，寫電影劇本，總不像是我勝任愉快的一件工作。我過去也曾應朋友之邀，寫過幾次，覺得好的劇本可能不成為好電影，不好的劇本也可能是一張好電影；這就是說寫劇本的人幾乎一點沒有把握的。而一個製片人要顧到的事情實在太多，經濟、時間、明星、導演、賣座的估計，觀眾的要求，以及一切大大小小的條件。他對於劇本的要求同寫劇本者的要求是不同的。為配合這些要求，劇作者需要聰敏，需要有市場感，當然也需要有編劇的技巧，而他獨不需要藝術家的良心。為這些原因，我寫電影劇本的興趣實在是有限的，但既然在不得不寫的情形下，我就把自己當作完全是湊合他們這件工作的一個零件，我只尊重大家的意見，執行而已。

因此，第一步在故事上，幾乎完全是掌塵與雷剛已定的輪廓，只是在結尾上我參加了意見，他們覺得我的話是可接受的。他們想好的故事自然同道文所說的實事大有出入。

第一：道文的表姑在故事中變作余家正統的小姐，而他的堂叔，則改為外姓的一個男人。

第二：這個外姓的男人要很窮，他在余家寄居，於是同女主角發生戀愛。這在掌塵的趣味上說，也是當時電影界的流行題目，所謂戀愛不分貧富。

第三：這個戀愛當然遭余家的反對，余家要給這位女主角嫁給一個門當戶對有錢的少爺。這當然是舊式的封建性買賣婚姻，製片人、導演、編劇與女主角都應當反對，當然觀眾也是反對的。

第四：這個外姓人居然想同余小姐私奔。但是沒有錢，沒有辦法，終於失敗了。這當然所謂舊式封建社會的罪惡，掌塵說這也是大家都有同感的。

第五：這個外姓人終於被迫到外面流浪。

第六：而女主角則非常癡情的在想她的情人，病了，發神經病了，整天拿著一顆家傳的珊瑚的心，逢人便說：「你看見這個東西沒有？你有這個東西沒有？」

第七：於是余家沒有辦法，想把那外姓人找回來。費了很大周折，方才找到，而發現那個外姓人已改姓換名，發了大財。余家不免前倨後恭一番。

第八：於是團圓結束。

「這位外姓人，在外面流浪奮鬥，有了事業，發了財，時間已經使什麼都改變，他還會愛這個瘋瘋癲癲在狹小的家庭中生活的舊式小姐麼？」這是我的問題。

「那當然可能，他也一直愛著她。」雷剛說。

「我倒覺得這個外姓人為爭面子好勝，一定要余小組，這也講得過去。」掌塵太太說。

「那麼這決不是一個幸福的婚姻，」我開玩笑似的說：「我想這就應當用離婚來結束這個劇本。」

「那麼你的意思怎麼樣呢？」

「我認為道文原來的故事是很對的，男的應當在外面結了婚，養了孩子，他已有很幸福的家庭。」我說。

「那麼怎麼樣？」

「他可以被余家找回來一趟，」我說：「他雖然很同情余小姐，但沒有辦法。」

「那麼余小姐呢？」

「她應當跳到癡心井死了。」

「完全讓她做封建社會的犧牲品？」程掌塵說。

「你要那麼說也可以，」我說：「不過我覺得比較入情入理一點。」

「也好，也好，」程掌塵忽然大聲說：「我們決定來一個悲劇。」忽然又徵雷剛的意見說：

「你說怎麼樣？」

「也有道理。」雷剛說：「不過我們要特別加強余家這種封建家庭的罪惡。」

「為什麼不加強這個外姓人的薄情？」雷太太說。

「或者使他討了一個有錢的太太，把他勢利的面孔多描寫一點。」紫盟說。

本來好像是我的意見同大家有點出入，現在則是男女的意見有點出入了。就在雷剛同她們討論男女的問題時候，我倒可以跳出圈外，我就同掌塵討論別的了。

其實對於這個故事我還有其他的意見，但是每次討論，製片人程掌塵同導演雷剛以及女主角紫盟都有他們共同的見解與趣味，而兩位太太又代表了觀眾的想法在贊成他們，我也就不再說什麼。

從此，我就被他們逼著做分幕工作。我寫好了，經過討論，我再修改。我們的生活慢慢的在夜裡延長，而把白天縮短了，我們大家都要到十二點方才起來。我時常被他們推進我的房間工作，而他們則在外面客室裡打橋牌。

這樣，我在無形中同銀妮疏遠，我已經好幾天不見她。

有一天下午，我在房內寫作，掌塵、雷剛他們在外面，我聽到銀妮來了，大概是銀妮問到我，要進來看我，我聽到掌塵說：

「我們關他在裡面工作，不要去打擾他。」

我想走出去，但這似乎反使銀妮不自然，後來，聽到掌塵的太太已經在招待銀妮，在同她說什麼了，我想還是等他們談一會，慢慢的出去比較自然的。

十幾分鐘以後，有人敲門，我以為是銀妮，我說：

「請進來。」

但是進來的是紫盟，她右手拿著東西在嘴裡咬，左手拿著一碟點心。我說：

「什麼？」

「南瓜餅。」她說著把餅放在我的桌上說：「銀妮剛才送來的。」

「銀妮呢？」我站起來說。

「她在外面玩牌。」紫盟說：「你寫吧，你不是答應寫到六點半麼，現在才四點。」

但是我沒有聽她的話。我走到外面，我看到銀妮坐在掌塵太太與雷剛太太中間在玩撒謊，一面大家在吃南瓜餅，我走過去說：

「銀妮，好幾天沒有見你了。」

掌塵忽然站起來說：

「你又要貪懶了，快去寫去。紫盟，把他關進去。」

紫盟於是把我推到了裡面，她也跟著進來，倒關上門，她說：

「現在你寫到那裡了？」

「寫到他們計畫私奔的地方。」我說。
「你快寫吧，程掌塵租的廠日子排好，趕不上怕很難輪到空檔。」
「來得及，來得及。」我說著坐到寫字檯邊，拿起一支煙，紫盟又拿起了一支煙，她拿了打火機為我點火說：
「我拍拍你馬屁，好好寫吧。」
她噴了一口煙在我面前，拍拍我肩胛就出去了。
我於六點鐘的時候出去，銀妮已經走了。
第二天，我十一點就起來，我去看銀妮。銀妮很自然的同我談話，我告訴她一些掌塵租廠的期限以及我必須趕寫劇本的種種，她似乎也不以為意。我帶了她回到我們那裡一同吃午飯，我叫她隨時來玩。
但銀妮以後來得更少了，來的時候也沒有機會同我單獨在一起。大家在一堆，我們的空氣銀妮是不習慣的。不知怎麼開始，大家總是把紫盟同我開玩笑，紫盟自己也常愛同我玩笑著說：
「我嫁給你算了。省得拍戲。」
「那不行。」掌塵這時候就說：「你要嫁他，也要拍了《癡心井》。」
「拍了這部戲，我替你們證婚。」雷剛說。
「為什麼結了婚，要不拍戲？」雷剛太太說。
「結了婚還要拍戲，我為什麼嫁人？」紫盟說。

「我是保守的。」我說：「太太總要管家養孩子。」

「封建，封建。」掌塵太太耍時髦地說，但是她忘了她也只是管家養孩子。

像這樣的玩笑話，在我們圈子裡是很普通的，我不知道對銀妮有什麼影響，而我當時竟沒有想到。

天氣冷下來，秋風秋雨中，許多草花枯了，荷葉殘了，楓葉紅了起來，樹上垂下許多不識的果子，而我的《癡心井》也終於在催迫下完成。我對它當然不滿意，但是掌塵與雷剛竟非常高興，他們說：

「現在應當痛快地玩一陣了。」

他們計畫遊莫干山，天目山。我想約銀妮同去，但也覺得她不十分合適，怕弄得兩方面都不快樂。其次，又怕銀妮身體不好，玩累了要生病。我約了銀妮，她說不去，我也就不再堅持。

我們一出去，竟玩了一星期，回來後，掌塵他們又在我那裡住了三天，這三天中，我們的空氣更是混亂熱鬧，像是慶祝片子已經拍成一樣，大家吵得很瘋狂。喝酒、唱歌、跳舞、賭錢……，銀妮當然是沒有興趣參加的。我好像一直沒有見她。

最後，掌塵雷剛等五位終於走了。一陣熱鬧散去，又只剩我一個人時，我感到一種說不出的惆悵與空虛。我從送他們到車站回來，對於我這個早已習慣的家，竟覺得到處淒涼。回到房中，坐在椅子上吸一支煙，幾天的疲倦齊上心頭，我拿了一本書就倒在床上。

八

第二天收拾地方，撤去鋪板，黃昏時候才去看看銀妮。一到園中，正西風落葉，滿園是秋，好像秋天是突然降臨似的，我在昨天還沒有看到。有點冷，我到裡面披上一件大衣，才再出去。

太陽已經是西斜了，昏黃的陽光不斷的在風中晃蕩，烏鴉一聲聲長叫，我的影子在樹幹上擦過時，像是西風吹來的紙片。我支起領子，掠著頭髮，向著漪光樓舊址走去；從那裡遠望，青青的山上依著疲倦的白雲，深深淺淺的顏色在光影之中變幻，沒有一個人影，沒有一絲人聲。我走過斷牆殘垣，踏著瓦礫，每一步都有不諧和的聲音在風中融化，前面的樹林搖曳著震響著，把上面的陽光分敲抨擊，漏在林下的像是石子的滾動。我順著小徑走進樹林，橫穿過樹林原是銀妮的家，但是我竟在樹林下略作逗留，而突然在右面的樹林深處萍碎的陽光下看到一個人影。我細看時，知是銀妮。她坐在一塊白石上，頭低著，不知在幹什麼，我叫了她一聲，她沒有回音，於是我就走了過去。那裡沒有路，是我從來沒有到過的地方，地上是陰潮的。碎石破瓦，落葉爛果，在陽光的熱度下蒸發出一種原始的氣息。我輕輕地走著，望著銀妮，沒有再叫她，但也沒有故意想使她驚異，我怕這會太嚇了她。

她似乎始終沒有看見我。一直到我走到離她十來步的地方，我看見她抬起頭來，凝神地望著我，沒有叫我，也沒有站起來，也沒有改動她坐著的姿勢。於是我發現她眼神有點異樣，她活潑流動的眼珠變成了死呆，在林下閃動的陽光中，她烏黑的眼珠發出一種綠光，眼瞼的肌肉好像有一種痙攣，沒有顰，沒有笑，沒有一個她常有的表情。於是我叫了她：

「銀妮。」

她沒有作聲，沒有動，我已經走到她的面前，我拍著她的肩胛，又叫她；

「銀妮。」

她抬起頭癡望著我，一霎眼，眼角浮出了兩粒豆大的淚珠，但臉上還是毫無表情。忽然，她像是進香的路上的乞丐，攤開了兩只手掌，這可真使我吃驚了。我看到了她掌上是一顆珊瑚的心。這形狀並不像是普通女人金飾上流行的一種平扁形的雞心，也不像是教育用品的生理標準的心臟，是一個幾乎是圖案化的圓形的心臟，顏色是紫紅的，但顯然是因把玩很久而生的光澤。我沒有敢碰它，但是銀妮突然遲緩地說：

「你看見過這個東西沒有？」

「沒有。」我無意識的說。

「你有這東西沒有？」她又說。

我沒有回答，我有點不知所措，我蹲下身。我不敢碰她手中的東西，我只是合攏她的兩掌，於是我輕輕地拉她起來說：

「風很大，我陪你回家去；你看我同三叔去下一盤棋。」

她沒有拒絕，跟著我的手站起來，跟著我挽她的手臂踏著落葉爛果，碎石破瓦與斑剝的陽光走向小徑，我把她帶回家裡，三嬸一看見銀妮就說：

「我叫你睡在床上，怎麼又出去了。」
「怎麼，她又不舒服麼？」我問。
「她這兩天總說是頭痛，胃口又不好。」三嬸說：「所以我叫她躺在床上。」
「有熱度嗎？」我問。
「沒有。」三嬸說著就拉銀妮到後房去，一面說：「你靜靜的去睡在床上。」
我跟著她們進去，看著三嬸把銀妮扶到床上。銀妮似乎一無意見的就躺下去，沒有作聲也沒有表情，躺到床上，她就閉上了眼睛。三嬸忽然對我說：
「你們客人都走了？」
我點點頭，沒有回答。
「外面坐，外面坐。」三嬸說著就揭起門帳，我也就跟著出來。
在外面，我坐了五分鐘，同三叔招呼了一下。我沒有聽見他們同我說什麼，我也不知道自己同他們說些什麼。我失神地告辭出來。外面天色已經暗，風似乎比剛才更緊。我一個人低著頭彳亍地走著，一時我心頭像是填滿了紊亂無緒的線團，無法挖出而又無從理起。我害怕，我傷心，我鬱悶，我已經失去了思索的能力，我不知我應當做什麼說什麼，也不知道我該找誰幫助。
我回到家裡，沒有吃飯，我一個人關在房內，我不斷地在室內閒步。我坐遍了每一把椅上，我躺倒床上，我熄了燈，但是我無法入睡。
我幾次三番都想找五姑談談，但是我怕我無法對五姑說明我自己的感覺，我決定明天找三叔，把銀妮林下的情形告他，忽而我又覺得我應當單獨同銀妮談談……。但是一切的想法都不是我最後的決定。

究竟銀妮林下的舉動只是對我如此呢？還是她也曾捧著珊瑚的心問三嬸或別人？從三嬸的談話似乎並沒有，她只以為銀妮只是一個習慣上的身體不好就是。那麼銀妮是不是還有未失的理智可以聽我訴白？她究竟是本來有這種奇怪的毛病，還是我給她什麼想像？或者她曾經有別個遠別的幼年的男伴，而把想像放在我頭上來呢？我自思我始終以自己的小妹妹一樣待她。我只是代替了道文的地位在同她來往，沒有一點點把她當作家族以外的女人過，要是我闖了禍，這將怎麼樣交代與解決。

外面風很大，灰白的光亮貼在窗口，像是探窺室內的人影。我反覆的躺在床上，手腳出著汗，頭發著熱，慢慢地我有說不出的擔憂。突然，我聽到了隱約的女人的哭聲，忽遠忽近，忽斷忽續，再細聽時，又似風聲蟲聲，我毛髮悚然，想到道文父親的故事，心裡有奇怪害怕與不安。於是，我想到逃避，我想到遷居，我想到馬上回到上海。趁銀妮的精神還不是很不正常，我何不藉著要看《癡心井》的開拍回到上海去，以免以後的糾紛。

這是一種怕麻煩與膽怯的想法，但是我馬上又有了別種的想法。我忽然想到了道文，如果我只預備暫時回到上海去看看拍戲，那麼回來的時候又怎麼樣呢？銀妮不忘我，回來固然麻煩；銀妮已忘我，回來當然又會提醒她。那麼我就應當根本搬走，回上海就不再回來了。如果要這樣做，我就先要關照道文才對。小小的事情中，在我們不加思索時似乎很簡單，但是在思索之後，竟發現了裡面有無數無數的問題。如果我搬走了，銀妮身體好起來，當然是好的；

但倘若她竟變了道文表姑一樣的神經病，那麼我不是只是非常自私的膽怯的逃避？於是我想到我的妹妹，我何妨把妹妹接來同住，叫她帶著銀妮，使她的性格活潑起來，把她的生活豐富起來。我妹妹是一個非常外向的人，我可以藉著她帶銀妮一同接觸社會上一些朋友，只要社交範圍一廣，她的性情就可以比較顯豁……

外面的風好像鬆弛許多，而窗口的光竟白了起來。它慢慢地爬進了窗內，突然，我感到了一種威脅，一種莫名其妙的白天的威脅，這因為白天一到，我就得生活，而放在面前的就是銀妮的問題。

我覺得我實在不能再在這園中生活了，連一天都不可能，連一小時都不可能。無論到哪裡，我總得先離開這裡，只有離開這裡後，我也許會有距離使我恢復的理智來重新思索這件事情。

想到這裡，我終於奮然振作，我開亮燈，我理了一只旅行的提箱。我等五姑起來，告訴她我要回上海去一趟，大概半個月回來，她當然覺得我走得有點突兀，我沒有理會，留給她一些錢，就走了出來。

我直接走出道文新闢的正門，我連回顧一下園中的景色都沒有，這些對我好像都是一種威脅。一到門外，我局促的心竟似乎馬上寬敞了許多，青山綠松，廣闊的大地，在太陽的光芒下，從輕紗似的煙霧伸展出來。這無限新鮮的景色喚醒我一夜的夢魘。我搭上公共汽車，在駛向城站的路上，我發覺我像逃避魔魅似的，離家越遠我越感到安全起來。

我買了票，在車站上吃了早點，於是我開始有比較安詳的心境走進了車廂。

如今那車窗外的景色——那靜謐的小河，綿延的山巒，黃綠相間的山野，以及小橋流水的人家——在我眼前奔馳移動，竟像是在告訴我，我早就應當離開那怪癖的所在了。但這不過是我精神在過度緊張後的一種鬆弛，而我馬上感到我心上奇怪的空虛，我不知道我在為什麼，求什麼，或者是要什麼？我只是在不為什麼，在拒絕什麼，或者是不要什麼。是這樣將空虛招致了我一夜來的疲倦侵襲，我不斷的瞌睡起來。在以後醒醒睡睡的旅程中，我始終是逃避著現實的問題，這好像是下意識的對我心靈作保護，它是懦怯地不使我正面作澄清的思索。

一直等到車子進了上海的北站，我跟著大群的旅客下車的當兒，我才想到我應當上哪裡去的問題，而我馬上發現上哪裡都不是我的目的，去找誰都沒有什麼意義。我提著提箱，遲緩到了站門，停立著望著一群人進，一群人出，我不知如何來安頓自己。最後，我還是想到了道文，我有奇怪的衝動想馬上去南京看他，我毫無考慮的去詢購車票。

頂近的是下午三點鐘的車子，我買了票，但還要隔四小時的時間。自然我很可以回家一趟，或者去訪候一些朋友，但是我竟什麼都不想，我一直逗留在車站上。我吃了一點東西，買了一些報紙雜誌，我悄悄地望著人來人去人進人出，靜候時間的消逝。

到南京，天已經黑了，我坐了一輛車子趕到道文的家裡。

道文的家在溝沿街，是一所小小的洋房，他們住在樓下。我到了裡面，夫妻兩個正在吃飯，一見是我，道文馬上放下筷子叫了起來：

「是你？你怎麼會來？」

「唉，說來話長。」我說著放下行李，倒在旁邊沙發上說。

「你怎麼？面色很不好。」葉波吾說。

「你還沒有吃飯吧？」道文望望我說。

「沒有，」我說：「但是我現在也不想吃，回頭再說吧。」

佣人給我一杯茶，波吾忽然露出很微妙的笑容說：

「你一個人來的？」

「怎麼？」我說：「你以為我應當同誰一同來？」

「我想你到南京來玩，應當約銀妮一同來看看我們。」

「銀妮。」我說：「就是為銀妮，她……她……」

但是道文竟大笑起來，他說：

「你愛上了她？」

「你們快吃飯吧，」我說：「回頭再講。」

我看他們吃飯，一直坐在那裡。道文看我一時不願談銀妮的事，他東一句西一句的問我杭州情形，又談到掌塵、雷剛到杭州叫我寫《癡心井》劇本的種種。他說他接到過掌塵一封信，告訴他《癡心井》已經在開拍的情形，掌塵還說到大家叫我去上海，我不去。道文於是猜想我在那面一定很安靜地可以寫作，所以不想去上海。最後葉波吾說：

「我早就料到你因為喜歡銀妮，所以他們叫你去參觀拍戲都不去了。」

「全是你，你闖的禍。」我正經地說。

我的話使道文與波吾都驚異起來，這時候他們已經吃完飯，兩個人都坐到我的旁邊。道文也比較不像開玩笑似的問我，他說：

「怎麼回事，到底怎麼回事？」

我於是把詳細的經過都告訴他，我告訴他我怎麼跟銀妮來往，怎麼我妹妹同同學到杭州來玩，後來掌壓他們來杭州，又是怎麼樣的情形，以及我怎麼樣在樹林看到她拿著那顆珊瑚的心的情形。

道文聽了以後，愣了許久，忽然感喟地說：

「我早就告訴你，住在我家的女孩都是癡情的，癡情的女孩子是不能惹的。」

「但是我並沒有惹她，我完全像小妹妹一樣的待她，完全是代替你的地位同她在一起。」

我說：「是不是她以前有什麼男同學遠別了，所以把這份想像放在我身上來了。」

「沒有，沒有。」道文說：「你想找這樣解釋，無非是為逃避責任的一種自慰。她愛上了你，這不是很確實的事麼？」

「但是我沒有什麼值得她癡情的，又沒有同她說過一句什麼。」

「奇怪，看你寫的小說很聰敏，怎麼到你自己身上，怎麼糊塗了？」道文責備我似的說：

「當初你不是說，你喜歡癡情的女孩子麼？現在，你看，這種女孩子不能夠惹的。」

「但是，我怎麼想得到？」我說：「你怎麼不早告訴我？」

「你讀過那麼些書，寫過這許多東西，這還要我告訴？」道文的聲音越來越響。

「但是這已經過去，你責備我也沒有用，現在你要怎麼辦呢？」

「你們爭這些幹麼？」波吾說：「你同銀妮結婚不就什麼都解決了？」

「他又沒有愛銀妮。」道文說：「沒有愛情的婚姻不會永久幸福的。」

愛銀妮，我為什麼不愛銀妮？這許多日子我始終沒有想到這問題，經道文一說，我馬上意識到我是愛銀妮的。我愛她正如任何情人們的愛情，而我只是始終沒有看見，我只當她是我的妹妹。愛情的神祕竟使人會對真正的愛情盲目不知，經人一提，我竟看得非常清楚。我頓時發覺以前的一些浪漫史黯然無光，一切都是醜惡的可恥的，而真正的愛情只是一個，這一個就是我在愛銀妮。一時間我一躍而起，我沉重地拍了道文的肩背，我捧著波吾的頭吻她的面頰，我叫了起來。

「為什麼不？我愛銀妮；我愛她。我真在愛她。」我又拉著道文說：「你怎麼不早告訴我，我不是早說過我喜歡癡情的女子麼？」

「你真是一個詩人。」波吾諷刺似的說。

「你真是愛她麼？」道文忽然冷靜地說：「她還是一個什麼都不懂的孩子。我總覺得你想有一個對你癡情的女孩子，不過是一種刺激上的需要……」

「你別胡說八道。」我打斷了他的話，因為我心裡浮起的竟是一種新的不安，我急慌地問他說：「但是你說她會答應我嫁給我麼？」

「為什麼不？她愛你，是不是？」

「誰知道？你真是相信她愛我麼？」

「自然自然。」

「我總覺得我是不配她愛的。」

「憑這句話，我可以相信你是愛銀妮的。」波吾說。

「你還對我懷疑？」我說。於是我又問道文：

「道文，那麼三叔與三嬸呢？他們肯答應我娶銀妮麼？」

「為什麼不？」道文說：「他們一直沒有討厭你，而且你們兩個人願意，他們又不是頑固的人物會來阻止你們。」

「那麼你寫一封信給三叔三嬸，我帶去。我明天早晨就回去，我去求婚，我要馬上結婚。」我說。

「晚幾天也不要緊，這麼急幹麼？」

「我在這裡也沒有法子生活。」我說：「我一定也沒有法子睡覺。啊，現在幾點鐘？十時一刻。道文，我們出去，去跳舞去。我們好好玩一宵，玩一宵。波吾，你去換衣服裳，快快，我想喝酒，我想跳舞，我想痛快地玩。啊，我現在倒覺得肚子餓了。」

……

九

我們玩到兩點鐘回來，我逼著道文馬上為我寫信給三叔。我睡了四個鐘頭，於七點鐘就醒了。我沒有吵醒道文夫婦，留了一張字條，懷著道文寫給三叔的信，我就趕到車站湊搭聯運車直回杭州。我的心真是又緊張又快樂。時間、天氣、風景對我幾乎沒有影響，我時時感覺到我自己的愚笨。在真正的愛情前，正像在太強烈的光線前看不到發光體一樣的看不見愛情了。

火車在原野中奔馳得很快，但是我竟覺得它還是太慢，好像每一站的逗留都在同我作對，我後悔我沒有搭飛機，但是這還因為我知道飛機票不容易買到，而火車是隨時可以搭著的。

在到上海的時候，車子在站中停留許久，就在這停留之中，我忽然想到我應當把我的喜事告知我的父母同弟妹，我應當請他們一同到杭州去，我還需要向父親借一筆錢，自然我需要買一只講究的指環。這一些原是必須的事情，而我竟一直沒有想到；當時一想到，我就毫無考慮的提了手提箱跳下火車。

我叫了一輛街車到家裡。父親沒有在家，母親對我突然的回家很奇怪，我馬上告訴她我要結婚的消息，我請父親母親到杭州去，一時大家聽到了，全家都興奮起來，弟妹們爭著也要到杭州去吃我的喜酒。

「那麼是幾時，揀好了日子沒有？」母親問我。

「隨便幾時，越快越好，明天我們去杭州，就後天好了。」

「笑話，你真還是小孩子，結婚是終身大事，哪有這麼容易？我們去也要準備準備，她們嫁女兒，隨便怎麼簡單，也要有點預備。」

母親的話當然是對的，我一心同銀妮在一起，竟連普通的習慣都沒有想到，經她一提，我才知道我應當先同三叔、三嬸去商量一個日子，再來敦請父親與母親去杭州。

傍晚時分，父親回來了。他聽到我要結婚的消息也很高興，並且慷慨的借了我一筆錢。他說，我回杭州後可以先簡單地訂訂婚，結婚的日子最好在陽曆年假，那時他有假期，弟妹也大家可以去，叮嚀我同三叔、三嬸商量後再寫信給他。

父親的話自然也是入情入理，我很高興的一一接受。第二天我拿著父親借我的錢去買指環，這是訂婚上不能省的，我用了三百塊銀圓買了一只一克拉六的鑽戒。後來我又想到我應當送一點東西給三叔、三嬸，更應當送一些衣料給銀妮，於是我就走進了百貨公司。但是一走進百貨公司，我看到一切女人用的東西竟都想買，我買了呢質的晨衣，絲質的睡衣；我還買了漂亮的傘，新穎的雨衣，尼龍襪子，手提袋，香水，以及秋夏春各的皮鞋同衣料；不用說我還買了手錶，粉盒，口紅，我有莫大的欲望把銀妮打扮成一個仙女。頂奇怪的是我對於嬰孩的衣服用品，也發生了興趣，我有奇怪的欲望想買。我在公司裡足足走了一上午，出來的時候才發現父親借我的錢已經用罄。我自然不能再向父親去借，我一個人到沙利文吃飯時，才想到我可以尋尋程掌塵，問他支一點編劇費，我也覺得我有把我要結婚的消息告訴他們那一群朋友的必要。

於是，吃了飯，我打電話給掌塵，我在電話裡沒有說到我要結婚。他知道我到上海當然很高興，馬上告訴我他今夜在攝影場拍《癡心井》，雷剛、紫盟都在，大家可以碰到。他最後非常興奮的告訴我《癡心井》的成績非常好，紫盟演出有出人意外的成就，他覺得紫盟到杭州住了許久於她有很大的啟示。

下午，我回到家裡，洗了一個澡。我開始在過分興奮中靜了下來，兼之我多夜沒有睡好，我就在家裡一直睡到吃晚飯的時候。夜裡，妹妹要我請客，我拒絕了她，但我把她一同帶到了攝製場裡。

我同妹妹在化妝室中找到掌塵、雷剛與紫盟，大家都哄起來對我歡迎，妹妹忽然說：

「我告訴你們一個喜訊。」

「什麼喜訊？」

我很想阻止妹妹，但是她已經很快的報告出來：

「我哥哥要結婚了。」

「你要結婚？」掌塵第一個問：「同誰呀？」

「你們猜。」我妹妹說。

「紫盟，是不是同你？」雷剛忽然說。

我不知道雷剛的話是玩笑還是有別的根據，我心中突然有一種說不出的感覺，我看了紫盟一眼，紫盟正用奇怪的目光在看我，她忽然用沉靜的語氣說：

「沒有這麼好福氣。」

我當時避開紫盟的語鋒，我對雷剛開玩笑似的說：

「你難道要我演《癡心井》裡的男主角麼？」

「到底同誰？」掌塵又問。

「那個人同你們都認識的。」妹妹說。

「是不是同你也認識的？」雷剛問。

「自然，我同她很熟。」

「杜國心？施耐冰？……」

「不是，不是。」

「那麼是張素鏡，葉露章……？」

「不是，不是？」

「你一共也不過這幾個同學。」掌塵說。

「怎麼一定會是我的同學呢？」

「不是你的朋友，那麼是誰？」掌塵說：「啊，一定是施耐冰，她不是你的同學，你說過你哥哥喜歡她的。」

「不是，不是。」

「不是？那麼我猜不著了。」掌塵忽然拉著我說：「誰呀？你說出來吧。」

「銀妮。」我說：「我同銀妮結婚。」

「銀妮？」雷剛說：「名字倒很熟，是誰呀，我沒有見過吧。」

「啊，就是在杭州同他在一起的那個女孩子。」紫盟好像輕視似的說。

「她啊？」雷剛說。

「她？」掌塵很吃驚地說：「你同她結婚？」

我不知道為什麼，我同銀妮結婚的消息會使他們失望。他們似乎都不發生很大的興趣，好像都在用奇怪的眼光看我。許久許久，他們才給我不熱烈的慶賀。

在導演與演員們拍戲的時候，我開始向掌塵支錢，他答應明天下午給我。

「明天下午？」我說：「那麼我又要等一天了。」

「你就要回去，那麼急幹麼？」

「我想會銀妮。」我說。

「一天兩天，有什麼關係？」掌塵說：「你們幾時結婚，有日期沒有？」

「還沒決定，大概在陽曆年假。」我說：「但是我馬上要去訂婚。」

「這麼急，怕別人把她搶走麼？我支票圖章都不在身邊，反正今天也來不及了，明天上午你也不見得起得來，下午拿了錢你就可以上車的。」

於是掌塵約定了明天下午到我家裡來看我。

後來我去參觀拍戲，掌塵同我妹妹在一起；我們逗留了大概一個鐘頭，我同我妹妹出來，在路上妹妹同我說：

「程掌塵很奇怪你愛銀妮。」

「這有什麼奇怪？」

「他覺得你們結婚不會幸福的。」

「他怎麼知道？」

「他說上次到杭州去，你同紫盟很好，紫盟也很喜歡你，以為你們將來會好起來，那倒是很配。他們大家可以列杭州去參觀你們婚禮，鬧一鬧。」

「他倒為自己好玩打算。」我說。

「他說我叫他猜的時候，他以為一定是施耐冰，他覺得施耐冰倒也是很配你的。」

「婚姻又不是演員的搭檔，可以憑他想像。」我說。

回家已經不早，我很快的就睡覺了。

第二天上午，公司裡送來了我昨天買好的東西，我請我妹妹幫同我理了兩只箱子。下午，掌塵在約定的時間竟沒有來。他打了一個電話給我，說他現在沒有工夫來看我，要我夜裡帶妹妹到厚德福去吃飯，朋友們都在，飯後一同去跳舞去。我再三告訴他我想趕夜車到杭州去，但是他說差幾個鐘頭何必這樣固執，就算是忠於愛人，也不該這樣忽略朋友，我終於接受了他的意見。

這樣我又在上海耽擱了一晚。

十

我於第二天早晨動身去杭州。那天下雨，有風，天氣驟然冷了下來。我帶了兩件行李到了車站。在車上，我心裡很不安，我從懷裡掏出道文給三叔的信，看了一遍又看一遍，我竟又害怕三叔要有較久的考慮，或者甚至以為我不是合適的對象。我還從懷裡掏出我買給銀妮的訂婚鑽戒看了又看，我不知道銀妮是否會喜歡它。

我去南京時，本來是預備到上海的，結果是一直到了南京；這次回來，本來是買聯運票，預備直接到杭州的，結果在上海下車，一待待了三天，人生途中一切常有這樣的變化，我不知道我所期望的婚姻是不是也可能有別種的阻礙，一時我的心忽然不安起來。

窗外，一直是雨，風吹得樹木彎屈起來。小河上旋轉著雨渦，遠遠的山籠罩著煙霧，路上有戴著傘笠的鄉人在走路。這一切灰色的景色，使我感到車子走得特別遲緩。為防止雨水飄入，車廂的窗都關著。車內有人在談話，母親安慰著孩子的哭，跑來跑去的人叫著零星的買賣，這一切竟都不是熱鬧，徒然增加了車廂的悶氣。

是這樣的空氣，這樣的心境，一站一站的挨到了杭州。不過四天的別離，我竟有遊子遠歸的心境馳赴家園。汽車越過市區，我在白堤上看到分外親切的西湖。雨中的西湖有不變的美麗，遠遠的南峰、北高峰，似乎都在歡迎我歸來。我無法想像銀妮見到我的歡欣，我用手摸著袋裡鑽戒，又摸摸道文給三叔的信，我的心不斷地跳著。

到了家，我懇求司機幫同我把行李搬進去。門虛掩著，我走了進去。園中一切依舊，秋來的景象在雨中雖是蕭瑟，但未能打破我心頭的快樂與興奮。行李搬到了廊下，我打發了司機。但是前面的房門鎖著，我想五姑一定於我走後就把它鎖起的。我大聲叫五姑，沒有人答應。於是我到了後面，後面竟也沒有一個人，五姑的房門也鎖著，連廚房的門也上了鎖。我想五姑一定是在銀妮的家裡，我沒有辦法，只得一個人把三件行李，勉強地搬到後面，我把它放在廚房的檐下。於是我拉緊了雨衣很急地到銀妮家去。

天是陰灰的，雨倒不大。蕭蕭的風打著樹上的殘葉，地上都是落葉，幾天來似已厚了許多，它在風中蠕動嘆息，踐在我腳下索索作響，四圍沒有一個人影。禿枝上烏鴉傲咶，幾只覓食的小雀在地上，見我過去了都飛了起來。我走到斷牆殘垣的前面，在蹊蹺的瓦礫上，遠望前面已禿的樹林，我希望我可以看到銀妮，或者她會在屋前，看我來了她會出來迎我。我像奔一般的往樹林的小徑走去，那裡的落葉更厚，雨水積在裡面，踩下去都滲出水來，水似乎已摻進了我的鞋了，我加緊了腳步奔向銀妮的家。

但是銀妮的家已經完全變了。我幾乎無法認識。當中的廳堂的門敞著，前面支著白布的靈幃，房中的一切都已變動，方桌上供著香燭，兩邊坐著四個尼姑在誦經，木魚與磬聲奏出可怕的預告。我的心緊跳著，我的視線也模糊了，我全身開始顫抖，我的兩腿像已是無法支持我身體的重量。我呆立了許久，木魚聲磬聲與誦經聲像是一種魔術的咒語。我像是被催眠一樣的闖了進去，我一直闖到靈幃的後面。裡面很黑，但在黝黯的光線中，我馬上看到了床板上的屍體，屍體的後面是一盞油燈，它閃著跳動的微弱的光，在平行角度上，使我看到屍體面部上歪曲的光影的變幻。

她是銀妮，她竟是銀妮！

她的嘴唇緊閉，眼睛微啟，烏黑的眼珠已無她生前所有的無可比擬的光彩，像是貼在那裡的紙屑，她的臉是青是紫是黯色的深灰，似乎是一個罩上去的面具。

我跪了下去，沒有什麼力量與顧忌可以阻止我的瘋狂，我的臉接近她的面部。這時候，淚已經使我視線模糊。那像是剛才小徑上，落葉堆裡的雨水，它飽含在落葉中經不起輕微的壓力，就像泉水般濡溼了她冰冷的面孔。

但是我的熱淚並不能溫起她已冷的嘴唇，我的聲音也喚不起她已僵的感覺，我的視線也無從貫穿她紙屑一般的眼珠。而我也在她腳後微弱的跳躍的光芒中失去了意識，但是我知道我沒有停止我的哭泣。

於是我感到有人驚醒了我。

是五姑，我開始發覺她竟是唯一的親人，但是我已經無能表示我的傷心感激與疑慮，我像是已經換了一個生命，我跟隨她的牽引像是迷途的羔羊跟隨母羊。

她帶我走進三叔的房間，掀起厚重的布簾，拉我進去。

三叔坐在一張鋪著紅氈的紅木桌邊撥著骨牌打五關，鼻梁上架著眼鏡。他的視線滑到鏡框外看我一眼。靠壁的床上，躺著三嬸，拿著一塊花帕在啜泣。她沒有理我，也沒有看我。五姑把我推到一把椅子上，大家沒有一句話。我只聽到三叔抑鬱的牌聲，窗外淅瀝的雨聲，以及門外木魚聲、磬聲與哭訴般的誦經聲。這聲音的配合像是一曲無可忍耐的淒涼的夜曲，我掙扎著鎮壓我自己的抖索，我用盡我的生命之力來打破這可怕的空氣，我說：
「是我害了她！」
一開口，我就無法禁止我的哭泣；這引起三嬸又號哭起來，五姑也啜泣起來；三叔忽然用我從來沒有聽見過低沉的聲音說：
「這是天意！」
他說著推開了牌，靠到椅背上，用左手摘下眼鏡，閉上眼睛，用右手的拇指與食指按了按眼角。如今是門外的誦經聲，窗外的雨聲，配合了三嬸與五姑的哭泣。我忍住眼淚，就在她們的泣聲低下去的時候，我鼓著勇氣問五姑說：
「到底是怎麼回事？」
「她掉在井裡……」
「掉在井裡？怎麼會呢？」
「她這些天一直頭暈，不舒服……」五姑囁喘著說：「她媽媽叫她睡，她總是睡不安定，不斷的偷偷地溜出去。前天一早，她又溜了出去，九點多鐘的時候，她媽媽找她，發現她已經……唉！」
「她是失足掉進去，還是……還是……？」
「誰知道！」但是五姑的聲音沒有完，三叔忽然拍了一聲桌子厲聲地說：
「不許說啦！」
於是大家再沒有一句話。三嬸似也停止了哭泣，靠在枕上。房內分外清靜，窗外的雨聲，與門外的誦經聲以及間或的木魚與罄聲則更加清晰起來。我從三叔看到三嬸，從眠床看到桌子。於是又從骨牌看到帳鈎，帳鈎上我看到一串念珠，突然我看到了念珠邊正懸著那顆珊瑚的心。這使我無法不站起來走過去看，我把它從帳鈎上拿下來。五姑忽然說：

「這是在她的懷裡找到的。」

我沒有作聲。把玩許久，我握在掌心裡，有一種奇怪的感覺使我走了出來。那誦經聲，那木魚聲，似乎在呼喚我。我在靈前癡立許久。於是我就離開了靈幃，我走到外面。雨打在我的面上。我踏著落葉，我諦聽著誦經聲一點一點遠去，我在雨聲中走出樹林，我望著灰色的天空，我走進灌木枯草的叢中，我看到了亭子，於是我摸到了井邊。我彎下身子，我在烏黑的井水上看到我的面影。我凝視許久，我開始意識到我第一次到這個井邊的那天，什麼都沒有兩樣，我也是這樣的看到自己的面影。而當我回頭過去，我看到了銀妮在樹叢裡——她垂著兩條烏黑的辮子，月白的短褲，黑生絲的襪子。……

我於是猛然站起，我回顧樹林，我希望她會仍舊在那裡出現。

但是這是夢想！她不會再在那裡出現了。這因為樹林的綠葉已枯，蕭蕭的雨中看過去只是空疏的殘枝。

我重新回到井邊，我凝視井底，井底是我的面影。不知怎麼。我忽然想到「前天」，我似乎重新聽到了五姑告訴我「前天一早。」

「前天一早……前天一早……」我自言自語地說。

那麼假如我不在上海逗留，而是搭著聯運車一直回來呢？

「前天一早……前天一早……」井底響起了清晰的迴響。

只要我不在上海下車，不在上海下車！天！而這竟是無法重新做過！我愣了！我不知該怎麼樣對自己解釋。我感到一種害怕，為什麼我在去的時候未買聯運票子而知道不在上海逗留，而來的時候買了聯運票反要在上海下車呢！不管支配我們的是神是鬼，是命運是機會，是我自己的衝動，而這個支配是多麼可怕呢？

一陣顫抖，忽然井庭響起一個聲音，我馬上發現我手上的那顆珊瑚的心掉了下去。黝黑的水上起了圓紋，它沉了下去，圓紋閃出了奇怪的光。突然我發現我的臉影變了，井底映出的竟不是我的面孔，而是銀妮。

是的，是銀妮，圓圓的臉，烏黑的眼睛流動著無可比擬的光芒，扁薄的嘴唇浮著不可捉摸的笑容，漆黑的髮辮，正慢慢地從她後面滑垂下來。我想到我同她那次在井口叫她看虹的一瞬間，她的臉影就在我臉影的旁邊，如今井底只有……怎麼是她的臉影？我往下看，我叫，我叫「銀妮！」，井底迴響著「銀妮！」。我向下望，向下望。我想細認她的面容，我想接近銀妮。我叫「銀妮！」，我耳朵是「銀妮！」的迴響，我眼睛是銀妮的面容——她的不可捉摸的笑，流動活潑如流星的眼睛。如今，我想捧她的臉。我想撫摸她的髮辮。我伸出手去，我似乎已經可以接觸她了，可以碰到她的髮辮，但是為什麼那麼困難，我叫：

「銀妮！銀妮！」

「銀妮！銀妮！」我耳朵是井底的迴響？……

我發覺我墮入了井中，我的頭像是撞在什麼地方。

我眼前銀妮的影子淡了下去，口中叫不出銀妮的聲音，耳中也沒有銀妮的迴響。我沒有痛苦，我沒有感覺，我……

十一

但是我竟沒有死！

我不知道我是如何被人們施救的，我醒來已在自己的床上，頭部包紮著，隱隱作痛，血滲透了包布，染在我的枕上。許多人圍著我，在為我忙碌，我慢慢認清了有五姑，三叔，還有常來擔泥挑水的鄉鄰。

突然，我看到了波吾，她怎麼會在這裡呢？

「她們於銀妮出事後，打電報給我們。」波吾解釋著說：「你好好睡吧。」

「那麼道文呢？」

「他去找他認識的一個西醫去了。」

不知怎麼，我心裡有說不出的悲傷，我竟哭著掙扎著要起來去看銀妮。於是大家都來禁止我，把我按倒在床上。

五姑特別來勸慰我許多話，但是我神志還不十分清楚。

於是我看到道文帶著一個西醫進來，他為我重新包紮頭部，給我打針，又留下了消炎藥片。

在一切忙亂痛苦緊張中，我始終不知我是怎麼被救的。

一直到第二天早晨，五姑在我的房內。我醒來，忽然在枕邊發現了那顆珊瑚的心。這是多麼令我驚奇與害怕的事。

五姑看我不安，她告訴我，我被撈起時，手中就緊握著這顆心。

如今我仔細看到了這顆心了。它是雕刻得這樣精致，而色澤又是這樣紅潤。我細細地把玩著，又打開了看到那刻得非常細巧的葬花詞與焚稿圖；這當然是一件難得的古玩，我奇怪為什麼要留在銀妮的手裡，於是我想到銀妮的話。我不禁自問地說：

「你看到過這個東西沒有？你有這東西沒有？」

但是這竟使五姑吃驚了。她愣了一下，坐倒在我的床邊上，她從我手中拿那顆心，輕輕塞在我的枕下。

「你現在不應當再想什麼，應當好好休息才對。」她說：「死的已經完了。」

不知怎麼，她的話竟使我禁不住我的淚水。我啜泣著說：

「那麼為什麼要救我起來呢？」

「這是命運！」五姑說。

於是她告訴我，她在我昨天失神地拿著那顆珊瑚心從內房出來以後，心裡就有點不安，但總還以為我是去靈幃後來參會銀妮，後來因為聽不到我的哭聲，怕我昏暈，她就到幃後來看我，見我不在，她問了在誦經的尼姑，追了出來。她走到樹林邊緣時，看我伏在井口，就大聲地叫我，但是我沒有理她。等她跑過來拉我時，我已經掉下井裡去了。她於是就叫了人。幸虧為銀妮的喪事，她請了人來幫忙，就在她們後園，所以很快的救了我起來。

她很簡單的說完這些，就叫我好好休息。

這樣我睡了七天，我房中總是不斷的有人看守著。不是道文，就是波吾，有時候五姑或別人。醫生也天天來同我換藥，開始他怕我發炎，叫我吃了許多配尼西林藥片，五天以後他開始放心。我精神似已恢復許多，創口痛苦也少，但是我總禁不住時時想拿到顆放在我枕邊的珊瑚的心，看到這顆心，我就禁不住要想到銀妮，一想到銀妮，我竟無法沒有許多悔恨埋怨與傷心。道文看我這樣，叫我把這顆心交他，我不肯，最後他答應不把它拿走，但只許我放在枕下。

可是第八天早晨，我醒來，當我正感到頭部沒有什麼痛苦，精神比較健朗之時，我突然發現我枕下的那顆珊瑚的心沒有了。我的找了許久，我起來，我在床上遍找，但終是找不到，於是我叫五姑，五姑說不知道。最後波吾進來了，她見我這樣焦急，就告訴了我，她說：

「道文拿去了。」

「他為什麼要拿去？」

「三叔說要把它抛在井裡。」

「抛在井裡？」

「是的。」波吾說：「他們現在在填井。」

「填井？」我一時不知所措，我沒有再說什麼，我馬上穿上鞋子，披了衣裳，就奔了出來。

我一直走上亭基，我看到道文與三叔與四個壯漢都在下面，井邊早已堆著大堆的瓦礫，似乎這是前兩天就挑來的，現在是一鏟一鏟的在填井。

「道文，道文。」我叫著他跑到道文身邊，我說：

「那顆心呢？」

「我早已拋在裡面了。」
「為什麼？為什麼？」
「這是一個不祥之物！」三叔在旁邊感慨著說。
「你何必還想不開？」道文安慰我說：「留在這裡也無非使大家傷心，是不？」
我知道這已經無法挽救，而也覺得他們倆的意思不見得不對，但是我心裡竟有說不出的傷心與惆悵，我有點支不住自己。
「道文，你扶他回去休息吧，這裡風也太大。」三叔忽然對道文說。
道文伴我又走上亭基，我一眼就看到殘荷滿地的池塘。池岸的草尚未枯盡，但對面的樹，已只剩了殘枝。下面就是我與銀妮並坐釣魚的白石。我癡立許久，我從白石望到板橋，又望到了亭柱，於是我看到亭柱上的對聯：
「且留殘荷落葉，諦聽雨聲；莫談新鬼舊夢，泄漏天機。」
天上有雲，太陽淡淡的隱在雲底，滿園是殘枝枯木，有烏鴉噪起淒切的哀號，我對道文說：
「如今我希望把銀妮葬在這裡，你同三叔去說好不好？」
道文點點頭說：
「我一定為你求他，我想他會答應的。」
……
如今，那亭基已改成銀妮的墓址。我們還保留那刻著「且留殘荷落葉，諦聽雨聲；莫談新鬼舊夢，泄漏天機。」那副對聯的亭柱。周圍，我們種了紅楓與海棠。

我在銀妮葬後，仍待在杭州。在一年中，我天天到她墓前去追懷；但是在我離開杭州以後，不知怎麼，我竟再沒有勇氣回去了。離開杭州後，我去過北平、南京、重慶、上海，後來又到了香港。去年，五姑來信，附我幾朵海棠花瓣，她信上說，自我走後，海棠開時，花瓣上竟嵌有紫紅的心紋。這真是奇怪的事，她說，那花瓣上紫色的心竟是那顆珊瑚的心的影子。我雖然沒有這個迷信，但仍希望年年都能接到這樣的花瓣。

《癡心井》的影片攝製完成後，博得了許多的好評。掌塵、雷剛、紫盟都為此驕傲。我在上海時，掌塵曾硬拉我去看過，我竟覺得這是一張庸俗醜惡的作品。紫盟就因這張影片成為最紅的明星，但我在《癡心井》中所得印象，奇怪，始終覺到她將永遠是一個沒有心靈的演員。

在太陽前，一切光都是黑暗；在海洋前，一切水都是渺小；在宗教中，一切神祕都不是迷信；在愛中，一切其他情感都是短暫而卑微。

巫蘭的噩夢

一

學森終於要來了。自從一個月前他告訴我他要來臺灣，我天天在企待。

那天天氣很好，太陽一直光照著大地；從下午四點鐘的時候起我就一直注意飛機的聲音，我猜想他們什麼時候降落，什麼時候下機，歡迎的人怎麼在歡迎他們。

本來我也想到機場去接他，但因為他們是廠商回國觀光團。一個團體，歡迎他們的人很多，所以約定於他們安頓後，晚上到寧園來。

素慈帶她的孩子但娜與正維也於六點鐘來了。我們知道他們團體剛剛到，一定先有應酬，所以並沒有約他們吃飯。我們吃了飯，就開始等待，我們也開始談到學森，談他小時候的情形，猜他現在的神情。我們手頭也有他最近的相片，但我們覺得本人一定是比照片要真實。

素慈有二十年，我已經十二年沒有見他了。

天漸暗下來，我們開亮了寧園所有的電燈。素慈特別注意門燈，她聽到汽車聲，一次兩次跑到園中去張望。

等著，等著，一直到十點鐘的時候，外面的車子真的駛進了寧園了。素慈、但娜、正維與我都迎了出去。

學森，學森終於來了。他先是楞了一下，後來跑過來。他叫爸爸，我馬上告訴他素慈就是信上常提到的他的姑姑，我還為他介紹了但娜與正維。

於是我看到他後面的那個女孩子，這是他最後一封信上提到的，他為我介紹：

「這是陳幗音。」是一個很樸素秀逸的女性。

我與幗音拉拉手，素慈於是拉著幗音，我挽著學森進來。

在客廳裡坐定了後，我開始注意到學森，學森竟還是同他高中時代差不多，只是頭髮養長了；他長得很壯，穿一件灰色的西裝，打一條紫紅色的領帶，臉上還是他以前的那種愉快的稚氣。

我自然也注意到幗音。

她穿一件素色的嫩黃的短袖旗袍，鑲著棕色的緞邊，臉上沒有抹什麼脂粉，但戴一對圓錐形的黃金的耳墜，頭髮很自然的梳在後面，沒有什麼時髦的髮型。最令我注意的，是她的白皙的秀挺的頸頤，兩臂柔和豐潤而清朗，好像是雕刻家塑造出來的一樣。她兩手放在一起，手腕上是一隻黃色的手錶。

我自然有許多話要對學森談，但因為幗音在一起，一時卻不知從何談起。我們談的都是無關緊要的話，如他們什麼時候在香港起飛，這裡團體的計畫怎麼樣？預備參觀些什麼地方？今天機場有些什麼人來接……之類的。

幗音不免有點害羞，談話聲音很低。她是一個端莊凝重的女孩子，這可說是太出我意外的。我總覺得學森的對象應該是活潑玲瓏像但娜一樣才對。

學森手裡拿著一包東西，這時候他打了開來。一件黑色的衣料是送給素慈的，一隻阿米茄的錶是送給我的，另外兩隻錶是為但娜姐弟帶的，兩支自來水筆也是送給但娜同正維的。還有一個煙斗則是送給素慈的先生林成鳳的。素慈、但娜、正維都接受了禮物。

我開始與幗音談談她的情況，我問她有什麼親戚在臺灣，她告訴我她有個堂叔叔在這裡。

「他在哪裡做事？」

「他在師大音樂系教書。」

「是誰呀？」

「陳大綱。」

「啊，我認識他。我碰見他幾次，在宴會上，只是不很熟。」

「我們也很久不見面了。」她說著，看我一眼，笑了笑。

「你也是學鋼琴的？是不？」素慈問她。

她微笑一下。

「但娜也在學鋼琴。」

「學了幾年了？」幗音問但娜。

「她學學停停，也不用功；這裡學校功課也忙。」素慈常把但娜當作小孩，搶著替但娜回答。

「是，是，聽說臺灣中學裡的功課很重。」幗音附和著說。

「藝術教育，臺灣不太注重。」素慈說。

「我也是家庭關係，所以很小就學琴了。」幗音說。這是我初次與幗音的談話。當時學森與素慈談到寧園，我就帶他們去參觀了一下。但因為天色已暗，我沒有帶他們去看我花園裡的名花——我最珍貴的，就是我所種的一百幾十盆的巫蘭。

二

學森是我唯一的孩子。

但是他同我太疏遠了。他的母親尚寧於學森十歲時就去世。她死後兩年，我同靜瑜結婚，因為學森與後母相處得不太理想，我把學森送到學校裡去住讀。以後因我為生活奔波，各處流浪，就很少在一起。抗戰時期，我在內地。他在上海，靠親戚照顧，一度又失學。我們有七年沒有見面，在那個時期，靜瑜同我離婚了，我也不打算再結婚。勝利後我到上海，但匆匆出國。學森那時已經高中三年級，雖然很高大，但性情活潑愉快，稚氣未泯，所以還完全是一個小孩子。

我在大陸混亂之時，很想回國，但是我的妹妹素慈則叫我待大局平定後再回去。她一直在英國，嫁了一個醫生，叫林成鳳，生活過得不錯。林成鳳的祖籍在臺灣，一九四九年，他們回臺灣，邀我同去。當時我寫信給學森，要他到香港等我，同我一起去臺灣。但是那時學森的思想左傾，不肯出來，並且還叫我回去。當時我的確也很想回去看看，可是我的妹妹覺得我年紀已大，身體也不好，手頭又只有不多的儲蓄，大陸情形很亂，不如先到臺灣住下來，慢慢再叫學森出來。她當時也寫了一封信給學森，自然學森也沒有接受她的勸告。

我到了臺灣後，只同學森通過一封信，以後去信，就再也得不到他的回音。從此我雖然想念他，也只好當他不在這個世上了。

初到臺灣時，我就住在素慈的家裡，這自然也有許多不便，後來因為他們買房子，林成鳳也勸我把我的積蓄置點產業。林成鳳的哥哥林成龍是一個很富有商人，他有一個產業公司，又營建築。通過他的幫忙，我在北投買到一所頗有林園之勝的房子，覺得我在這裡養老是再好沒有了。

房子本身並不大，但是花園占地三畝半。照林成鳳的意思，買下來以後，可以把房子重建，最好造一所洋式的樓房，但是我並沒有把它拆掉重建，只有稍加修葺，就住了下來。我在門前題了一塊石志，稱作「寧園」，學森的母親叫尚寧，這個題名也有紀念她的意思。

素慈介紹我一個女佣，叫做錢阿秀。她很忠實，我很放心的把一切家務都交給了她。我就開始了一種非常平靜的生活，雖是寂寞，但我飽經憂患，覺得平靜也正是最大的幸福。

我的生活慢慢的變成很有規律，我在大學裡雖兼了幾點鐘課，但我專心工作的則是在寫一部中國文學史，我常覺得中國因為沒有美學，缺乏系統的文藝理論，沒有真正文學的評價，歷來只有詩話一類零星的意見，因此，我想用現代文學批評的立場寫了一部較具規模的文學史。我的消遣，也變成了一種嗜好的，則是在我的花園裡種植巫蘭，我在這方面花了不少精力與金錢。起初時只是偶然種了幾種，後來因為有朋友送我幾支異種，我就慢慢搜集各種不同的巫蘭，特別是臺灣的，我不知道臺灣究竟有多少種巫蘭。我在寧園收集的則已經有三十四種，每種各植了五六盆，所以共有一百幾十盆，其中有一種是我移接中所產生的變種，也是我特別珍貴的，則是純白色的花瓣裡有兩點相對的鮮紅的紅點。因為這紅點很像兩顆紅豆，所以我叫它為紅豆巫蘭。當這變種出現的時候，第一個引起我聯想的則是尚寧身上的兩點紅痣，一點是在她的頸下的背脊上，一點則在她身體的陰處。這是我們戀愛時一種神祕的暗示，也是我們新婚後常作為打趣的話柄。我覺得紅豆巫蘭也許正是為紀念她而出現的，所以我特別珍貴它。我為這一百多盆花，特別製成了石欄木架花棚與暖房，我每天早晨與黃昏都是在巫蘭的花叢裡消磨的。

在這平靜生活中，有許多朋友認為我太孤獨，應該找一個對象。阿秀也正是這類熱心朋友之一，常常同素慈說到勸我成家，每當有人為我介紹朋友，她總是非常關心的要知道發展。我既沒有立志想就此獨身終老，自然也好幾次接受別人好意的介紹，但總是見了一兩次面沒有再去進行。而我覺得生活也只是一個習慣，過慣了就不覺得什麼是寂寞了。

三

我有一個姨表兄弟叫秦性光，他在香港辦紗廠，這幾年來境況很好，我有許多經濟上事情有時就托他照顧。學森同我通信，本來也用他的地址。一九五五年，學森忽然從大陸出來，投奔到秦家，他深悔當初沒有聽我的話，現在身經許多折磨，方才覺悟。他寫了一封信給我，說他已經大學畢業，學的是土木工程，在香港，替人家補習數理功課，住在秦家，一個人生活很好。不過他很想可以有機會去歐洲或美洲讀書，只是外國文程度不夠，問我是否可以先到臺灣找個事情，或進研究院進修幾年。

這封信很出我意外，我自然非常高興，我很想馬上叫他來臺灣，素慈也非常興奮。但是素慈的丈夫林成鳳認為不很妥當。第一、學森從大陸出來，究竟思想如何，背景如何，都不清楚。第二、他外國文字不好，來臺灣也難有進修機會。第三、到臺灣找事不易，既然香港可以生活，何不就住在那邊，業餘進修英文，那邊也一定有更多出國的機會。

林成鳳的考慮自然有他的道理。學森雖是我唯一的孩子，多年不在一起，我對他了解實在不多，所以就照成鳳的意思給他一封信，叫他安心的住在香港，工餘多用功補習英文。

以後我與學森一直都有信札來往。秦性光同我本來常通信，現在則彼此常常托學森轉話，自己反而較少寫信了。

大概又是兩個月以後，學森得秦性光介紹，到一家南華建築公司任事，待遇一千二百元，這已經是他一個人花不了的數目，看情形，他生活得很好。那年年底，他有兩個月紅利，這還因為他是七月份進去的，別人都有四個月的紅利。他於一九五八年，薪水加到一千五百元，而且老闆很喜歡他，因此他對工作很感愉快，也沒有再想出國了。

學森同我通信，雖然也談到一些生活上種種，也寄我一些照片，但在我印象裡他總還是一個小孩子。他同我分別時，他是高中三年級的學生，活潑愉快，稚氣未泯。我在寄來的照片中也看不出有什麼改變。

我們通信中也偶而談到他的母親，我常常把我與他母親的愛情給他當作對於女友往還的借鑒。自從他的母親死後，我雖然又同靜瑜結婚，但是並沒有幸福過。真正美麗的愛情也許一生只有一次，所以對於戀愛要特別審慎。這些話原是老生常談，但想到學森正是戀愛的年齡，也許對他不是沒有益處的。他始終沒有告訴我是否有一個對象或者有一個固定的女朋友。我因此想到他也許還沒有想到婚姻問題。

於是，一九五八年九月底，他忽然給我一封信：

父親大人膝下：敬稟者，香港有廠商回國觀光團之組織。我代表我的公司，亦己加入，大概在臺灣有一個月之逗留，我還可請假一個月，同你一起敘敘。特別出你意外的，是我還有一個女友同來，我們相愛已很久，我希望你會喜歡她，素慈姑也會喜歡她。……

這封信不但給我帶來很大的安慰，也給素慈帶來不少的歡欣。不知怎麼，我想像中學森的情人，一定會像素慈的女兒但娜一樣，小巧玲瓏，鮮艷嫵媚，活潑嬌憨的一種典型。

但娜同她的弟弟正維聽說表哥要來，要我寫信托他在香港買兩隻手錶。

我當時就寫信給學森表示歡迎，並叫他買應買的禮物。送給姑丈姑媽表弟妹等。

就這樣，學森與幗音在我面前出現了。

四

學森雖已是成人，但態度還像以前一樣，處處透露他特有的稚氣。我們以為他在大陸上，一定有點政治口號的薰染，他似乎很少受影響。他的常識不富有，除工程上學識外，他的興趣幾乎都是小孩子的興趣，譬如說，愛看連環圖書、卡通與西部電影等等。他不愛藝術文學，也不懂音樂，但是很會哼哼流行歌曲。他喜歡運動、跳舞、游泳、打網球，很難靜下來談談什麼問題。他不講究衣著，穿著非常隨便，還像大學生一樣。

幗音竟完全不是我以前所想像的典型，她端莊靜默，淡脂輕粉，乾淨俐落，一點沒有拖泥帶水。她身材修長，五官清明，眼睛神采逼人，眉宇間閃著冷靜理智的英爽。而且從談話中，我還知道她比學森還大一歲。我很奇怪學森會愛上這樣一個女性。

他們的廠商觀光團有卅二人，其中有六個女性，他們都住在僑園招待所。他們團體的觀光節目，排得很緊，所以，我與學森、幗音只是在他們到的那天晤聚兩個鐘頭後，就沒有再見他們。真正同他們再接觸的，則是一個月以後，他們從南部回來，觀光團的組織也已經散了。

我第一次發現幗音有點像學森的母親也是在那時候。那天林成鳳請吃飯，在忠園，她恰巧坐在我斜對面，我發現她的目光很像學森母親的目光，我慢慢發現她的眼睛與額角完全是學森母親的眼睛與額角，只是頭髮的式樣不同，一時不容易發覺罷了。就在這一席宴會的時間，我開始覺得學森的愛她或者竟是有他愛母親殘像的錯綜。

當我發現幗音那一雙眼睛與學森母親的眼睛有類同時，我自然多看她幾眼，幗音似乎已經意識到我在特別的注意她。

幗音舉杯向我敬酒。她嘴唇並不像尚寧，但是笑的神采竟完全是尚寧的。這使我很吃驚。當時我的心裡忽然浮起了一種奇怪的不安。

這時，坐在我旁邊的素慈忽然說：

「學森，我發現幗音有點像你母親。」

「學森的母親？」幗音詫異地問。

「大哥，」素慈忽然對我說：「你看像不?特別是她的那雙眼睛。」

「不像，不像。」我說，我很奇怪我當時要說不像。我又接了一句：「你不記得你嫂嫂有一百度的近視麼？」

「幗音也有點近視。」學森忽然說。

「我也正有九十幾度近視。」幗音臉上浮起一層紅暈，低著頭說：「不過我不常戴眼鏡。」

「這正同我過去的嫂嫂一樣，她也不帶眼鏡，除了是去看戲，看電影。」素慈又說。

在這些對話進行之中，我慢慢的發覺幗音也有點不安起來了。

五

他們自從南部回來以後，觀光團的團員陸續散了，大部分都回香港。但還有兩個女團員要晚幾天走，住在僑園。幗音也仍舊回到僑園住了好幾天，那幾天學森天天去看她，回來常常很晚，我看學森精神上並不安詳愉快。我覺得幗音之需要學森，並不如學森需要幗音一樣熱烈。對於已經成年的孩子們的戀愛，我們很難貢獻意見，既然學森沒有同我談起，我也就不便說什麼。但是我對學森說，可以請幗音搬到寧園來住。

寧園有一個很好的樹木蔥蘢的花園，但是房子則並不大，一共只有五房兩廳，除客廳飯廳外，一間是我的書房，一間是我的臥室，還有三個房間，一間堆著箱籠等雜物，一間住著女佣，一間現在住著學森。可是我書房後面還有一間套間，這是一間狹長形的房子，堆著許多陳舊的報刊與書籍。如果清理一下，鋪一張小床，仍是很寬裕可住一個人的。幗音搬來，學森可以搬到那套間裡去。

學森聽了我的話，自然很高興。但第二天他從外面回來，我問他幗音是不是搬來？學森說：

「她不肯來。」

「她還預備住在僑園？」

「等同來的李太太和陳小姐後天回香港，她就預備搬到臺北去。」

「住到她親戚那裡去？」

「她有個叔叔，是陳大綱。」

「是的，她那天講起過，我倒忘了。」我說：「幗音鋼琴的程度很好麼？」

「她在香港就在教鋼琴。」學森說。

「她既然有叔叔在這裡，自然，她應該住到自己叔叔地方去。」

「也不是親叔叔。」學森說：「她叔叔勸她留在臺灣，不要再去香港了。」

「她還是想回香港？」

「她還沒有決定。」學森說。

我當時就一愣，覺得這些日子學森的不安，一定是為這個問題，如果幗音真的留在臺灣，那麼學森就很可能會失去她了。

六

兩天後，學森與幗音送李太太、陳小姐去機場，下午，幗音就搬到市區中山北路去了。以後幾天。我發現學森很失望。我想學森或者以為同幗音來臺灣，他可以更接近幗音，誰知道臺灣後反而疏遠了。

幗音住在僑園時，學森曾經有兩次帶幗音來過寧園，除了一次一起吃茶，有點應酬外，我沒有同幗音有較長的接觸。倒是女傭阿秀，對他們有較多的觀察。

有一次，他們一起來寧園，兩個人都很快樂。後來我在書房裡，他們兩個人在園中打羽毛球。我原是邀幗音吃了便飯再走的，但是六點鐘以後，我出來看他們，他們都已不在。據阿秀說，幗音一個人先走，後來學森追了出去。那天學森到晚上十二點鐘才回來，說是同別的朋友去看電影，幗音並沒有在一起。我當時沒有問學森他與幗音有什麼誤會，學森也沒有告訴我是怎麼回事。

現在幗音搬到臺北去，就沒有再來寧園。

幾天後，我正式請幗音來吃飯，也請林成鳳的一家，但是成鳳沒有空，要飯後才能來，素慈帶著但娜與正維先來了。另外我還約了兩個我的學生，這是剛結婚的一對夫婦，男的叫沈家潛，女的叫謝玲。沈家潛是一個初露頭角的小說家，頗有才華。謝玲則是一個女詩人，也會畫幾筆中國畫。她因為同素慈一起從一個姓梁的畫家學山水，所以很熟稔。

那天我們談得很久，我們自然也談到藝術與文學一類的課題，以及臺灣的文壇與藝壇的種種。幗音並沒有多發表意見，但好像很有興趣。但娜也在旁邊傾聽，而且談到她知道的人，還插嘴參加意見。學森則似乎沒有理會我們的談話，他只是注意幗音，從他眼光裡可以看出他的確很迷戀幗音。還有一個是正維，他才十五歲，已經有點疲倦，坐在那裡，所注意的也只是他的母親。這場合，使我更覺得學森的稚氣，如果他追求的是但娜，這該是多麼合情合理呢。

談話轉到了戀愛結婚的問題，素慈發表意見，說是戀愛談得太久，結婚反而難幸福，甚至往往不會去謀結合的。我不知素慈有沒有暗示幗音與學森應該早點結婚的意思，幗音聽了這話，可已經敏感地有點不自然，她低頭微笑，沒有作聲。我突然又意識到她像學森母親的地方。這些時候，我每次看到她像尚寧之處，我總是避開，而去注意她的不像尚寧之處。這一瞬間，當她低頭微笑，似乎是有點害羞，而又像她胸有成竹的態度是，我覺得她的確像尚寧，好像她真是尚寧的再版了。

而我發覺她並沒有真正愛學森。

接下去是沈家潛不知道說些什麼，幗音抬起頭看我一眼忽然說：

「戀愛與結婚是兩件事情，兩個人相愛不必一定要結婚，結婚也不一定要愛情。」我說：「中國以前有沒有感情的婚姻，但我們是希望他們婚後發生愛情；要是已經知道兩個人不相愛，那麼這婚姻就很可怕了。」素慈說：

「中國憑媒妁之言，父母之命的婚姻，究竟是野蠻的。」我說：

「在某方面講，這也許倒是合乎科學的。現在人講唯物論，講行為心理學，都說人是環境造成的，所以如果男女雙方經濟情況相同，家庭環境相仿，所謂門當戶對，往往那兩個人可以有許多相同的東西，不難在婚後發生戀愛。」

「他總愛把戀愛說得這麼簡單。」謝玲說。

「戀愛不過是男女在生活與興趣與生活理想上合得來，」我說：「在中國以前農業社會中，一定形式的家庭，其子女往往都有一定的典型，所以由父母之命媒妁之言的結合，都很美滿。除非是媒人別有貪圖，父母別有用心，才有了不幸福的婚姻。自然以後因為社會的變動，個人生活往往不限於家庭，這個辦法就太不妥當了。」

「我想還是中國人因為以家庭為社會的中心，所以看重婚姻，不看重戀愛的緣故。」沈家灣說。

大概那時候林成鳳來了，大家談話就中斷。林成鳳有車子接素慈及孩子，自然順便可以送幗音回去，學森那天就沒有送幗音。

客人散後，我問學森，是不是打算在臺灣結婚，還是怎麼。學森說還談不到。

我也沒有再問下去。

七

以後我與幗音有幾次接觸，我也請了她叔叔陳大綱吃飯，陳大綱也還請了我們。我發現幗音竟真是有許多地方像尚寧，她的趣味，她的意見，有許多地方好像很老練，有許多地方又忽然很天真。我也認識了陳大綱自己的兩個孩子，一個叫恩知，在學聲學，一個男的十六歲叫興知，在學小提琴；都是相仿的年齡。有一個星期天，我邀他們與但娜正維幾個人來寧園玩，素慈幫我忙招待他們，一時寧園弄得非常熱鬧。

我忽然發覺，幗音同許多人在一起時，好像與學森單獨在一起很不相同。她雖是很端莊整飭，但有說有笑，非常活潑。我現在看她的笑容真覺得就是尚寧的笑容，我想，要是她是我的女兒多麼好？她可以是學森最好的姐姐，但決不是學森最好的情人。

那一天，她們玩了很晚才走，約定下一星期天再來。素慈答應他們搬一架鋼琴來。因為他們都說寧園裡什麼都好，只是沒有鋼琴。興知也將小提琴帶來。恩知也答應下星期唱歌給我們聽。

那天是我隱居以來最熱鬧的一天，所以客人散後，我的心裡仍不很安寧。學森對這種聚會好像並不感覺很有興趣，但是他能適應環境，很熱心的盡他主人的責任，大家也都喜歡他。我發覺他因為沒有機會單獨與幗音在一起有一種遺憾。當時我們沒有談什麼，就各自就寢。

這幾年來，我都過著很平靜的有規律生活，那天人多熱鬧，我應該特別疲倦了，但睡在床上，我竟失眠起來。我頭腦中有很多混亂的思緒，我換了好幾本雜誌與書，都看不下去。我擺脫不了白天生活凌亂的殘像，大概隔了一個多鐘頭我才朦朧地撥開了這些紊亂的殘像；於是，有一個印象慢慢清楚起來，我像追著這個印象，一步一步的遠去，慢慢地沉入夢中。

一覺醒來，我驟然看到了幗音的或者說是尚寧的笑容。我一直愛著尚寧，她雖然過世近二十年，有時我仍舊會夢見她。但這一剎那，我竟無法分別，這引我入夢的笑容是尚寧的還是幗音的。

平常我醒來就很快的起床，那天我賴在床上很久，我感到一種說不出的空虛。

就是從那天開始，我的內心生活有很大的變化。我雖是每天一樣的生活，但常常早晨不想早起；在工作時我翻了許多書都看不進去；對著黃昏的遠景有奇怪的感觸，特別是當我撫玩欣賞一百幾十盆三十多種的巫蘭時，我希望可以把我的感覺告訴一個人。我常常一個人坐在書房裡不做什麼，也不想移動，甚至也不想吃飯。夜裡，我開始不能入睡，我想念幗音，但我想到這是幗音喚起了我對於尚寧的相思。

一星期過去了，學森因為要為香港的公司接洽些建築材料，突然於星期五去臺南。他無法參加星期日那天的聚會，但他說星期日下午一定可以趕回來吃晚飯。

星期日早晨，我很早就起來了。我希望素慈會早點來寧園，但等我澆好花，吃了早餐，太陽已經曬到我窗口，她還沒有來。於是，當我正在看報的時候，門鈴響了。

我親自出去開門。

我吃了一驚。

來的是幗音。她穿一件白色襯衫，披一件杏色毛衣，穿一條緊身的米色長褲，腳上踏著白色的跑鞋。

「你，你……」

「想不到是我麼？」她推門進來，返身關門。

「你知道學森去了臺南？」

「我知道。」她回身笑了笑，走在我的身邊說：「素慈姑呢？」

「她們還沒有來。」我一面說一面伴她進來。我聞到她身上的一種幽香。

「鋼琴已經搬來了？」

「星期五上午搬來的，我放在客廳上首。」

「你不喜歡放在書房裡？」她說。

她伴我到了客廳。我說：

「我又不會，放在書房裡幹麼？」

「我來彈。」她說著走向鋼琴，打開琴，坐下來，她回頭對我笑一笑說：「我先奏一曲蕭邦的給你聽聽好嗎？」

對於音樂，我是外行。但我也有自己的所好，我喜歡柔和平靜安詳的抒情曲。幗音所奏的竟是這一種情趣的曲子，所以我覺得很好聽。其次吸引我的則是她的動作，她肩胛與手臂的動態，她頭髮的震盪，她手指的飛躍，似乎每一點都對我有一種意義。

她奏完一曲，我鼓掌。她站起來，笑了笑，用手掠掠頭髮，蓋上了琴。我除了誇讚她的琴藝外，一時也想不出什麼話可說，幸虧這時外面鈴聲響起來。

素慈與但娜來了。說正維與同學去游泳，晚間與他父親同來。

但娜也學過幾年鋼琴，所以我們要她奏一曲給我們聽。

我從來沒有聽過她們兩位的鋼琴，這是第一次。我覺得但娜琴藝也很不壞，應該好好讓她學下去才好。但娜奏完了琴說：

「好久不練了，不會了。」

「怎麼，你已經下了不少功夫，應該不要中斷才好。」我說。

「學校裡功課實在太忙。」素慈說：「有時候我也在叫她練。」

「還是可以分些時間來練練的。」我說，我忽然想到這架鋼琴，我問素慈：

「這不是你家那架琴吧？」

「這是一位朋友寄存在我們那裡的，他們去美國了。我們一直放在後面的。」但娜說著，要幗音奏一曲給他聽。

幗音又奏了一支蕭邦的曲子。

素慈告訴我，她已經叫她的女佣去買菜，買了菜就會來幫阿秀的。

素慈當時就問恩知與興知。她不問我倒忘了，他們怎麼沒有同幗音一起來，我上次還提到請陳大綱一起來的。

「我叔叔上午還要教學生，恩知與興知也有功課，他們也要等下午才來，我因為看天氣好，所以一早就來了。」幗音說。

當時我們一起到了花園裡，她們跟我去看我的巫蘭。我曾經帶幗音與學森去看過兩次，幗音當時雖然很欣賞，但並沒有問我關於巫蘭的種種。這一次則問了許多問題，問哪一盆是臺灣種，哪一盆是外來的。問它們的個性與培養的方法。

我忽然發覺幗音與學森在一起，同她單獨一個人時有很大的不同。

八

下午我們玩了羽毛球、乒乓球，又玩橋牌；黃昏時林成鳳帶了正維，陳大綱同恩知與興知都來了，學森也於晚飯前趕到，我們有很快活的聚會；這也可說是寧園有史以來最熱鬧的一天。我們有很好的酒菜，晚間還舉行了一個小小的音樂會。

因為正維去游泳，曬得很黑，我們談到游泳。學森與幗音說，在香港常去游泳，到臺灣一直沒有去過，我於是談到淡水的海灘比香港哪一個海灘都好。林成鳳說，他年輕時天天游泳，現在做醫生太忙，很少有這種機會。學森當時就提議下星期去淡水游泳。

「要是天氣還那麼暖和就好。」林成鳳說。

「這天氣說不一定，一冷就冷下來了。」素慈說。

「冷一點也沒有什麼，在香港許多人冬天都去游。」

「我想，要去還是明天去吧，趁這幾天暖和。」素慈說。

「明天，我們要上學。」正維說。

「你什麼都有份。」素慈對正維說：「要是下星期天氣好，大家還可以再去，這有什麼關係。」

「你明天有空嗎？」我問林成鳳。

「下午四時以後可以。」他說。

「我們上午去，」素慈說著對成鳳：「下午你來接我們。」

當時陳大綱表示星期一很忙，沒有法子參加，恩知、興知及但娜都要上學校，所以事實上同去的只有素慈、幗音、學森與我四個人。

那晚的聚會於十一點鐘才散。

第二天我們於上午十一點鐘去淡水。

那天天氣非常好。我很少這樣早出來到海邊去，所以心神覺得爽快。我在年輕時，有一段時候，也常常游泳，現在則很少有這興趣，主要的也是缺乏同伴。到了這浩闊的海邊，望著無限的天空，我真覺得沒有常來是一種過錯。

我們換了衣服，我就到海水中去了。學森跟著也下來。素慈於幗音則一直沒有下來，我以為女人們換衣服慢，所以沒有管她們。但等我游了半個鐘點後，我回到海灘上來。她們則坐在海灘上曬太陽。

幗音穿一件黑色的泳衣，體態很健美。我想到尚寧，好像比她要清瘦一些，但是，她們的皮膚是多麼相同呢？

素慈在吸煙。我坐了下來：「你們怎麼不下水呀？」

「忙什麼？」素慈說，她遞給我一支煙。

幗音一面翻著我帶去的幾本歐洲剛寄到的雜誌，一面說：

「水冷麼？」

「不冷。」

「你游得很好麼？」

「馬馬虎虎，學森也游得很好。」我說：「你們在香港常去游麼？」

「我們實際上可說只是游泳的朋友。」幗音笑著說。

素慈抛了煙頭，一面站起來，一面對幗音說：

「那麼下水吧。」

「好，好。」幗音一面站起來，一面對我笑著說：「你也去麼？」

「你們先去，我抽完這支煙。」我說。

就在這時候，正當幗音站起來的時候，我看到了她頸項背脊下的一點紅痣，紅痣是朱紅色的，有黃豆般大小。當時我不覺吃了一驚。

這時幗音伴著素慈走向海水，我一直望著她們後影，一種奇怪的感覺使我無法自解起來。這紅痣正是尚寧所特有的紅痣。尚寧的紅痣正是長在背上頸項下第二個脊骨的下面，也是朱紅色的，也有黃豆一樣大小。但是尚寧身上還有一點特有的紅痣，也許是除了她父母以外只有我知道了。我當時很驚異，而馬上就想到幗音的身上是否也還有那另外的那點紅痣呢？尚寧的紅痣在我們新婚時常為我們情玩時的一種趣事。我常對她說，兩個人相愛往往說不出理由，可能是很神祕的一種安排，要是她身上沒有這兩顆紅痣，我也許就不會愛她了。她當時也開玩笑似的告訴我，她小時候聽來的一個故事，這故事是這樣的：

「當前有一個窮秀才，考了好幾次都沒有中舉，後來碰見了一個看相的，問他胸口是不是有一顆紅痣。他說是的。看相的就說他要碰到一個胸口上也有這樣一顆紅痣的女人，同她結了婚才能一帆風順，科場勝利，獨占鰲頭。

這個窮秀才以後就很想有一個胸口有痣的老婆，但是自己又窮，說親的人都沒有，更談不到托媒婆們這樣去打聽了。所以他想試到風月場中去找去，可是找了很久，還是找不到。一直到三年以後，他在北方鄉下一個小地方的旅館裡過夜，旅館老闆的女兒長得很秀麗，晚上在房間裡洗澡，那個窮秀才在板壁縫裡偷看。忽然看到那位小姐胸口上正有一顆同他身上一樣的紅痣。第二天他就向老闆娘求親，托人做媒。那個女的最後就嫁了他，他以後在科揚就場場勝利，幾年後就中了狀元。」

尚寧於是常開玩笑，說我是窮秀才偷看了她身上的紅痣才去追求她的。我也常開玩笑說可惜看相的不靈，娶了她並沒有中狀元。尚寧於是說，說不定是她要嫁我，所以買通了看相的對我這樣說的。

這些都是我與尚寧閨房中玩笑的舊話。尚寧死去已經二十多年，這些事情我也早已不想到了，如今則因幗音背上的紅痣，使我清清楚楚又重新憶起。

我吸著煙，癡坐在海灘上，望著無限的碧海青天，有一種奇怪的悵惘。

我已經近五十歲了。尚寧要是在，她已經四十幾了。我所以永遠有她一個年輕的印象，就因為她死得年輕。要是她活在世上，她同素慈是相仿的，而我為什麼現在我總是把她與幗音聯想在一起呢？

學森從海灘跑過來，我竟並沒有注意，他問：

「爸爸，你怎麼不下去？」

「我看看很好。」我說。

而學森則是尚寧的孩子。

九

從淡水回來後，我平靜的心境又有許多奇怪的變化。多年來我一直過著孤獨的生活，我對於寧靜安詳，覺得是一種很好的享受，可是經過這兩個星期的熱鬧，靜下來就覺得有一種說不出的空虛，我起初原以為這也是人情之常，過一二天也就好了。但是第三天晚上，我忽然做了一個奇怪的夢。

夢中是我帶著幗音在看我所種植的巫蘭，在一盆紅豆巫蘭前面，我忽然說：

「你注意到那花心上的兩點紅色嗎？那巫蘭之所以名貴，就因為它有兩點紅斑；這是我移接的一種變種。」我說：「我給了它一個特別的名字，叫它作紅豆巫蘭，因為它像夾著兩粒紅豆。」

「那麼是你寧園所專有的了？」

「我不知道別處是不是有？」我說：「我查了許多的園藝與花卉書刊，有相仿的種別，但花心上都沒有這兩點紅斑的。馬來亞有一種巫蘭與它很相像，但是花心中也沒有紅斑。」我說：「你看，那邊那一盆就是馬來亞的。」

「這倒是很奇怪，可是外行人不會去辨別的。」

「你看到這紅斑想到什麼嗎？」

「想到什麼？」

「你覺得像什麼?」
「像什麼?」
「像你身上的紅痣。」
「我身上的紅痣?」她忽然臉紅起來。
「我說你頸後背脊上的那點紅痣。」
「啊,是的,我自己都看不見。小的時候母親告訴我,我自己也奇怪,我要用兩面鏡子對著看,才能勉強看到。」
「我覺得很美。」我忽然說:「我可以請你讓我再看看麼?」
剛說出這句話,我馬上就發覺了說錯了話,但是已經收不回來,一急,我霍然醒了。
那時天色剛發亮,園中的黃鸝正在唱歌;我感到一種奇怪的悵惘。我躺在床上,回憶這個夢境,我分析每一個小節同幗音臉上的表情,一時真不知該怎麼樣自解。我聽著房中的鐘聲,有一種奇怪的恐怖襲來,我不想起床,也無法再睡,一直到陽光照到我的房子,窗上慢慢爬上了紫荊的影子,我才茫然起床。
那天,我心神很不安,我自責的心理比空虛的心情要強,而害怕的情緒比自責的心理還要強。我起來以後,很高興聽到阿秀說學森一早已經出去了。我有點不想看見學森,我還害怕幗音來寧園。我希望他們都離開我,讓我忘記他們,讓我仍舊過一個人平靜孤獨的生活。
那一天總算平平靜靜過去了,學森於晚上九點鐘才回來。我在床上有看書的習慣,那天我隨便拿了一本《山樵暇語》消遣,想可以把我的情緒散遣到另一個方向。我好像就是在一種極無凝滯的胸懷中入睡的。

而我就在這溟濛之中，聽到海水的潮聲，它慢慢的退去，又慢慢湧上來，我發現我正俯臥在海灘中看《山樵暇語》，好像就看到其中引證王荊公詩句「繁綠萬枝紅一點，動人春色不需多」之處，我就抬頭看海，海面在陽光下閃耀無數金光。我發現學森與幗音穿著泳衣相偕從遠處跑來，幗音說：

「你為什麼不下水？今天的海水很暖和呢。」

「我看看你們游，已經很快樂了。」我一面起來，一面說。

學森與幗音坐在我的旁邊，背向著我，幗音手掠著頭上的泳帽，背上有滢漬漬的水珠，我注意到她背上的紅痣，我感到這是一種奇怪的誘惑，我的手有點顫抖。這正如犯偷竊病的人，看到百貨公司展覽著的東西對他有誘惑一樣，有時候真是不能抗拒的。我用毛巾蓋在她的背部，使我看不到這紅痣。我收回我顫抖的手，我的額上竟有涔涔的汗流下來。我就在這緊張的情緒中霍然醒來，那正是漆黑的夜，無比的寂靜包圍著寧園，我開亮了燈，看錶，才三時二十五分。

這真是一個可怕的經驗。

而更可怕的是在以後幾天中，竟天天有這種相仿的夢境；而後來有一天則出現了一個我自己都無從相信的噩夢。

那天我在入睡前聽了一回收音機裡的音樂，裡面有鋼琴獨奏，那竟是那天幗音所奏的曲子。我當時就害怕這會帶我做可怕的夢魘的，所以我當時趕快收聽別一個電臺；可是我入睡的時候，這個曲子還是在我耳邊出現了。

幗音就在我客廳裡奏琴。幗音一直都穿旗袍，好像很少穿西裝，不知怎麼她那時她穿了一件露頸的西裝。她奏完了一曲時，我竟過去吻她的背脊上的紅痣。她似乎沒有責備我，我當時忽然說：

「你可以讓我看看你身上另外一顆紅痣麼？」

「我哪裡還有別的紅痣？」

「你有，你有，你身上有。」我說：「我知道它在哪裡。」

我這樣說著，竟動起手來。

於是，幗音推開我的身子，她揮起手臂，摑了我的左頰。我就在她的一摑下驚醒了。

我一醒來，真是又驚又羞又慚。我一生雖有風流的事情，但即使在少年的時候，也從來沒有對女人這樣輕薄過，我也讀過一點關於心理學的書，難道我下意識中，竟有這種奇怪的錯綜。

我很想找個心理分析的醫師談談，我也有些相熟的醫生朋友，但是我怎麼可以把這樣的夢魘講他們聽。至於不熟識的醫生，那就更難去坦白了。

我在沒有辦法之下，我決定到中南部去旅行一趟；那邊有幾個朋友，他們一直叫我去玩，我就借此去看看他們。我當時就打了一個電話到南部，我於晚上就搭車離開了臺北。

這次旅行，對我的確很有裨益。我到大學演講幾次，我也被請到酒家喝了幾次酒，這是我在臺北一直沒有去過的。我自然也遊了不少風景區。我足足玩了一個星期才回到臺北，我沒有再做那種可怕的噩夢。

但是一回到寧園，我心裡就有一種奇怪的壓迫。我覺得這空氣好像彌漫著幗音的印象，我特別怕到園中去看巫蘭，因為那裡正有我名種紅豆巫蘭嬌艷地盛開著。

我沒有再做奇怪的噩夢。而我也決心避免與幗音再見面了。

十

我從南部旅行回來，收到香港秦性光的信，他提醒我學森的假期已經滿了，他要學森為他在臺灣買幾隻花瓶。晚上學森從外面回來，我把信給他看，問他回香港的日子，他忽然說：

「爸爸，你說我在臺灣找一個事情好不好？」

這是我一直沒有想到的問題，可以說很出我意外的，我想了一回，說：

「你知道臺灣找事不容易，而且待遇也很差，你在香港做得好好的，怎麼忽然不想去了。」

「幗音，是幗音，她不想回香港去了。」學森坐下來，像是想同我長談一下似的。

「幗音也不回去？她喜歡臺灣？」我有點詫異。

「她說她叔叔要她待在這裡，也許可以有機會去美國。」

「我想如果她不願意，她叔叔也一定留不住她的。她怎麼說她叔叔要她在這裡呢。」我說：「那麼，你就因為她要留在這裡，也不想去香港了。」

「反正我在哪裡都是一樣做事。」

「她不去香港，你也不去香港，這倒不難辦到。」我說：「她有機會去美國，你怎麼辦呢？」

學森一時說不出什麼，想了一回，他說：

「她要去美國，總要在一二年以後了。」

「但是她想去美國，似乎並不打算結婚成家。」我說。

「結婚本來也不急，不過……」

「她如果愛你，她自然會想同你在一起。」我說：「究竟你們怎麼回事？」

「也許她不很愛我，她總說讓她考慮考慮。」

「她有別的男朋友麼？」

「沒有，這個我知道，沒有別人。」

「但是她不想同你在一起？」我說：「她有沒有要你也留在臺灣？」

「她要我去香港，她說我們離開一個時期，也許可以看清我們的愛情。」

「但是你，你不願這樣做？」

「我不放心。」學森囁嚅地說。

我覺得學森有點少不了幗音。對於一個深深地陷在愛河中的人，局外人很難貢獻什麼意見。我想了一想說：「我很難給你什麼意見，但是我覺得你應該到香港去，多交一點女朋友。幗音雖是一個很可愛的女性，但是年齡比你大，就不是合適的對象。……」我忽然覺得很難措辭，沒有說下去。

「她也常說到這一點。我說這究竟不是問題，問題是她是不是愛我。」

「自然年齡也是一個問題。」我說：「而且……」

「而且什麼？」

「你沒有聽見你姑姑說幗音有點像你母親嗎？」我說：「我只有你這一個孩子，而你的母親早死，所以很可能你的愛幗音是一種綜錯。」

「但是那有什麼不好呢？」

「不是好不好的問題。」我說：「而是這不能說是很健康的一種愛情。我們男人總希望有一個依靠我們的，要我們扶助的女性，而不是想一個可依靠的女性。」

學森聽了我的話，想了好一回，忽然說：

「你也覺得我也應該回香港？」

「你在香港，要回來也隨時可以回來的，不過是一個鐘點的飛機。」

「當然，年輕人有這種愛情是很可寶貴。」我說：「不過你是一個男人，戀愛究竟不是人生的全部，一個人可貴的是拿得起放得下。幗音要是愛你的，她終究是你的，否則你在臺灣也沒有用。」

學森沉吟了好一回，最後他毅然的說：

「好，我回香港去。事實上我就是要在臺灣工作，也要回去一趟的。」

當時我們閒談些別的，很早就就寢。

我睡在床上，心裡很安適。我想學森去香港，我不會再有機會碰見幗音，我仍舊可以平靜地過我原有的生活了。

第二天，我起床的時候，學森已經出去。下午素慈來電話，說學森去過她那裡，他已經定了飛機票，星期三下午動身。那天是星期五，星期三還有五天，說明天晚上她要為學森餞行，要我早一點去。

這原是很平常的事情，但我就想到我會在素慈那裡碰到幗音的，我很想托故不去，但實在想不出什麼理由可以推托。在情理上講，為學森餞行，尤其在素慈家裡，我是無法不去的。

第二天，學森因為購物辦事，直接先去，我則於六點半到素慈家裡，幗音與其他的客人們都已先在，只是林成鳳因為出診，還沒有回來。

幗音那天穿一件銀灰色的旗袍，披一件白絨衣，耳葉上掛著長長的泰國的銀質的耳環，手臂上戴著一隻象牙的手釧，釧環間塞一條白色抽絲的麻紗手帕，她腳上穿一雙鑲黑漆皮頭的白鞋，風采非凡的站在桌邊，與但娜、正維、恩知、興知他們玩紙牌。她看見我進去就對我招呼，我在桌邊站一回，看見學森與陳大綱在裡面一間房子裡沙發上談話，我走了過去。陳大綱站起來迎我，就座後我們就談到幗音願留在臺灣的問題，陳大綱也說她也是隨時可以去香港，只是香港親戚少，一個人在那邊他太太覺得不放心。

陳大綱太太，我曾在陳家看見過，上次沒有來寧園。這時她同素慈從裡面出來，她見了我就說，明天晚上她們為學森餞行，約我一起到她家吃飯。那天吃飯很熱鬧，林成鳳也於七時半趕到，他與陳大綱都能喝點酒，現在大家也都像老朋友一樣，沒有什麼拘束，孩子們更是很自然的相熟了。只有學森不頂快樂。我知道這因為他要與幗音離別，而或者還意識著幗音有意要遠離他的緣故。幗音似乎很避免這些不安，她始終像一個大姐姐的樣子與但娜、恩知、興知們混在一起。我則實在怕見幗音，現在她的一舉一動都使我想到那一星期前的夢境，她的乾淨俐落一塵不染似的風度，端重凝重中透露自滿自足的神態，使我不明不白的想多去對她了解。我因為不會喝酒，所以與林成鳳、陳大綱反而多些距離。那天星期六，大家又談到游泳。孩子們說上次因為要上課沒有去，也倡議明天去淡水游泳。我說現在天氣已經太涼。他們說現在的太陽正是最好的時候，不太熱。我與素慈當時表示不參加，並鼓勵學森與他們同去，當時他們就決定第二天一早去淡水。

飯後，他們又奏弄一回音樂，十點半的時候才散。

十一

回到寧園後，學森很早就睡了，我則還看了好一回書。上床時是一點鐘，關了燈，我眼前忽然浮起了幗音的影子，是這樣的清晰與確實，我發覺我在想念她。我後悔剛才表示明天不去淡水。她的背脊上的紅痣，她的蛇一般的兩臂，與鶴一般的頸頤，她全身的光澤——像是月光下清澈的湖水，使人有浸在裡面的欲念的光澤，也許永遠再不能看到她，不能再看到她背脊上的紅痣了。我想明天與學森一同去淡水，或者我打個電話給素慈約她同去。自然可說游泳季節快過，趁學森在，大家再去海灘一次，決不會有人知道是我想看見幗音，以及想看看她身上的紅痣的。

我一時有一種奇想，我希望我可以夢裡見到幗音，正像我一周前夢見她一樣。

我朦朧地入睡，我似乎是在尋找什麼，走到荊棘滿地，雜草茸茸，極目看不見天色的森林。我看了閃閃發光的蛇，那些蛇對我很親熱，也不怕我，也不咬我；我也看到潔白如雪的鶴，他的聲音像是對人呼喚；我看到松鼠在樹上奔躍，黃兔在落葉間馳竄；遠遠還有野鹿，山羊與水牛。我走著走著，於是走到一個湖邊，我在湖上看到了自己的影子，我看到我臉上的皺紋，頭上的白髮……我忽然發覺我已經是一個老人，為什麼還要到這個荒僻的森林裡來呢。我想是忘記了我想尋的東西，天忽然暗下來，有電閃，有雷聲，風從北方刮來，豆大的雨點就倒下來了。

我沒有夢見幗音，醒來看錶是七時半，我想到我要去淡水，我就起床。

學森正在浴室裡刮臉，身上只穿一件汗背心，披著一條浴巾，他的壯健的手臂透露著青春的光澤。他回過頭來說：

「爸爸，你怎麼起得這麼早？」

「你不是要去淡水麼？」

「你也一起去麼？」

「我，我……我，也可以。」我在鏡子裡看到學森充滿稚氣的臉，我沒有看到自己，但是我想到了我夢見湖水上所見的自己的影子，我說：

「不過，我想你們都是年輕人，有我這老頭子也許會使你們玩不痛快。」

學森離開了浴室，我一個人在鏡子裡清楚地看到了自己，我對於昨天夜裡對幗音的各種奇怪的意念，深深地感到可悲與可恥。我怎麼忽然會對幗音有這許多擺脫不了的印象呢？

我沒有去淡水，但是我無心工作，我想念幗音，我想像淡水海灘上的風光，她的泳衣，她的頸項，她的兩臂，她背上的紅痣。

外面陽光很好，我步到園中，我走到巫蘭的棚架之間。紅豆巫蘭正開得嬌艷萬分。那巫蘭外面是四瓣粉紅色的花瓣，上下較大，一覆一伸；左右較狹，長展兩側；裡面則是純白色捲在一起的四瓣花瓣，那兩點深紅色的圓形紅斑就生在白色花瓣上，不過中間隔著花芯，看起來那紅點是獨體的，活像是放在那裡的兩顆紅豆。

我對著這巫蘭，自然也就想到了幗音身上的紅痣。我一面自慚，一面不解，為什麼一個有像我這樣的學養與年齡的人會這樣容易失去心神的自主呢？為什麼我多年來都能一個人平靜地生活，而對於別人所介紹的女性從未特別注意的人會對幗音有這樣的顛倒呢？

而她，她又是學森的情人。

十二

我已經不是年輕的人，對於幗音的想念，是一種可怕的經驗，唯一的辦法，就是把她忘去。我覺得如果學森離開臺灣，我就可以沒有機會碰見她，日子一多，自然可以把她淡忘的。我在素慈家吃飯以後，有三天沒有見她。這三天中我雖是不能忘懷於她，但是我覺得這不過是時日的問題，只要避免見面的機會，這種可笑的相思是不會發展下去的。

星期一，陳大綱與幗音為學森餞行，實際上自然也是回請素慈與林成鳳，他們選定了一家四川館。我為避免與幗音見面，就推托身體不適，沒有參加。

但是出我意外的，幗音於第二天早晨到寧園來了，她手裡拿著水果與鮮花，恰巧學森已經出去，我一個人在吃早點。我說：

「真不巧，學森已經出去了，他說有人請他吃廣東茶。」

「啊，我是特地來看你的。」幗音笑著說：「我叔叔因為你昨天沒有來吃飯，知道你有點不舒服，特地叫我來看看你。」

幗音把水果放在旁邊，忙著要找花瓶放花。我叫阿秀拿去，放在書房的花瓶裡，一面招待幗音坐下，我斟了一杯咖啡給她。

陽光這時已經曬在窗上，映在幗音的臉上，顯得她越像是一朵清晨初醒的芙蓉。她穿一件灰色的旗袍，白色的毛衣，耳葉上是象牙的耳墜，這耳環非常別致，是薄薄小巧的兩張撲克牌，右邊是紅心A，左邊是鑽石A，這紅心與紅鑽石反映著陽光顯得鮮艷照人，我很自然的聯想到她身上的紅痣，我楞了好一回。

「你看我什麼？」幗音不好意思地問。臉上露出羞澀的笑容，耳葉上的耳墜搖擺著。

「啊，我看你耳環很漂亮。」

「這是義大利一個朋友送我的。」

「這使我聯想到……」我覺得我不該有這樣聯想，我沒有說下去。

「聯想到什麼？」

「聯想到……聯想到我紅豆巫蘭裡的紅豆。」

「我正想再看看你的巫蘭。」

「你要可以送你兩盆。」我說：「我相同的都有好幾盆。」

「我怕我養不好。」

「很容易，」我說：「巫蘭需要水，但又怕水，所以養巫蘭不用泥，只用木炭與沙石，並且用鏤空的花盆，掛在架上，使空氣可以流通。」

「好，那你先給我一盆養養試試看。」

幗音喝了咖啡，我伴她到園中；我們在巫蘭的花叢中盤桓很久，我選了一盆紫色的巫蘭同一盆紅豆巫蘭送她，讓她於回家時帶去。

我們又在園中散了一回步，我談到了學森，我說：

「你不回香港，學森是很失望的。」

「我覺得這樣對於他倒好些。」
「你是說……」
「我也許不應該對您說這些。」
「你說，你說，」我說：「我們都可以像朋友一樣的談話才好，學森是我唯一的孩子，我自然很關心他的一切的。」
「他有沒有對你談到過我？」
「自然，」我說：「他說他很愛你。」
幗音忽然站住，好像在想什麼。她的手弄著身旁的楓葉，一句話也不說。
「我們進去吧。」我說：「到我書房裡坐一回。」
幗音默默跟著我，我說：
「你們做朋友也很久了。」
「但是我一直沒有愛過他。」幗音很認真地說。
「這話怎麼講呢？」我說著為她推開紗門，讓她走在前面，她沒有看我，臉上的表情很嚴肅。
「我們都是從大陸出來，我們常常在一起玩，特別是常常游泳，這就是了。」
「但是你們來臺灣以前，他給我信，好想你們有在臺灣結婚可能似的。」我走進書房，關上門說。幗音又沉默了，她慢慢的轉身，坐在沙發上，忽然說：
「他纏著我，使我沒有辦法。我同他在一起，總覺得他是一個小孩子。也許，他們學工程，學自然科學的人，都比學別的學科的人年輕。」

「你真的這樣覺得？」

「事實上，我也比他大一歲。」幗音忽然說。

「如果你並不愛他，那麼你的決定是完全對的。」我說：「我希望你肯坦坦白白的告訴他。」

「我告訴他好多次。」幗音說：「他說我不愛他也沒有什麼，只要嫁給他，慢慢自然會愛他的。你看這是多麼像小孩子說的話。」

「你怎麼說呢？」

「我說等到我愛他，他就不愛我了。」幗音幽默地笑著說：「這自然是一句半玩笑的話，可是學森聽了竟以為我怕他將來要不愛我，就山盟海誓起來，你看這是多麼幼稚。」

「我現在已經完全了解了。」我說：「你現在這樣決定很好，你不去香港，慢慢的你寫信坦白的告訴他，總之，希望不要使他太傷心。」

「我想我不在香港，他會很快的忘記我的。」

關於她與學森感情的種種，我們談到這裡就停止了。以後我們大概談些香港生活的情形，又談到香港音樂界的情形與臺灣音樂界的比較，我們也談到其他文化活動的情形。我發現，幗音在一般常識與藝術修養上是遠遠地超過學森，他們是完全兩個不同型的人。我很容易發現幗音不愛學森的原因，但為什麼學森會這樣愛幗音呢？我越來越相信因為是幗音在許多方面像尚寧的緣故。

我與幗音談了很久，時間很快的過去；她在寧園裡吃了午飯才走。

那天我的心情很愉快。我當時沒有分析我所以愉快的原因。一個人在苦悶與煩惱時，往往可有許多反省，在愉快安詳時，則就失去了反省的能力了。

十三

兩天後，是星期三的下午，學森動身去香港，我與素慈、幗音都到機場送他。學森是我多年來未見的唯一的孩子，這次的別離又不知道要隔多少日子才能相見，我心裡自然有許多感觸，但當幗音在我的身邊時，我心裡竟有一種奇怪的安慰。自從前天在我書房裡與幗音談話後，我想避免會見她的想法，竟已消逝。飛機起飛後，素慈約我與幗音到她家吃飯。那天大家對學森不免有離情別緒，但幗音則一點沒有後悔讓學森一個人去香港。飯後，我又送她回家；臨別時，她約星期日到寧園來看我，我也沒有覺得有什麼不自然。

我一個人回到寧園時已經不早。我發現寧園非常空虛，這自然是因為學森走了，但是我腦子裡始終有一個幗音的印象，她的微笑，她的舉止，她的頸頤與兩臂，她身上的紅痣，時時都縈繞在我思緒的四周。

當時我已經沒有想忘去她與避開她的打算。我希望我可以早點再見她。但是幗音所說的星期日，一剎時好像變得很遙遠。

星期六天氣很好，園中的鳥鳴一早就吵醒了我，我很早就起來。看了一回書，心裡很不安。我很想借一個托詞到陳大綱家裡去看看，但是覺得有點不便，又想到幗音可能不在家，去了也空跑一趟；後來我又想藉故打一個電話給幗音，但又覺得有點唐突。總之，整個的上午我的心境都非常不安。下午我一個人到市區去，我逛了好幾家書店，買了一些書，我不想回家，我隨便去看看素慈。素慈不在家，但佣人告訴我，說幗音來看她，兩個人一同去看兩點半的電影了。不知怎麼，我聽了心頭有一陣興奮，我計算時間，想到他們也許就會回來，所以就等在那裡。

五點鐘的時候，素慈與幗音回來了。她們見了我，素慈就說：

「我打電話給你，你已經出來了。」

「真的？」

「我們想約你一起看電影。」素慈說。

幗音沒有說話，但是我從她的眼光中，發現她也是在期望碰見我的。她於是同我談到她們所看的電影，又談到我送她的兩盆巫蘭。她又告訴我陳大綱於陽曆年底裡將舉行一個音樂會，她將參加演出，有兩個獨奏。

但娜與正維陸續放學，林成鳳也回來；幗音要回去，但是素慈留我們吃飯。飯後我送幗音回去，我說：

「明天你來寧園麼？」

「我上午就來。」

第二天是星期日，幗音於十點半就到了寧園。出我意外的，她打扮得非常鮮艷。花呢的緊身褲，大紅大綠圖案的襯衫，披一件純白的短大衣，頭上包一條嫩黃的綢巾。她畫了眉毛眼圈，濃粉盛脂，還戴了一付金色鏡框的黑眼鏡。

我去開門的時候，真的不認識她了。她把手交我，我發現她手指甲也修過，擦上了鮮艷的光澤，一面說：

「你喜歡我這樣打扮麼？」

「顯得年輕活潑些。」

「我對於服飾，喜歡常常有變化。」她忽然說：「不同的服飾，使我有不同的心情。」

我帶她進來，我說：

「世界上對於服飾的想法，不外兩種，一種以為年輕人不需要打扮，越自然越顯得自然美，年紀老了，才要用化妝使自己看來年輕些；一種是以為年輕人才有資格用脂粉，使她更鮮艷、更光亮，年老了就再不配去化妝了。」

「你覺得哪一種想法對呢？」

「我覺得兩種都有道理。」我說：「不過有一個原則，年輕的女孩子同年老的男子出去，要濃妝，同年輕的男子出去，則宜於淡抹；年老的女人，同年老的男子出去，要樸素，同年輕的男人出去，則要濃妝。」

「你們男人總以為我們女人都是為你們來打扮似的。」幗音忽然說：「我的打扮可只是為自己，我覺得偶而濃妝一次很有趣。」

「我並不是說你們的打扮是專為男人。但因為人類既然有視覺，所有線條色澤，自然都是為大家的欣賞而設的。」

「這自然是對的。」

「你說，你的不同的打扮，使你有不同的心情。」我說：「另外一方面也可說，不同的心情可使你有不同的打扮。」

「這一點不錯，」她忽然說：「今天我就想你會帶我到外面去走走。」

「你想到那裡去？」

「到陽明山去走走好麼？」

「好，為什麼不好。」我說：「我叫阿秀早一點燒飯，我們吃了飯去好麼？」

「很好，現在我要給你看一樣東西。」幗音說著打開她的皮包，我還以為是什麼，原來是封信。她一面說：「我給學森寫了一封信，你替我看看好麼？」

我不知道幗音是在什麼樣心理之下寫那封信的，她似乎已經清楚地回絕了學森的求愛了。信裡先說到他們的友誼之可貴與香港生活的可戀，但她始終只認為學森是她的朋友，她沒有愛他。又說到他們都是難民，在香港，朋友少，彼此心理上都覺得需要友情的支持。其次，信裡忽然說到他們倆有些相同之處，如他很早沒有母親，她也很早沒有父親。說他們在很自然的交往中，她從來沒有想到年齡的問題，但自從學森對她表示了愛情以後，她就感到自己忽然年老了許多，她說學森的愛她，在感情上有點太依賴她，她發覺學森喜歡她穿樸素莊嚴的衣服，也就是這個心理。她又說到自己在香港的心境，實在也很希望結婚成家，所以覺得並不一定需要什麼愛情。但到了臺灣，住在叔叔家裡，就覺得不急於結婚成家了，同時也發現如果要結婚，那男人就必須是自己所愛的人才對。她又說到她同他這許久來往，可以說對他非常了解；他再隔十年二十年還會非常年輕，而她自己則絕經不起五年十年的變化了。她說她很希望明年可以出國去進修音樂，否則她可能會在臺灣同一個比較成熟的男子結婚，而那個人一定是她所愛的，最後她介紹了一個女孩子給學森，說那個女孩子是她的鋼琴學生，在聖瑪麗讀書，叫他去找她。……

這封信大概有四千多字，寫得很好。她給我看了，問我意見。我說我不但沒有資格貢獻意見，實在說，也沒有資格看她這封信的。幗音忽然說：

「你把這封信轉去，好不好？」

「那怎麼行？」我說：「你千萬不要讓學森知道我已經看了這封信，我想，除非他把這封信寄給我看，我不希望他知道我已經知道你們間的事情。」

幗音似乎馬上就了解我的心理，她忽然起身說：

「我去看看阿秀在燒什麼菜。」

十四

陽明山之遊，使我與幗音更加接近，幗音於第二天早晨就來電話，說她收到了學森的信，她要拿給我看，其實那是一封很平常的情書，學森還沒有接到她的長信，信中只是重申他的愛她，如果她不去香港或去美國，他將於半年後來臺灣做事。

但是學森在接到幗音的長信後，並沒有回信。倒是給我的信中提到了，他說他接到了幗音的信，他很奇怪幗音心理的變化，問我她同素慈們是不是有往還？可是在臺灣音樂界碰見了另外的男人？信後又叫我最好偶而寫信約幗音到寧園來玩玩。他沒有提到幗音為他介紹女友的事，我想他不會去找那個女孩子的。

後來我知道那個女孩叫沈茱迪，幗音還給我照相看，有一個很甜美的圓臉與很俏秀的眼睛。幗音因為學森不去找她，幗音就設計，托人帶了些東西送給沈茱迪轉送給學森。從沈茱迪的信中，知道那東西已送交學森，但二人後來並沒有什麼交往。

日子悄悄的過去，天氣冷下來，早晚尤其有料峭的秋寒。幗音到寧園也越來越勤，而我也每天都需要見見幗音。她有一天不來，也總來電話，而原因則總是為音樂會的排練。但不管我們的往還是怎麼的親近，我們並沒有表示什麼特別的情感每當我接到學森的信時，我心裡總浮起暗淡的內疚，我意識著我與幗音也只是一種友情。我給學森的信也提到幗音常來看我，只是無法談到我心靈上的各種感覺。

幗音常來寧園，有時候一個人來，有時候也同她的朋友們來，有時候則同素慈、但娜或正維同來。來得多了更顯得自然，她同阿秀也相處得相熟。常常因我在午睡，她就在書房看書或寫信，或同但娜或別的朋友在園中打羽毛球。

這種往還一方面也許使我對她更接近，但另一方面也使我對她許多蘊抑的情愫有一種昇華，我已經沒有那些奇怪的夢境。雖然同她在一起的時候，有時也免不了想到她身上的紅痣，相對而坐時，我也很怕她那種誘人的眼光同似譏的笑容，但是我究竟不是年輕的人了，我知道我的身分，我也知道如何避開一個女人的誘惑。

我的感情，雖然有時對幗音有相思、有企待，但總算是平靜的，但是有一天，一種新的情緒使我害怕起來了。

那是妒忌，是清清楚楚的一種妒忌。

那天早晨幗音來電話，說她當天不能來看我了，下午她們排練音樂會，比較正式，如果我高興，希望我去聽聽。

我去的時候先約了素慈，我預備聽了他們的演奏後，請陳大綱、幗音等大家在外面吃飯，但事先並沒有先通知幗音。我們一到，演奏正要開始，沒有提到吃飯。但演奏會散後，幗音則說她已經答應樂隊中一個同伴去參加一個慈善的餐舞會。吃飯時間還早，我們當時大家都回到陳大綱家裡。我們等陳大綱料理一些雜物和換衣服，然後一起去外面吃飯。幗音則也換衣服等她的男伴來接她去參加舞會。

這男伴叫卻利，是一個身材細瘦，有挺秀鼻子的青年人，頭髮梳得很光，穿一襲灰色的西裝。他到的時候還早，幗音在裡面化妝，他等在外面。

幗音出來時，吃了我一驚，她一身銀色，銀色的旗袍，銀色的高跟鞋。臂上戴著一個象牙的釧鐲。耳葉上又戴著那付象牙的撲克牌式的一只是紅心型，一副是鑽石型的耳墜。當她對我道了歉，與卻利相偕出門的時候，我心裡竟有了我久已不出現的一種情感。

我認識這情感，這是妒忌！

我極力掩飾自己，故意找素慈談些別的。但是我知道我心中浮蕩著一種奇怪的不安。晚上，我偕大綱、素慈到外面吃飯，我喝了很多酒。

我本來愛喝酒，近些年來，因為健康關係，一隻很有節制，如今一剎時似乎失去了我控制的力量。

素慈怕我喝醉了，留我住在他家裡，我說我一點沒有醉，一定要回寧園去。大綱說既然要回去，那就由他送我回去，我也極力不肯。以後他叫了一輛街車，關照了司機送我回家。

回到寧園，我遲遲無法入睡，我一直想念著幗音的去處與舞會的情形。我又分析我自己妒忌的心理。我終於對自己確切地承認了我已經墮入了情網。我忽然想到如果幗音真是有一天下嫁了像卻利這樣一個青年，那麼我將怎麼樣生活下去呢？我的妒忌決不會只限於飲酒與失眠的。

我不知道幗音第二天是否會來，但我想至少她會打電話給我，我希望可以同她見面，而我也必須把我的心情對她傾訴才對。

我很奇怪在這失眠的夜裡，我忽然忘記了我自己的年齡，我也完全沒有想到學森，我好像已經是又回到二十幾年前與尚寧戀愛時的心情。

我於東方發白時才朦朧入睡，而九點鐘時候又突然驚醒，我問阿秀是不是有電話，她說沒有，以後我就沒有再睡。

十點鐘的時候，我還沒有起床，幗音來了。我聽見她與阿秀談話的聲音。我鎮定一下自己，起身盥洗。

我到書房時裡，幗音正坐在沙發上低著頭看一本新到的刊物，頭髮倒垂著，掩去了她的臉部。几上有阿秀給她新泡的龍井，正冒著氣。她聽到我的聲音，抬起頭來說：

「今天睡過時了？」

「昨天多喝了些酒。」我坐在她的斜對面的椅子上說：「又失眠。」

我沒有改變我往日的態度，似若無事的說著，也沒有睜眼去看幗音。我想到夜裡許多荒唐的設想。覺得可笑也復可怕，我抬起頭來，我說：

「你昨天玩得很好？」

「沒有什麼意思。」她像很平常似的說。

幗音並沒有發覺我曾經有過狂風暴雨般的妒嫉，我也居然壓抑了我想表露的情感。我用淡漠的態度說：

「你回家也很晚了？」

「一點鐘。」她說：「你很早就回來了？」

「吃了飯就回來了。我喝多了酒。」

「我叔叔說要送你回來，你不要。」

「我並沒有喝醉。」我說著，忽然看到嘓音的眼睛，她露出非常同情的眼光望著我，我發覺她已經發現了我是因為沒有她在一起才喝酒的，我說：「你沒有同我們一起吃飯，我們冷清了許多。」

「卻利約過我好外次，我都沒有答應他，昨天的慈善舞會是我推銷票子的，他約我，我就不好意思拒絕了。」

「卻利倒是一個很出色的青年。」我說了這話的時候，我心裡想，既然是她推銷票子的，為什麼不向我推銷呢？

嘓音後來同我談到我工作的進行，她說，她常來看我是不是太妨礙我的工作，我說：「只有你來過以後，而且我知道下次來的時間的中間，才是我最能夠集中心力工作的時刻。」

嘓音聽了我的話，面色忽然變了，她帶著一種很奇怪的不安的神情，站起來，她說：「學森有封信給我。」

「他怎麼說？」

「他說他仍舊想念我，如果我真愛上了別人，叫我告訴他，否則他想在臺灣進行事情，一有事情就想再來臺灣同我在一起了。」

「你還沒有回他信？」

「我不知道該怎麼回他。」

「如果你真的愛上了卻利，」我避開她的眼光說：「那麼，就讓他早點知道，免得他將來痛苦。」

「但是，如果我愛上了他的父親呢？」幗音正在向著窗口走去，這時候忽然回過頭來，嚴肅而認真地帶著責備的口氣問。

幗音這句話使我吃了一驚，我囁嚅地說：

「幗音，這……這……，不要開玩笑……我已經是年近半百的人了……」我的聲音有點抖索，我在心裡顫慄，最不解的是我忽然流下了淚水。

我楞在那裡很久，等我清醒的時候，我發現幗音已經不在房內，我猜想她可能在花園裡。

這時候阿秀進來，我問幗音是否在外面，她說：

「她已經走了，她說你昨天沒有睡好，該休息休息。」

十五

幗音：你的話已經使我顫慄，使我流淚，這已經夠了。我非常感激你。你走後。我整夜的失眠，在探究你的話是真的還是假的，但這種探究有什麼用呢？還不是只有你一個人可以告訴我。

其實，我如果確確實實知道了你的話是真是假，又有什麼意義呢？假的，痛苦是我一個人的事；真的，痛苦則是兩個人的事。

人生很短促的，我已經是近半百的人，生活上的波浪已經受夠，怎堪再受這些心靈上的波折？

到臺灣後，我只想過平靜安詳的生活，對一切早已沒有野心，也不抱任何希望。你使我重新看到了生命的光明與燦爛，使我心靈重新為美而跳躍，使我再經驗到年輕人的愉快緊張與興奮，但是這已經夠了。

你年輕，美麗而聰慧，有長長的的燦爛的前程等著你，不要讓我牽累你。愛情一方面是非常不自私，另一方面又是非常自私，現在正是前者在我的心目中抬頭的時候，你同我說再會是再好沒有的了。

不要再來看我，不要再讓我看到你。

再會了，我祝福你……

我經過一夜的喜悅，痛苦，憂愁與害怕，在天亮的時候，我寫了這封信。

我讀了三四遍，我的心開始平靜起來。

我知道戀愛的過程是由生物的本能昇華到神的奉獻，由神的奉獻又回到生物的要求。只有在這個階段上結束則是精神的，再繼續下去，除了我占有幗音之外，還有什麼別的出路呢？

早晨，阿秀去買菜，我托她把那封信用掛號寄出。我一個人開始收集我散亂的情緒，想把我的生活納入舊的軌道上去。

我一時還無法拿起我研究的工作，但是我有兩件事必須做的。第一是寫信給學森，我要他忘了幗音，另外去找一個愛他而比他年輕的女孩子；第二則是把園中放在外面木架上的巫蘭搬到溫室裡去，這是我天天想做而未作的事情。寫信是一晚上的事情。搬花則需要三四個上午的時間。

外面陽光很好，我當時就走到園中搬花。臺北的冬天對巫蘭太冷，每年在秋季我總要把花搬進溫室的。今年已經是晚了些時，因為天氣還溫和，所以沒有發興，以前我也總約幾個人來幫忙，今年我則決定一個人來搬。我相信這體力的勞動，對於我現在的心情可以有許多好處。

就在這個搬移巫蘭的工作中，引起了我換盆移植一類工作的興趣。我勞作了上午，中飯後我睡了午覺，又到園中工作到黃昏，晚飯時我特別多喝一點酒，十點鐘我就就寢。

如是者我繼續了三天，雖然有時候我還是要想到幗音，但是我很慶幸我及早寫了那封信，我覺得這是一個最好的結束。

可是第三天傍晚，我收到了幗音的信。

她先說謝謝我的信，說她已經想了很久很久，才把那句話告訴我，事實上她在學森回港前就想說了。

她說，她同學森在一起的時候，覺得學森是一個很好的友伴，當學森對她表示愛時，她也以為這就是愛了。可是，當她一看到我，才了解她是不可能愛學森的。接著，她長長的談到她身世與性格，於是談到臺灣這些日子中，慢慢發覺，好像我的長遠的獨身就是為等她的降臨。

她先說她早已意識我在愛她，但一直到她與卻利去參加慈善餐舞會的那一天，才確切地證實。

她說，她不說是一種痛苦，說是解決了許多問題。

她又說，她很了解，並且尊敬我不想再與她會面的意見。她會專心去研究音樂，希望盡快的能到美國去。

最後，她說她對著我送的兩盆巫蘭就可以有許多安慰。

信尾又加一個附言，她說，如果我希望見她，隨時給她電話，她都可以來看我的。

另外附了一封給學森的信，要我讀後轉寄給學森。

那封信先說她接到學森幾封信，因為情緒不好，沒有回他，請他原諒。其次談到她一直沒有愛他。說如果真的愛她，她也不願意嫁他，因為她比學森要大一歲多；十年以後，學森還是一個漂亮的工程師，而她已經是一個老太婆了。

她又談到她在臺灣的生活，說在叔叔家裡，她看到她叔叔許多學生對音樂的努力，使她有更大欲望要求上進。

接著她說到她最近發現了自己真的愛上了一個人，但不一定要結婚成家，甚至也不一定要讓那個人知道。因為她現在只想去美國，她叔叔已經幫她在進行。末了，她還是勸學森去找那位為他介紹的沈小姐，說她一定不會使學森失望的。

我讀了那封信後，沒有再寫信給幗音。但是我寫了一封給學森，預備同幗音給他的信一起寄去，我的信雖是隻是順著幗音的話，但是我故意的說明幗音新的情人是卻利，我說他是一個學小提琴的很出色的青年。我勸學森盡快忘去幗音，另外找合適的女友，不要自尋苦惱。這封信寫得很長，最後我記得有這樣的話：「這樣也許是一個最美的結束。十年後，當你帶著你的妻子去聽幗音的音樂會的時候，你一定會發現你所愛的不可能是那個女人。」

我雖是勸學森忘去幗音，實際上也正是勸我自己忘去幗音。這封信對我心裡有一種很好的解脫。我寫好以後好像輕鬆了許多。這些日子所經歷的可以說是一場春夢。我發現我究竟不是年輕的孩子了，我有足夠的理智來分析，來思索，也會從哲理的角度來看事實。我相信，時間是最可靠的，它會慢慢的把一切痛苦洗去，正像海潮沖去沙灘上的足印一樣。

我這樣想著，一面把兩封信封在一起。就在我封信的時候，我忽然想到我何不到香港去旅行一趟。這一方面可使我接近學森，另一方面也正可幫助我忘去幗音。這樣想著，我就打開了信封，附加了一句，我要學森為我辦理香港入境的手續。

我覺得這是個很好的決定。我沒有再寫信給幗音。

我決定於第二天就去辦理去香港旅行的手續。

十六

如果我從此真的不再見幗音，也許不會有以後的事，但是事實上竟不能如此。

那是十二月二十六日陳大綱的音樂會，我於十二月十號就接到了請柬。我當時就想送一隻花籃給幗音，自己不打算去了。後來想這對陳大綱太沒有禮貌，而且多次見面我總說一定去參加，我怎麼突然可以不去。外加素慈同但娜約我一起去，也是很早就同我說定的，也許因為我的下意識想看看幗音，所以我當時就想，我也只在臺下看看她，又不同她單獨見面，何必就這樣害怕起來。

十二月二十六日，在中山堂，出我意外的是當幗音出場的當兒，我的心突然跳起來。幗音那天穿著白色的禮服，真是像一朵春天的桃花。那天她有兩個獨奏，一個是李斯特 Liszt 的 The Second Hungarian Rhapsody 一個是舒曼 Schumann 的 Fantasy in C Major，極得聽眾的讚賞，全場掌聲雷動。不知怎麼，一時我心頭震顫，兩頰灼熱，掌心流汗，又像是高興，又像是驕傲，又像是慚愧。

音樂會散了以後，素慈、但娜拉我一同去後臺，我也就跟著去了。我向陳大綱及其他人員致賀，見了幗音，我同她拉拉手，我一句話都說不出，幸好素慈、但娜對她的讚揚，我也就跟著說幾句。幗音忽然說：

「我想你今天不會來的。」我從幗音的眼光裡，看到她是多麼期待我去呢。

「我倒是不打算來後臺打擾你的。」我說。

「我還好麼？」她望著我，問得當然是她的演奏，我清楚地聽到她聲音有點顫抖。

「你太美麗了。」我答非所問的說。

當時陳大綱邀我參加他們的宵夜，我堅辭，沒有去。但是回到寧園，我又開始失眠。

以後幾天我一直無法忘去幗音，我有許多奇怪的遐想。譬如我忽然想到幗音那天音樂會的晚禮服，是有點露胸露背的，我很後悔那天到後臺去，竟沒有注意她頸下背上的紅痣。又譬如我想到她那天的耳環，記得不是那付撲克牌型的象牙質的，但究竟是什麼樣子，我一時竟很想知道。

無論我寫些什麼，或者看看書，或者在搬弄巫蘭，或者在聽收音機，常常為這種突然的念頭所侵襲，使我一時竟悵然若失起來。

多少次我想打電話給幗音，多少次我想到陳大綱家裡去看看她，但是我一想到我寫給她的信，我就抑制自己，我相信這是一個很大的關鍵，時間會使一切的苦難溜過去，如果再去看她一次，那以後就更不知道應該怎麼結束了。

我很希望我可以早點去香港，但是出境證及香港的入境許可證，卻遲遲沒有下來，而那件意外的事情就發生了。

那是一個星期三的晚上，天下雨，起了一點風。好像收音機報告颱風娜拉正向臺灣北部襲來，如果不轉變方向的話，可能於明天下午就要登陸。

星期四上午，風似乎小了些。收音機報告，風速已經減低，可能方向有點轉變，但是雨很大。

就在那時候，幗音忽然來了。她穿一件猩紅的雨衣，沒有任何化妝，臉上都是雨點。

我一見幗音，真是又驚、又喜、又害怕，有一種說不出的滋味。不知怎麼，我的心猛跳著，臉熱起來，一時竟不知所措。倒是阿秀慌慌張張招呼她進來，為她脫去雨衣，招呼她坐下，倒了茶出來，打了一把毛巾給她。

幗音一直同阿秀說話，說外面風已經小了些，也許颱風轉了方向……一直等阿秀出去了，她忽然說：

「你的那些巫蘭呢？」

「我已經於前幾天搬進花棚裡了。」

「可是你給我的那兩盆，昨天晚上被風打壞了。」她非常緊張的說。

「那有什麼關係，天下無不謝的花。」我說：「你喜歡，隔天再搬兩盆去好了。」

幗音沒有在說什麼，忽然拿出手帕，按著臉，伏在沙發上啜泣起來。

這使我不得不過去勸慰她。我在她的背後，看看她起伏的背部，我忽然想到她頸下的紅痣。

我忘了我是怎麼樣勸慰她的，當我扶起她伏著的身子時，我們倆就已經擁抱在一起了。

外邊的風聲就開始緊起來。

寧園裡的樹木發出一陣一陣的各種不同的呼嘯。

雨像鞭子一樣的打著我們的窗臺。

到處都是意外的聲音，鐵皮的，樹枝的，木板的，石塊的……

風怒吼著，怒吼著。像千萬隻野獸的奔突，像千軍萬馬的突圍，像一旅裝甲車的衝鋒。

我們從客廳趕到書房，從書房趕到寢室。

我們用繩子綁動搖的窗戶，用毛巾阻窗戶上漏進來的雨水，放下窗簾以防玻璃的飛襲。我開亮電燈。

「花棚不要緊吧？」

「應該不要緊的。」我說：「但如果有樹木倒在花棚上，那就難保險了。」

「要不要把巫蘭搬些進來？」

「我想算了，」我說：「要搬搬哪一盆好呢？許多事情是只好聽天由命的。」

雨聲像瀑布，房子的周圍都像是潺緩的溪流。

整個的房子，在每一陣風聲中顫抖。

「你冷麼？」幗音說著，她拿一件晨衣，披在我身上。

「你自己呢？」我說著，把我一件毛衣，裹住她的身子。

電燈突然熄了。

「一定是電燈吹斷了。」

「電線都斷了。」阿秀在外面說。

風怒吼著，雨狂倒著。阿秀說：

「隨便吃點東西吧。」

有荷包蛋，有罐頭牛肉，有我們寧園自種的西紅柿，我還有酒。

幗音喝了兩杯酒，非常愉快的說：

「太好了！」

「什麼太好了？」

「這風，這雨，這菜，這酒。」幗音說：「現在我才知道任何東西碰到了愛情都會變美的。」

「那麼恨呢？」

「為愛而恨，也是美的。」

「那麼死呢？」

「為愛而死，自然也是美的。」

「那麼讓我敬你。」我舉杯同幗音喝酒。

風怒吼著，雨狂倒著，於是，一個巨大的聲音發生了。

「是什麼？」我說，我同時也聽到了從這個轟然的大聲分裂出來的碎亂的聲音，我知道這一定是花棚與溫室倒了。

阿秀在外面也大叫起來，一面說：

「大概是花棚倒了。」

「讓它倒吧！」我說。

「那麼那些巫蘭呢？」

「有什麼辦法，」我說：「天下沒有不謝的花。」

「但可以有永生的愛。」幗音說。

我突然看到了幗音帶著酒意的眼睛。

我想到她身上的紅痣。我說：

「真的，幗音？那麼你願意做我永生的巫蘭？」

幗音微笑著點點頭。

風怒吼著，雨狂倒著。

整個的房屋在每一陣風中顫抖。

飯後，在書房裡，我點起一支洋燭。

在跳躍的燭光下，我發現了幗音是朵鮮艷的巫蘭。

我說：「我為你身上紅痣不知做過多少夢？」

「你知道我身上有紅痣？」

「當我們去淡水游泳的時候，我看到的。」我說：

「是你頸下，大概第三脊骨上。」

「你記得這樣清楚？」

「你知道，我想吻它的。」我說。

幗音撫摸著我的左手，沒有回答。

「而我，我知道你身上還有一顆紅痣。」

「你怎麼知道的？」幗音忽然推開我的手，以為我曾經偷看過她什麼，慍怒地說。

「因為我的紅豆巫蘭有兩顆紅痣。」我平靜地說：「這是我發現的，是我懷念的。」

風怒吼著，雨狂倒著。

房子一陣一陣的顫慄。

在蠟燭忽然倒了，房內是一陣漆黑。在漆黑中，幗音身上的紅痣閃著光。它帶我走進了愛情的路程。

十七

颱風於第二天早晨才過去。

整個寧園如兵災後的荒村。樹木傾折了許多，遍地都是斷枝落葉。花棚與溫室完全坍塌，木架倒斷，玻片四飛，遍地事是破瓦碎瓷，一百幾十盆的大小巫蘭，已完全毀折，沒有剩下一朵完整的花朵。

對著這一片淒涼的景象，幗音默默地站在我的身邊，她說：

「這許多巫蘭竟沒有一株是倖存的，太可惜了。」

「這是天數。」我說：「或者就因為我已經有了……」我當然要說「永久的巫蘭」，但是我沒有說出來。

陽光從雲層裡出來，天色慢慢地開朗，我說：

「幗音，我們應該怎麼樣呢。」

「你不打算同我結婚麼？」

「同你結婚？」我說。

「不然，你打算怎麼樣？」幗音說：「你真的愛我麼？」

「自然，也因為愛你，所以我要為你想到。我不願意你以後後悔，」我說：「如果你以為我可以永久同你在一起……」

「為什麼不可以？」幗音忽然興奮地說：「我們很快就籌備婚禮好麼？一星期以內。我現在回去，我先告訴我的叔叔，我還要告訴素慈。我要告訴所有我的朋友。」

幗音說著拉著我的手往裡面走，一面說：

「我現在回去，先同我叔叔說，你最好晚上來看我叔叔，正式同他商議婚期與婚禮。」

到了裡面，幗音拿了雨衣，我挽著她的身子送她到門口，我吻著她說：

「你不想再考慮一下麼？」

「我？」她說：「我已經考慮過了，否則昨天就不會在你這裡了。」

她雀躍的向我揮一揮手，我一直望她遠去，才回到寧園。

當時我自然是滿心高興，破敗的寧園裡好像反而充滿了生氣。我馬上打電話叫人來收拾園中凌亂的風後的殘骸，我從寢室跑到書房，我從書房跑到飯廳，從飯廳跑到廚房。我拉著阿秀說：

「我要結婚了。」

「結婚？先生！」

「是的，我要結婚，怎麼不可以麼？」

「不是，不是，只是太意外了。」阿秀楞了一回，高興地說：「真的，幾時？」

「隨便幾時，下個星期，好麼？」

「怎麼，真想不到。」阿秀說：「林太太常常同我談起，她說你誰都看不上眼。這回是不是她給你介紹的？是什麼樣的人？誰呀？」

「你想不到是誰麼？」我說。

「她有沒有來過這裡？」阿秀問。

「她昨天不就在這裡麼？」我說。

阿秀忽然兩眼戇直，一隻手按在頭上，呆呆地說：

「是陳幗音……？」

「是的。」我說。阿秀於是著紅臉鄭重底說：

「先生，這使不得，這使不得！」

「怎麼？」

「她不是你的少爺的……」

「學森！」我忽然叫了出來。是的，學森，從昨天到現在我沒有想到學森，幗音也沒有提起學森。

我回到書房裡，我重新回想昨天的生活。我覺得我應該寫封信給學森，把這事情告訴他才對。但是想來想去，都覺得無法下筆。最後我想到這封信由幗音來寫，或者會比較容易措辭。

我於十一點鐘打了一個電話給幗音。她說，她在路上時已經想到，她就會寫信告訴他的。她說我們的事原是很意外的。幗音接著就說她叔叔嬸嬸對我們的婚事，都很同情，只是有點感到突兀就是。幗音的話解除了我對於學森的顧慮，也解除我晚上去訪晤陳大綱的不安。

阿秀又到我的書房來，她重新提起我的婚事。她勸我要從長考慮。我於是把幗音預備寫信給學森解釋這件事情告訴她，並且一切叫她放心。阿秀沒有再說什麼，她只是說：

「可是他……他實在太愛她了。」

下午，收拾花園的工人們來了。我幫著指揮，把雜亂的殘物都清除了。花棚溫室處留下一塊很大的空地，我想慢慢把它改成一塊花圃。

夜裡，我到陳家，幗音同她叔叔嬸母都等著我。我們談得很合洽，當時我們就議定了婚期，是一月十五日。幗音說，她本來想告訴素慈，後來覺得還是由我來告訴她比較好。她想打電話請素慈來坐坐，我說還是等後天我單獨同她說比較好。我所以想慢些告訴素慈，是因為覺得這個消息對她太突兀一點，還有但娜及正維，他們會無法了解，應當先有一個準備才好。

我本來打算第二天打電話給素慈。請她來寧園談談。但是，她在我沒有打電話前，一早就來了。她一進來就說：

「我聽說你要結婚了，我希望你要從長考慮才對。」

「啊，你已經知道了？」我吃了一驚的問：「是幗音告訴你的？」

「昨天阿秀打電話告訴我，我本來想到陳家找你，後來覺得不方便，所以今天一早趕來。」她說：「你們真的什麼都決定了？」

「是的，我們已定於一月十五日結婚。」

「那我自然也沒有法子來勸你。只是你要想法子避免學森的誤會才好。」素慈說：「你不知道學森是多麼愛幗音。」

學森好久沒有來信，我知道我的上封信對他的影響如何。我忽然想到我上封信說幗音的對象是卻利，是一個奇怪的綜錯。我當時因為決定不與幗音來往，我想舉出一個實在的人，可以使學森死心；現在事情急轉直下，學森如果知道了我們要結婚的決定，那麼我的上封信就變成一個完全的謊言，甚至是一種卑鄙的欺騙。而學森則是我的孩子。

這是一個我這兩天來從未想到的問題。

當時我沒有同素慈談到這一層，因為這實在也很難讓她了解的一個問題。我當時只說對於學森將由幗音寫信去解釋。素慈覺得這封信的措辭倒要大家研究一下。這使我想到我應該把上封信中談到卻利的事情先同幗音談談才對。我當時就打一個電話給幗音。我先告訴她，素慈已經知道我們的決定，現在就在我的身邊。其次，我就說給學森的信，如何措辭，應當好好商量一下。哪裡曉得幗音說：

「那封信我昨晚上就寫好，剛才已經寄出了。」

「你的信是怎麼寫的？」

「我只是老實告訴他，說我們已定於一月十五日結婚。」

「啊，這樣，……我想……我現在就到臺北，我們見見面好不好？……也許我們還應該再寫一封信才好，免得他誤會。」

當時我們就約定在素慈家見面。

那天下午，我們對於這個問題商談了很久，始終想不出一個辦法，可以說明我上封信的話。這因為幗音對他解釋的信中，只是單純的說到我們兩方面的相愛，而且幾乎是一見鍾情似的。那麼，同我上封信對照，顯得我是撒謊無疑了。最後我們想出一個沒有辦法中的辦法，決定由素慈寫一封信給學森，把我事實上心理上彎曲的經過詳細地談一談，至於是否真的可以得他諒解，那也就只好聽其自然了。

十八

但是學森一直沒有再來信。我們只從秦性光簡單的信中，知道他還很好，也就不再關念他了。

日子很快的過去，我的旅行香港的計畫自然早已放棄。自從有了幗音以後，生活起了很大的變化。這正如春天降臨到寧園，花開鳥鳴，燦爛熱鬧。我與幗音雖尚未結婚，但幗音無形中已成為寧園的主人。我們先忙於裝修並粉刷房子，又添置家具，重新布置房間。花園也加以整頓，添補了一些花草，只是沒有再購種巫蘭。周末則總有大綱的一家與素慈的一家來玩，我一時也感到年輕許多。

我們的婚期也就一天一天近起來。

就在陽曆年初，素慈忽然接到了學森一封簡短的信，他說他將於後天動身來臺灣，並且參加他父親與幗音的婚禮。

無論學森的動機是善意還是惡意，他來看我與幗音結婚，對我們總是一種威脅，很可能造成一種尷尬的空氣。當時素慈打了一個長途電話給秦性光，希望他可以勸阻學森來臺灣，但是沒有結果。學森於一月四日到臺北，我與素慈去機場接他。

學森還是同以前一樣。他對我與素慈都很親熱，我們從機場到素慈的家裡途中，都沒有談到我與幗音的事情。

因為我要結婚了，學森在寧園自然不方便，所以把他安頓在素慈家裡。當天晚上我也就在素慈家裡吃飯，空氣一直很自然。我們沒有談到幗音，也沒有談到我的婚事。素慈打算等我走後由她單獨同他細談。

那天飯後，我於十點鐘回寧園。素慈於第二天早晨打電話給我，報告我她在我走後與學森交談的結果。她說學森對這件事已完全諒解，還說她已經說服了學森，在舉行婚禮那天，學森不參加婚禮，他準備一個人去臺南，免得我與幗音心理有疙瘩。

由於素慈這個報告，我們就沒有再想到別的。不過大家覺得幗音在婚前最好避免見學森，以免學森觸景生情。所以後一些日子，幗音沒有來寧園，除了我去陳家以外，就很少看見她。以後幾天學森與素慈來過寧園，我也幾乎天天去素慈家，常與學森談談的前途種種，一切都很正常。

一直到一月九日黃昏，學森忽然一個人來寧園。他說他於第二天要在臺灣作全島旅行，以後就一直去香港。他不打算再來看我，所以先來同我辭行，並且來此住一晚，同我談談。

那天晚上，我們談了很多，談到他母親，談到他小時候的情形，談到香港的生活，談到他的前途。最後，他也談到了幗音，他特別解釋素慈同他談過的種種都已經了解，對我並沒有什麼芥蒂；並且說他母親過世那麼久，我也應當有一個合適的伴侶，既然幗音愛我，他並沒有反對的理由。我只是表示這類事情往往無法理解，只能以機緣與命運來解釋，好像冥冥之中真有鬼神在擺布一樣。總之，我們交談了許久，大概到兩點鐘他才就寢。第二天我還同他一起到臺北，晚上他就動身去臺中。

我與學森有一夜的談話，看到他對我的諒解與同情，感到非常安慰與愉快。人間的感情，最基本實際還是友情。無論夫婦父子姐妹兄弟，倘若沒有基本的友誼，或者不能建立真正的友誼，根本是無法和諧相處的。彼此只有一種責任與義務的束縛，兩方面都會感到痛苦。我與學森以前在一起時候少，現在這樣的會，自然更需要建立一種互相諒解與信托的友誼。

那一天晚上的長談，至少讓我看到了我們可以建立真正的友誼。

學森走後，我與幗音也就積極忙於我們的婚禮的布置。定酒席，製禮服，借車輛，……諸如此類零零碎碎的事情，雖然素慈給我很大的幫助，我們也都忙得無法再有時間去幹別的事情了。

於是，一個晴天霹靂就發生了。

這使出乎每個人的意外的變化。

那是十四日早晨五點鐘，素慈來電話，說學森已經在日月潭自殺了。消息是由那面的警察根據學森在旅館中所留的絕命書來通知的。

當時我真是不知所措，幸虧素慈的丈夫幫忙。他一面打電話給臺中警察局的朋友，請他照拂，一面叫素慈伴我馬上搭火車去臺中。我當時就趕到素慈家，那時幗音也已經趕來。她一言不發的楞在那裡，只表示要同我們一起去臺中。我們到臺中是下午三時，得林成鳳的警察局裡的朋友幫忙，商量了辦法，由警察局派人偕我到日月潭把學森的屍體運到臺中。素慈與幗音則等在臺中。

學森留下一封絕命書，是寫給素慈的。他在信中並沒有怪任何人，只說到對於人生的厭倦與感到空虛。他並且叫素慈千萬不要以為他的自殺是為誰而自殺。對於幗音與我的婚事，認為很可安慰，因為究竟自己的父親有一個他所愛的人來照顧了，而自己的愛人也由父親來照顧了。

素慈讀了那封信後，慟哭不已；幗音則噙著眼淚，一言不發。學森的屍體運到臺中後就舉行火葬，我們把他的骨灰帶到臺北，我預備為他葬在寧園裡面。我們的婚事自然無形中延擱下來。我的悲傷不必說了，幗音到臺北後也就生病，她失眠，不想吃東西，三天兩頭發熱。她很少說話，我去看她，也無從安慰她。她常常楞著眼睛望著我，一言不發。我與她之間突然建立了一種無法飛躍的距離。

這樣大概過了半個月，那時我已經在寧園為學森造了一個墓廓，就在原來養巫蘭的花棚與溫室空地上，把他的骨灰葬在裡面。我在傷心之餘，覺得一切也只好規之於命運。素慈是我唯一可安慰我的人。她覺得死者已無可挽回，活著的人還要活下去。她看我整天悶在家裡，什麼都不想動，任何參加宴會交際的興趣都沒有，很為擔心。因此，她建議我與幗音還是應該結婚，她得了我同意後，就去與幗音商量，但是幗音拒絕了。陳大綱也覺得應該讓幗音健康恢復，再談這件事。

日子黯淡的過去，轉眼舊曆年節已到，到處呈現熱鬧與歡欣，但是我的生活則死寂如死水，任何外界的燦爛都引不起我的興趣。幗音的病不但不見痊癒，而且日見加劇。她整日心跳不安，任何外界的刺激都會使她驚怛忐忑，一個較大的聲音，一個陌生的客人都可以使她緊張顫慄。我去看她，也成了一個可怕的刺激，醫生叫我暫時最好不要再去。不久，她由林成鳳的介紹搬進一個私人的療養院，我與她距離更加遠了。

寧園的氣氛，現在已再無生氣，原來使我有興趣的巫蘭已經毀去，占據在那塊遺址的是學森的墳墓。我每天對著這個墳墓，回憶巫蘭盛開的日子，想到颱風狂掃寧園的情境，想到幗音與尚寧身上的紅痣。一切一切，我覺得竟是一種命運奇怪的安排。好像自始就自有一種神祕的力量，一步步在逼我走進了這個可怕的綜錯。

十九

天氣慢慢的暖和起來，寧園揚起了新的綠意，紅花黃花紫花都前後開綻，學森墓前的小樹也發了新芽。黃鶯重新歌唱，麻雀整日喧語，野蜂窗前尋巢，蝴蝶花間飛翔，春天已降臨了大地。

這幾個月來我很少出門，學校的功課在寒假後也已辭去。我在鏡子裡看到自己老了許多。我久已不拿起我在研究的工作，我也沒有心緒看書，每天癡坐在窗口，看太陽慢慢的移動，等阿秀拿飯給我吃，生活像是在墳墓裡一樣。

我一方面雖然明知道我與幗音的事情已經註定了是一個悲劇，另一方面則覺得我唯一的希望還在幗音的健康。如果她的健康恢復，精神恢復，也許我們可以重新結合，忘掉過去。幗音進入療養院後，病軀時好時壞，壞的時候神經近乎錯亂，好的時候則頭腦十分清楚。有的時候我去看她，她衷心怔忡，不願意見我；有時候又好像很歡迎我去見她。

我在她神志清楚的時候，曾經建議我們早結婚，婚後可以由我照顧她的病軀。但是她說這已經是不可能的事情，因為她一看見我也就看到了學森，也就看到學森的屍體。我說這還是她的精神沒有健康的現象，等身體養好了，希望可以伴她到別處去旅行一次，把學森的印象完全忘去後，再回來。我們可以住在臺北，我打算把寧園賣去或出租。她不置可否的望著我，有時則忽然眼淚奪眶而出，說她自己什麼都完了。

當她神經近乎錯亂時，碰到我去看她，她常把我當作了學森，她說她恨他的父親，說我把她當作巫蘭來玩弄她。忽然又說她愛了我們父子兩個人。有時則對著我叫我走開，說她恨所有的男人，不願再見任何的男人。但有時候，則拉住我對我流淚，問學森的墳墓式樣與所種的花草。

從這些表現上來看，她對我的愛情究竟是怎麼回事，我也逐漸的懷疑起來。

素慈是最關心我的人，她們看我衰退消沉，常常帶著林成鳳來看我。林成鳳是一個很忙的外科醫生，但他成了我以及幗音的義務醫藥顧問。起初他也以為等幗音病好了，我們也許可以忘去過去，重新結合。現在他覺得幗音的病一時也很難完全痊癒，我不應當再把希望寄托在幗音的健康上。他以為要幗音病軀快好，不但應該使她忘去學森，也應該使她忘去我。而我也最好把學森與幗音忘去。因此素慈與陳大綱都勸我離開臺灣，換一個環境。恰巧香港有學校要大綱介紹教授，他就介紹了我。

我於五月中就到了香港。秦性光的事業很發達，他在淺水灣有很漂亮的別墅，他就先招待我住在他的別墅裡。那別墅建築在半山上，風景絕佳。我換了環境後，心情開朗許多。我開始有較寬的胸懷，看到了我與幗音不能再有重圓的希望，正好像學森死去不能復活一樣。我現在只希望幗音早日恢復健康，把我與學森完全忘去。現在我對她的想念似乎已不是情人的相思，而是至友的思念了。我依賴與素慈的通信，很詳細的知道她的情況。

幗音於我離臺後，精神真的一天一天好起來。她於六月中忽然想練琴，六月底她搬回她叔叔家裡。她每天有興趣與卻利一班朋友去跳舞游泳，過著非常年輕的生活。她再也沒有談起學森與我。

幗音於第二年的春天去美國，她繼續學音樂，以後大綱素慈也很少有她的消息。一直到一九六〇年，她來信告訴大綱，說她已經在美國結婚，男人姓葉，是一個很有成就的畫家。

一九六四。香港。

盲戀

小引

長江船從上海到南京往往很空，我一個人佔了一個船艙，但一到南京，人就多了，哄亂好一陣，有一個客人到我的船艙來，是一個六十歲左右的商人，他同我應酬幾句，安置好行李就出去了。又來了一個客人。他一進門就使我吃一驚。

他穿一件骯髒的雨衣，領子豎著；削著肩，駝著背，脖子似乎很短，雨衣的領子就掩去了半個臉龐，一頂敝舊的帽子壓在眉骨上；雖然是初冬的天氣，但還戴著一副深色的很大的太陽眼睛；他只露出一個鼻子與一個嘴吧，鼻子是紅腫的酒糟鼻子，嘴凸出著像是猿猴，二瓣厚腫的嘴唇似乎無法閉攏，露出黃長的獠牙；參差不齊的髫鬚像是蛀爛了的板刷，稀疏凌亂，又可惡，又可憎。

一進來，安置好行李，他方才脫雨衣，裡面是一套敝舊的泛黃的灰色西裝，我看到他有一個古怪的身材同一副醜陋的面貌，接著他脫去帽子；他的頭髮是灰棕色的，髮腳幾乎與眉毛分不開來，面頰一面高一面低，高的一面像是浮腫的豬肝，低的一面像是缺少了一根骨頭，歪曲鼻梁上架著闊邊的眼鏡。他掛好雨衣，接著就從小提包裡拿出四五本書，好像三本是古裝的，兩本是時裝的。他把書放在几角，就躺在自己的床鋪上，脫下眼鏡，露出紅沿無睫毛的肉眼，瞥我一眼，就拿起一本古裝書看起來。他沒有同我招呼，也沒有注意他自己以外的一切。

這真是一個可怕的怪人！

其實說怪人還是好話，憑他的長相，簡直可說不是人，是一個怪物。

自然，看他那種驕傲的樣子，我也不想同他談話，船還沒有開，外面聲音很煩雜，我就走了出來。我在外面蹓了好久，船開了，方才回到艙裡；這時候那個商人也在艙裡。他對我說：

「船開了，沒有事，去打打牌吧。」

他說著就出去了，我看那位怪客仍舊躺在床上看書，顯然他也沒有同那個商人搭話。

那位商人佔上鋪，我與這個怪物恰巧是面對面的下鋪，房間很小，兩個床只隔著一隻三四尺寬的小几。我心想真倒楣，出門會碰到這樣醜陋的一個怪物。當時我就把枕頭移到腳後，斜靠在枕上看我帶來的報紙。但因為厭憎這個怪物，我還是不自禁的偶然去偷看他一眼。而一個醜陋可憎的怪物，擾亂你的心思，正同可怕的聲音一樣，他使我無法再看報，不得不去注意他了。

他的人不矮，但是腿部短細；他很瘦，但是肚子很大，躺在那裡像是放平著的一隻死海狗。他一直在看書，我發現他的手是纖小的，同他的頭部放在一起活像是牛首人手的配合。他的臉被手中的書掩去了，我想看看他讀的是什麼書，但是書已敝舊，封面上並無籤條，我無從知道。

於是我視線轉到他放在桌上的幾本書，啊，出我意外的其中一本竟是《燈籠集》，這是我十年前出版的一本詩集的名字。當時我還疑心或許會是另外別人寫的同名的書。我仔細的望了一下，我見到敝舊的書脊上有「徐訏著」的字樣。這使我有點驚異，我開始想同他有點交談。

我打開煙盒，但故意不用自己的打火機，起來到几上去拿洋火，趁這個機會，我說：

「先生，你抽煙麼？」我把煙盒遞過去。

但是他沒有放下書，也沒有看我，很客氣的說：

「不客氣，不客氣。」一面他從自己煙袋裡摸出一支煙放在嘴上。

趁這個機會，我就劃了一根洋火湊給他一個火。他吃驚似的欠欠身，說：

「自己來，您自己來。」一面婉謝著，一面一隻手摸出打火機自己點火。接著又把書掩去了面孔，書後噴出濃濃的煙來。

我發現他原來也是一個會說人話的普通人。就在這個時候，我翻動他的桌上的書說：

「可以借我一本書看看麼？」

「請便，請便。」他說，並沒有看我。

我於是就撿出《燈籠集》，吸著煙，回到自己的床沿翻閱。

一打開書面，我真的吃驚了。我看到的是：

夢放先生不棄。徐訏一九三五，二，三。

那麼難道就是陸夢放麼？我想。

我很想問他；看他一眼，他還是在看書，覺得很難措辭。

後來，我故意把書放回桌子上，說：

「謝謝你。」

他點點頭，沒有答話。

「先生，到哪裡上岸？」

「唔……唔。」他只是含糊地回答著。

「我可以請教您貴姓麼？」我又問。

「賤姓伍。」

「對不起，先生，」我說：「我可以問你這一本書是從哪裡來的麼？」

「啊，書，……書就是書，一本舊書，多年了，誰還記得是哪裡來的，哪裡來的還不是一本書。」

「可是，比方是舊書攤買來的，或者是朋友送給你的，或者……」

突然，他放下書，露出醜怪可怕的面貌看我一眼；似乎是討厭我的嚕囌，又好像是對於我的問題覺得有點奇怪。我則被他醜怪可怕的面貌嚇了一跳，不等他發問，我就說了：

「對不起，先生，不瞞你說，因為那裡寫著夢放先生，陸夢放是我的朋友，所以我想問問你。」

「陸夢放也是你的朋友麼？真的麼？你先生貴姓？」

「我就是徐訏，就是送他這本書的人，所以我奇怪這本書怎麼會在先生手裡。」

「久仰久仰，徐先生。」他露著笑容說。但是他的笑容並沒有表示他和靄，而只是增加他的可怕，幸虧他笑容只是一閃，馬上又恢復了常態說：「我也是他的好朋友。」

「那麼你知道他現在怎麼樣麼？後來他怎麼沒有寫東西？我寫信去他也不回我。」

「啊，你不知道麼？」他感喟似的說：「他早就死了。」
「死了？」我說：「怎麼沒有聽說。什麼時候死的。」
「四年多了！」他說：「心臟病，也有點肺病，而且後來神經有點錯亂。」
「死了，」我不禁有很多感觸，我說：「太可惜了，他是一個天才，一個古怪的天才，一個天才似乎同神經病常常不能分開的。」
「你真以為他是一個了不得的天才麼？」
「自然，文藝界的朋友都以為他是一個了不得的天才的，」我說：「我雖然沒有同他會過面，不過通過信，他大部分稿子都是我經手的。」
「真的？」
「啊，那時候，我為一家書店編輯一本文藝雜誌，還在報上編一個副刊，陸夢放常來投稿，大概都是隨筆之類。後來也寄來一些小說給我，但都不很好，十九我都退給他，他就寄到別處去發表了；可是，忽然他寫出了一篇《蛇虹的悲劇》在別家報紙連載，朋友同我談起，都非常稱讚，我找來一讀，才發現了他從未透露的天才，我不禁詫異起來，於是我就寫信向他致賀，並請他寫點小說給我們。以後他許多稿子都由我經手發表的，我們做了很好的朋友，不過一直沒有看見過他。他後來住在蘇州，我住在上海。有一次我到蘇州去，想到去看看他，他恰巧去鎮江了。頂奇怪是他後來寫信給我，說這樣彼此不見面也是很好。總之，在我印象之中，他總不是一個正常的人，發神經病想是可能的。」
我說著看到我對面的怪人，我忽然想起我是曾經見過他的，我說：

「啊，說起來我倒想起來了，你，你是不是同他住在一起的？我記得我到蘇州看他的那天是你開門的。」

「真的麼？」他詫異地說：「很多年了，我倒想不起來，不過我是常住在他家裡的。」

「啊，真對不起，我記得那天把你當作了他們家的傭人。」我說：「那天你好像是穿一件布的短棉襖。」

「我是他的同鄉，小學裡也同過學，因為我長得醜怪，外面無法找事，一直住在他家裡，什麼事情都做，有時候也替他抄抄稿子。可是他待我，真像兄弟一樣，他死了，什麼都交給我了。所以你那本大作也在我地方。」

「他家裡沒有別人麼？」

「沒有。」

「他沒有結過婚？」

「有一個太太，比他先死，」他說：「他神經錯亂與死太太好像很有關係。」

「他沒有孩子麼？」

「沒有，沒有。」

「那麼你先生現在……」

「我到漢口去，有一個親戚在那面辦廠，我去做點小事。」他很溫文地說，他忽然問我：

「你也到漢口去麼？」

「不，我到四川去。」

「那麼我先上去。」他說。

以後我們大概也談了些別的。我發覺他是一個很良善的人。真想不到我同他竟是見過的，而且還從他那裡知道陸夢放已死的消息。

這以後我對他好奇心少了，討厭的心理也減輕；他似乎並不是喜歡談話的人，常常拿著書掩著面孔在抽煙，我們就像普通同艙的旅客一樣，偶爾說幾句無關輕重的話而已。

但是在船快到漢口的時候，他忽然對我說：

「徐先生，這次碰見你真巧，有一件事情，我想你也許可以幫幫夢放的忙，不知道……」

「什麼事？」

「他有一部稿子一直在我這裡。」

「他有一部稿子？」我驚喜地問：「沒有發表過的麼？」

「是他的遺著。我想那時候他神經已經不正常了，寫得很草率凌亂；我想你也許肯為他整理整理，修改修改，找一個地方發表發表，或者為他出本書。」

「那再好沒有了。不過修改我不敢當，他的風格是他所獨有的。」我說：「發表出版我想不會有問題。」

「你不必客氣，他寫的時候神經已經是有點錯亂，他常常同我談起你，他對你非常敬佩的，所以如果你肯為他整理修改，那一定是他所願意的。」

「那部稿子在你箱子裡麼？」

「你答應了，我馬上可以給你。」他說：「不過你可不要丟了。」

「決不會，你放心。而且我一定想法子把它發表就是了。」我說。

「那好極了。」他說：「我回頭吃好飯，理東西的時候拿出來交給你。」

但是，吃了飯他並沒有交我，我以為他也許改變了意思，所以也不便同他提起，一直到船停下來，他準備上岸同我說再會的時候，才從雨衣袋裡拿出一隻封得很好的牛皮紙封袋給我，他說：

「這就是夢放的遺著，我一直非常珍貴的收藏著。」

「謝謝你相信我，我一定會同你一樣珍貴它的。」

「那麼再見。」他沒有同我握手，只是行了一個三十度的鞠躬。

「啊，不過假如發表了，那稿費怎麼辦？」我說：「寄給你麼？」

他楞了一下，像在想什麼。

「我想還是寄給你吧，你給我一個地址好不好？」

「好，好。」他拿出一支鉛筆，我給了他一張紙，但在下筆的時候，他忽然說：

「我也沒有一定的地址，我想還是我再寫信給你吧。」他說：「徐先生，您的通信處？」

我當時就寫了一個重慶的地址和一個上海的地址給他，並且告訴他我在重慶最多住兩三個月，以後就要回上海的。說著我送他出來，看他上岸去了，我才回到艙裡。

當時因為那包稿子封得很好，所以我沒有打開，而且我也怕在船上容易散失，我記得是馬上就把它收藏在箱子裡的。

我一直等到了重慶，安定下來以後，我才拿出夢放的稿子來讀。

真的！這是夢放的字，也是夢放的稿子。但是，凌亂草率，文句組織有時顛倒，文義有時矛盾；故事尤不關連，有地方有殘缺，有地方有重複；我想伍先生的話不錯，夢放寫的時候，神經已經是有點錯亂了。但是讀了這篇稿子，我頓然明白這位醜陋古怪的伍先生是誰了。這真是出我意外的事情。

在重慶旅居中，每天為事務奔忙，我當然沒有心緒寫作，也無法去整理修改這部稿子。一直到三個月以後，我在上海才有環境做這件工作。

我真後悔答應這件事情，因為我發現這份工作竟比自己創作還要困難。原因是夢放的天才是我所沒有的，你說他不好的地方，有時也竟是他好的地方，而他所寫的又正是所感所想親身所經歷的，許多殘缺的地方，我又必須為他補齊才能連貫。

但是已經答應別人的事，我總當盡力來做。而且，事實上，夢放信任我正是我的光榮，而他的故事也真的感動了我，我沒有當他小說讀，我是當夢放的自傳讀的，許多地方都會使我為他難過，許多遭遇也曾使我落淚，許多問題我也曾為他試作解答。

我曾經把它修改了三次，發表出來，而我從來沒有滿意過，現在我作第四次的改寫，我把它介紹給讀者。

下面就是這個可憐而可怕的故事，用的第一人稱，完全是依照夢放所寫的。

一

我的故事是一個傷心的故事。

我的生命是一個可憐的生命。

我的命運是一個悲慘的命運。

人間本不是平等的人間，而我的不平則是最無人同情的不平。

我的母親是美麗的女性，我的父親是俊秀的男人，我的姊妹都有她們獨特的秀麗，我的兄弟都有他們正常的挺逸。

而我，我則是一個醜陋的生命。

我不為母親所愛，不為父親所喜，兄弟不當我是兄弟，姊妹不當我是姊妹，客人輕視我，傭人虐待我；常常在家中最熱鬧的時候，我被拘在黑暗的小房裡獨自僵臥；常常在全家出去宴遊的時候，我獨自在院中月下摸索。

我就在這樣的環境長大。到入學的年齡。我被送入一個學校裡住讀，長長的學期從未有親人望我。我不但醜陋而且愚笨，沒有一個教員不蔑視我，也沒有一個同學不厭憎我，我被欺侮，被凌辱，被笑罵，一切罪惡都被誣賴到我的頭上，一切責罰我都需一一承當。

我就在這樣的環境中長大，我自卑，我羞澀，我不敢正面看人，也不敢正眼對人，我喜歡黑暗，我喜歡孤獨，我從小就失眠，常常一個人蒙在被下哭泣。

到小學五年級的時候，我知道我應當用功。我開始在報紙中雜誌與書籍中尋到了蔭庇。

在中學裡，我還是一個被師友笑罵的對象，一直到高中二年級，我才遇到了我生平唯一的一個同情我的人，那是一個身材矮小的國文教員，我在這裡特別要紀念他，因為他不但給我安慰，也給我鼓勵。他就是林稻門先生。

我的父親於我中學畢業時就死了，家裡經濟情形不好，母親也不再管我，我還是進了大學，夜裡我在一家報館裡做校對。這一切我不得不感謝林稻門先生。

在兩年大學生活中，由於生活的需要，由於林稻門先生的鼓勵，我開始投稿，我寫的大多是小小的考證，由冷僻書藉中摘抄別人不注意的材料，寫兩三千字的文章，常常投到報上雜誌上發表，換取稿費。我也試寫創作，但是我沒天才，雖然也有發表的，但從未被人注意過。我在學校裡始終是孤僻的，我愛黑暗，愛孤獨，我從不交朋友，從不同別人來往，我走路低著頭，上課時望著桌上，從不同教授有什麼問答，我怕人注意，怕人看我。我過的是土撥鼠一樣的生活。學校宿舍是兩人一間，但我同房的同學是很活潑廣交的人，他常常在外面，但是我還在中間掛了一塊黑布，使我同他隔離著，我們從未交談。

在這樣寂寞的生活中，我唯一的伴侶就是閱讀。我非常用功，但是我的愚笨使我的用功在功課上並沒有出色。在讀書以外，我還愛上了音樂，我積了錢買了一架唱機，在舊貨店我搜尋著古典的唱片，我就整天鴆溺在這些音樂裡面，它使我得隨時脫離現實的生活；它使我願意為買唱片而節衣縮食，以後唱片就成為我唯一的花錢的對象，音樂成了我的嗜好同我的娛樂，並為我整個心身的寄託了。但是我並不會歌唱，也不懂什麼樂器與樂譜；我不想學音樂，我知道我對一切藝術都沒有天才，我只是愛好它，因為它解除了我的寂寞，它會帶我到沒有人的世界，在那裡我可以自由，不必害怕，不必畏縮，不必被人指責笑罵。

這樣半工半讀的生活，我過了兩年，有一天，林稻門先生忽然對我說：

「有一個很好的機會，我想於你很合適，不知你願意去麼？」

「你說是職業？」

「是的，」他說：「一個很有錢的人家，想請一個家庭教師，待遇不錯，而且在郊外一個別墅裡，環境非常清靜，他可以給你一個很好的房間，當然也供給你伙食。」

「我當然去。」

「不過你讀書不得不中斷了。」

我當時當然不想中斷我的學業，所以也很難決定，我就說：

「你以為我應當去嗎？」

「我想你這樣半工半讀太苦，再下去你身體怕也吃不消的。在那面做一年事，積點錢再讀書也不晚。」他說：「好在你在那面可以不花一點錢，全部薪金都可以積蓄下來的。」

林先生的話是不錯的，而且我覺得我在學校裡讀書還是自己在摸索，教授與同學對我很少幫助。我的用功已使我摸到求學的門徑，我所缺少的是聰敏與天才；而這兩樣東西竟也不是大學所能給我的。但是我怕我這個醜陋的面貌會不受歡迎，我當時就說：

「林先生，你以為他們會不討厭我麼？」

「這個你可以放心，張柏齡先生是我的世交，以前在外交界做事，是一個很有學問的人，我也曾教過他孩子的書。現在他孩子張世眉事業很有成就了，住在霞飛路；張老先生因為身體不好，則住虹橋路一所房子裡。他還有一些孩子，有的在國外，有的因為要上學，都同他們哥哥住在一起；他自己則帶了兩個孫子來同他同住，因此想請一個家庭教師，來托我介紹。實際上，虹橋路的房子人很少，只有張老先生同兩個孫子，此外就是兩個女傭人，所以希望家庭教師會是一個不怕寂寞不愛出門的人，因此我就想到了你。」

「如果你以為我合適的，那我就決定去了。」

這就是我到張家去教書的原委。

二

虹橋路張家的房子是一所兩層樓的洋房，房子並不大，但有一畝七八分地的花園，花園布置得很精緻，西首有一排很高的白楊樹，中間有很平齊的草地，草地上綴著疏落的花木。房子大概是三上三下，樓下一間是客廳，一間是飯廳，一間是書房，連在書房有一間較小的房間，那就是我的房間；那房間有一個玻璃門，開出去是平臺，走下平臺就是花園的草地了；後面有一扇木門，開出去就是客廳；客廳與飯廳並沒有分隔，只是掛著棕色的絨簾。

我搬去的那天，是林稻門先生陪我去的，他為我介紹了張柏齡先生。張老先生大概六十幾歲，精神很不好，留著長長的灰鬚，頭髮也已經白多於黑。張老先生介紹了他的一個孫子、一個孫女給我，一個是六歲，一個是七歲，他叫我每天上午兩小時、下午兩小時為他們補課，他還告訴我他有個外甥女要從內地來，預備在上海升大學，內地的英文程度不夠，希望我也為她補習。這當然是沒有問題的。

我們談了一回，張老先生帶我們在花園散步，這時候我看到他的狗拉茜。張老先生也許是年齡大了，對於我醜陋的面貌，敝舊的衣裳並沒有令我難堪的表情；但是這拉茜則對我不斷的狂吠，經張老先生喝止後，牠還對我不斷的凝視，這使我很窘。拉茜以後一直跟我走著。花園裡有不少的花木，張老先生一一為我們解釋，我發現他是很內行而且是很愛花木的。房子的後面有小小的竹欄，裡面還養著雞鴨。

參觀他的花園以後，天已暗下來，我們又回到客廳裡坐一回，接著就開飯了。飯桌上只有張老先生、林先生同我三個人。張老先生告訴我，以後我吃飯將由傭人送到我房間去吃，因為他們自己吃飯沒有一定的時間，沒有客人時常常在樓上吃的。

飯後林稻門先生方才回去，我同張老先生都送他到車上。那時天空上已經是繁星滿天，張老先生同我走著，告訴我這裡治安很好，只是非常冷靜。這房子樓下只有我一個人，問我是不是會怕。我告訴他我是習慣於一個人的。他忽然說：

「不過拉茜可以做你的伴侶，你可以讓牠睡在你的房內。」

我只是點點頭，實際上我今天第一天的印象，最討厭的就是拉茜，牠似乎始終是敵視我的。回到屋裡，張老先生就上樓了，我也走進了我的房間，我開始理我的什物。

夜在這裡真是靜寂，除了隱隱約約偶而的犬吠聲以外，可以聽到的是園中白楊的蕭瑟與一聲兩聲草地上的淅索。那正是暮春的季節，氣候不冷不熱，我理好什物，憑窗外望，月光照得草地如水，陰暗的平臺上有參差的白光，我心裡感到非常平靜與愉快。我佇立很久，關了窗，拉下窗簾。我聽了幾張唱片，方才就寢，這真是我平生最平靜與愉快的夜晚了。

第二天，我七點鐘就醒來，一開門，拉茜就闖進來了。我突然發現牠對我已無昨天的敵意，我拍拍牠，牠對我搖搖尾巴，我們就在短短的時間中建立了友誼。我當時想到林先生事先竟沒有對我提到拉茜，牠倒是第一個成為我的朋友呢。

盥洗以後，我到園中去散步，就在走到屋後的時候，我忽然看到一個少女的後影，她披著黑色的頭髮，穿著白色的衣服。她的飄逸的身軀真使我驚奇了，但是我不願她看到我醜陋的容貌，我習慣地避開她的注意；她好像正走向後門，我再回頭時她已經消失了。

這使我非常奇怪，因為張家的兩個女傭，一個健碩的中年婦人是燒飯的，一個是半老的肥胖娘姨是管孩子的，我昨天都已見過，怎麼還有另外的人呢？

我一面走，一面想，突然我想到昨夜老先生告訴我他的外甥女要來上海升學的事，那麼就是她，她已經來了？而這似乎是不可能的。這麼早，而且她穿的是家常的便服，還有她的頭髮顯然是毫無修飾，難道她是夜半到來的？

我走回到平臺上，還是一直在想這個謎，一直到女傭人叫我吃早餐，方才從迷夢中清醒。

那一天我照著規定的時間為兩個孩子教書，傍晚的時候張老先生才下來，他並沒有同我談到外甥女，但不知怎麼，這早晨的影子始終在我腦裡盤旋。我心裡又不安又狐疑，很想問問張老先生，但覺得很難啟齒，所以始終忍著。

照例，像我這樣一直過著痛苦的生活，現在居然有了一個完全合於我個性的安詳舒適的環境，應當是感到滿足與愉快了，但是這奇怪的好奇心，竟使我對於這早晨所見的影子有一種說不出的不安與遐想。

在我的生命中，我從未想到過戀愛，對於娟好的女性，我自然也有看一眼的慾望，但是因為我不願意被人看見，所以從未作這樣的冒險；像我這樣醜怪的容貌，我知道決沒有女性會對我有好感的。我也曾讀過《巴黎聖母堂》一類的書，我也希望有機會可以把我的愛情完全無條件獻給一個把我當作朋友的少女。但是這只是浪漫蒂克的幻想，實際的生活是不會有這樣機會的。但就因為我的一生是孤獨的，所以我常有許多幻想。耽於幻想也就成為我娛樂的一種，常常在更深人靜的時候，我聽著音樂就陷於許多莫名其妙的幻想之中，三四個鐘頭都可以這樣消磨著。

那天夜裡，在我清寂奢侈的小房間之中，我奇怪的不安又使我幻想起來。

既然她不是張老先生的外甥女，家裡又沒有別人，那麼她難道是什麼鬼怪，像聊齋志異所述的那種鬼怪。如果鬼怪可以不計較人間的醜怪，那麼我正具有一顆充滿著從未運用過的情熱與愛的心靈。我是多麼希望她會在我窗口的平臺上出現呢？

我熄了燈，拉開一點窗簾，我從玻璃門望到平臺，又從平臺望到草地，月光皎潔如昨夜，沒有風，寧靜的草地上沒有一絲動靜，再望過去，啊，突然我在草地上看到了一個影子。一個影子，我的心驟急地跳了起來。

這影子不像是一個人，也不像是一株樹，我細認之下，發覺像是個人斜倚在樹邊。我盡力往遠看，但是平臺的屋檐阻止了我的視線。

而這影子給我誘惑力使我無法作罷，我正想掀起另外一扇窗簾再細認之時，突然我聽到了一聲咿唔的聲響，完全是小孩子的聲音。這時候我真的無法忍耐，我衝動地起身，輕輕地打開玻璃門跨到平臺。

一到平臺，我發覺我真是可笑，原來是拉茜被拴在一株矮樹上。牠躺在地下，大概是孩子們做的事，而傭人沒有放牠。牠一見我就站起來，對我叫了兩聲，這不是惡意的叫聲，而是提醒我為牠解去束縛。

我當時就很快的走到草地，過去到矮樹邊去解拉茜。

這時候深藍的天空月亮正明，無數的星星在閃爍，廣大的穹蒼只有淡淡的白雲凝滯在西面。整個的花園沒有一個人，只有矮小的花木疏落地投著影子，我一時間竟覺得自己的重要與偉大，我解除了拉茜，拉茜就在我身邊奔躍起來。

就在這時候，我被一聲開窗的聲音所吸引，猛抬頭間，我看到了樓上陽臺上露出一個人影，是個披著神祕長髮穿著潔白衣服的影子。我楞了一下，但是這人影似乎只在陽臺上一晃，接著就消失了。我失神地佇立著，我希望這不是幻覺，我希望她還會出現，但是再沒有了，窗口是漆黑的一個空虛，兩旁隱約地垂著銀色的窗幃。我不知道佇立多久，拉茜到我身邊糾纏，我才悟到我的現實。

在一切無望之中，我回到了房內，拉西一直在我的身邊。

我不知道剛才所見的是幻影還是實物，而我所以敢這樣大膽的望著陽臺與陽臺上的長窗，還是因為在夜裡，背著月光，我知道她是不會發覺我醜怪的面目的。這是一個難得的機會，即使她是一個真實的存在而我還有機會碰到她，我知道我也是不敢這樣去看她的。

美麗的夜，美麗幻影，此外什麼也沒有了。

在這樣的空虛中，充實我的是拉茜對我的注視。

我與拉茜間由此建立了更深的友情。

三

我從來不喜歡動物，不，與其說不喜歡，不如說我沒有接近過。我來的時候，林先生沒有告訴我拉茜，而牠竟變成第一個接近我的生命，而我在牠的身上發現一種人性的同情與溫暖，這一種同情與溫暖則是我生平從未有人給過我的。

我不能解釋自己，為什麼當我從痛苦貧窮局促的世界到一個安詳寧靜美麗的世界之中，從孤獨無依冷酷敵視的環境到有了一個像拉茜這樣的朋友後，而仍有所求呢？說這是人性的不知足，那麼這人性竟不是人所能抵抗的。

我沒有在以後的幾天中再碰到那個美麗的影子，但是我沒有忘記。我不能相信這是愛情，也不能解釋這是好奇。這是一種欲求，一種在我孤獨生活中永遠埋在我心底的欲求，如今在外界的壓力減輕之時，它浮到了我的心上。我曾在早晨走向屋後，在第一次碰到她的角落張望，我也曾在夜裡踏到花園，引領悵望那陽臺上黝黑的窗櫺；但是我沒有再見她。

可是，當我用各種的方法，向我所教兩個小學生喻誘之中，她的存在是逐漸地確實了，不過這還是隱約的存在；我怕他們傳出去，不能太明白地問，而他們更沒有清楚地回答。我所知道的只是在這房子裡除了林先生所提到的人以外，還有一個人存在著。她不是幽靈，也不是鬼怪。

是很少的瞭解，但已經解決我的問題。在我意識之中，她的真實的存在，應當是增加我的希望的；但是在我下意識之中，我反而不希望她是一個真實的人。因為如果是真實的人，我是不能見她，也是不能被她所見的；沒有一個人看見我不鄙視我，沒有一個人看見我而願意接近我的。她既然是一個真實的人，那麼我不希望她見著我了。

因此，當我知道這幻影是一個真實以後，我就平靜了許多；但夜深更靜之時，輕輕的風，微微的雨，蕭蕭的白楊，淅索的青草，我竟時時懷疑她是一個真實的人，我用各種自解的推理，譬如她怎麼可以不再下樓，她怎麼會整天不作聲……等，來相信她是一個鬼怪或幽靈，而期望她會在這時候降臨。

日子的過去，使我對於這環境逐漸適應，樓下這幾間房間我都很熟悉，樓上我一直沒有去過。我很想對張老先生暗示，參觀參觀樓上的房子，但是我沒有做；我自卑與內向的性格使我一生從未做過主動的事情，對於這個要求也只能在心裡想想而已。在樓下幾間房子中，書房是只有與林老先生在一起時候坐過，裡面有許多他所喜歡的書畫古玩，我一個人是不會進去的。飯廳是我最不喜歡的房間，因為光線太亮而裡面還有一面鏡子。我最怕鏡子，也最恨鏡子，鏡子使我看到我這個醜怪的容貌，我一看到自己的醜怪就會想到自殺，我恨我自己，除了毀去我醜怪的外形，我無法有我自己的存在的。在頭兩天給學生教書的時候，傭人就把上課的地方安置在飯廳。飯廳有一個長方形的桌子，學生坐在兩旁，我勢必坐在那一端，而面對著我的是一個酒櫃，酒櫃上沒有放著幾瓶酒，而後面則是一個很高的鏡子，我當時就吃了一驚。我把我們的座位移到另一端，我背著酒櫃就坐，但是我心裡始終不舒服，好像時時覺得後面有人在窺伺我。而當時我猛一抬頭，竟見到我對面一端是一隻放著瓷器的玻璃櫥，那上面雖沒有鏡子，但是也隱約地鑒照著我的人影，我的心馬上不安起來。下午，我就把上課地方改到客廳，從此我就很少到飯廳去。除了上課以外，經常我都在自己房內，或者到平臺與花園裡，好在吃飯是傭人送到我房裡來的。

雖是如此，但我仍不免看到鏡子，這因為飯廳與客廳是相通的，經常沒有拉上那絨簾，坐在客廳斜望過去就可以看到酒櫃與那上面的鏡子。裡面雖不是我醜怪的容貌，但也足使我的心惴惴不安。

於是有一天，是星期一，因為星期日那天，張世眉同他兄弟們來拜訪他們父親，吃了晚飯，很晚才走，所以我起得較晚。正當我走到客廳預備教書的時候，不知我怎麼看到了那面鏡子，我突然在鏡子裡發現一個背影，那長長的黑髮與纖柔的身材，我知道就是這個幻影了。我再偷視了一下，我看到她正把碗碟放到玻璃櫥去。她的動作非常安詳緩慢，可又是這樣輕便，幾乎沒有發出一點點聲響。

這是我來張家後第三次看到她，但還是一個背影；可也是證實了她是一個真實的人。我沒有仔細看她。但當我在教書的時候，突然她從飯廳出來，繞著我身後走出去。她的行動輕得一點沒有聲音，我當時如果肯魯莽的回過頭去，我自然可以看到她的面目的，但是我的習慣與自卑，使我不願意暴露我醜陋的面貌。我發覺她出來了，吃了一驚後就低下頭，故作教書的必要以求躲避她的視線。一直到她雲一般的駛開去，走向客廳的門時，我才敢抬頭看她的背影。她今天穿一件淡色藍花的衣裳，露著她象牙一般的手臂。她穿著紗質的襪子，勻稱的小腿有嫻雅的步伐，腳上穿著灰布的鞋子，已經敝舊，但竟是這樣清潔。

於是她就在門口消失。如果這時候我去問問我身邊的兩個學生，我也許就可以知道她是誰，但是我竟連這點勇氣都沒有。一個人某一種驕傲竟是自卑，某一種大方也正是局促，我的過分裝作若無其事正是要掩飾我心裡的不安。

此後我就沒有再見她，也不敢想再見她；我說不敢想再見她，事實上是我怕被她看見。我知道她是真實的人，這個人是常在這個房子裡的；我想她也知道我是住在這裡的，是這裡的家庭教師。但這已經夠了，我不願意她知道我長得什麼樣子。

對她的某種感覺，只是在較安詳舒適的環境中，像我這樣年齡的人正常的對美好少女的感覺，這裡面並沒有什麼神祕的東西。但是只要我想到自己醜陋的容貌，我的自卑感馬上使我冷靜下來。我是一個常常有幻想的人，但因為我的幻想終是受到外界的壓抑，我從來沒有看重自己的幻想。

林稻門先生曾經來過兩次，他來看張老先生，順便也來看我。他告訴我張老先生對我印象不壞，希望我也會喜歡在這裡；他又鼓勵我多多寫稿，叫我不要忘記積蓄一點錢繼續去讀大學。我可以說這些話給了我很大的影響。我自己知道我雖不夠聰敏，但是我對於讀書有興趣，重新去讀大學是我唯一的出路，而稿費正是我需要的收入。我自己知道我沒有文藝的天才，但我還能辨別好壞，作為報章雜誌發表的水準，我不見得不能靠努力去達到。而那裡的環境很好，正是我可以埋頭寫作的機會。

所以我從那時候起，就決心好好寫作。我的生活很死板，教書以外，我就是讀書與寫作，唯一的娛樂是我的留聲機與唱片。我從不出門，但在當我知道張世眉兄弟們到虹橋來看他們父親時，這大概總是星期日，我一早就出去了。我到市區總是看看林稻門先生，問他借點書，有時候也去買幾張唱片，常常到很晚才回家。

日子這樣一天一天的過去，天氣很快的熱起來；等園中夾竹桃盛開時，有一天，張家來了幾個客人。第三天早晨，張老先生為我介紹他的外甥女葉心莊，要我為她補習英文，不用說，我馬上看出，我的醜怪的容貌，已經使她厭憎而害怕。她是一個十六七歲的少女，圓圓的臉，平扁的鼻梁，闊的嘴唇，一列美麗的白齒，眼睛非常流動。在我問她一些什麼時，她突然的笑起來，這笑是天真的，但我知道這裡面有輕視我的成分，我不禁面紅起來。以後我就不敢再問她。不過在講書的時候，她倒肯聽講；只是她很少看我，我也很少看她，講完書她就走了，我們從開始就養成了不說功課以外一句閒話的習慣。不過心莊是一個活潑的少女，下課以後，我能聽見了她的笑語聲。她到張家以後，張家也似熱鬧了許多，她常常同兩個孩子玩。於是，我也由她看到了幻影似的長髮的少女了。她們倆似乎很快就做了朋友，常常在黃昏時到園中來散步，但是她們躲避著我，我也躲避著她們；我一直從自己的房內，僅僅在玻璃窗遠遠看到她們的影子吧了。這影子是這寂寞的花園的點綴，也是我寂寞心靈的點綴。

四

但是，有一天晚上，一件不平常的事件發生了。那天天氣驟然熱了許多，晚飯後，我到園中散步，突然看見心莊同那個長髮的女孩遠遠地過來，我就回到房中，我本想寫點什麼，但是望著漸漸暗下來的花園，我心裡竟不能十分安詳，下意識的使我要探望那兩個少女的人影。為排遣這種不安的心情，我就開上留聲機，我聽了許多雨果．瓦爾夫的歌唱，又聽了柴可夫斯基的小提琴協奏曲。最後我奏起約翰西比留斯的《圖翁內拉的天鵝》。這時候外面的天色已經黯下來，我開亮燈，為要到小間的緣故，我走到客廳；小間在客廳的後面，所以這是我必經之路。客廳的光線很暗，但是我一開門，我房內的光線就溜到客廳。就在這一瞬間，我突然發現心莊同那個長髮的少女坐在沙發上，我吃了一驚。長髮的少女背著我房門，心莊則在右面。奇怪的是她們並不驚慌，心莊很活潑的說：

「陸先生，我們正在偷聽你的音樂呢？」

「啊，啊，」我說：「你也喜歡音樂，怎麼不開燈？」

「這樣很好。」心莊說。

我沒有再說什麼，匆匆的走向小間，我沒有回頭去望長髮的少女，但我相信我從小間出來時就可以看到她的面部的。

當我從小間出來，一眼看到客廳裡的沙發，沙發上的人竟消失了，原來她們已經不在那裡，我房間內的燈光照著那客廳非常空虛，我聽到客廳角落的那只滯鈍的鐘聲。

就在穿過這客廳到我房間去的那條短短的路上，不知怎麼，我竟發現我的孤單與寂寞。如許年來的孤獨生活我從未有這個感覺，而今夕像是真正看到了我一生的行程。這等於一個人在船裡生活，不知道自己的孤單，一旦望見船外茫茫的海洋，馬上會希望有一隻伴侶的鄰船或者有可依靠的陸地一樣。而我就在走進我自己的臥房關上門的時候，我是懦弱得想有個依靠了。

我不敢說當時對她——那個長髮的少女——有什麼特別的感覺，可是我去小間時所期望出來時見她一面的打算失望後，我竟對她懷念起來，我渴望可以見她一面，我甚至不怕暴露我自己醜陋的面貌。

當夜我失眠了，我分不出是為自己孤單凄涼的身世而失眠還是為相思而失眠。我的一生是艱苦的，但因為白天生活的艱苦，夜裡我很容易就入睡了；現在我的工作很輕鬆，生活比較舒適，而我竟為可憐自己而失眠起來；這是第一夜的失眠，而以後竟逐漸地成了習慣。

第二天上課的時候，我在心莊那裡打聽那個長髮的少女；我很技巧的先問她的名字，心莊告訴我她叫盧微翠。

「她姓盧？」我好奇地問：「她的父母呢？」

「不在這裡吧。」心莊說著，但隨即躲避了我其他的問句。而我自卑的羞澀的個性也使我不敢再問。

但是這個名字已經是一個帶有魔力的福音，我以後失眠時候的想像，就完全寄託在這個名字上了，假如說我不是為這個名字而失眠。

戀愛，也許是想像的堆積；我在想像之中，就不知不覺的愛上了微翠。我每夜都決定一有機會時去找她說話，但是一想到她的足印與影子，我就心跳，我失去了一切的勇氣。我要見她，就必須暴露我自己醜陋的面貌；我儘管決心不怕暴露自己，可是當她同心莊在花園裡走近來的時候，我總是為怕她看見我醜陋的面貌而躲避了，我知道如果她看見了我，一定會討厭我的，不要說會喜歡我了。

我讀過許多古典的戀愛小說，作者們總是把戀愛說得非常神聖，但是男的一定寫得很英俊，女的一定寫得很美麗，這就使我永遠不敢想像我自己可以是戀愛的主角。而我現在正愛上一個美麗無比的少女！

日子就在這樣的苦戀中過去，天氣雖還是很熱，但是暑假快過去，心莊不再補課，她考取了大學，就快搬到學校裡去住。

這樣，我看見心莊的時候很少，看見微翠的時候就更少了。除了偶然看見她們在花園中散步外，我再也無緣見到她們了。

在心莊要搬到學校去的那天，她來向我辭行，我送她上汽車。這時候，我意識到微翠正站在我身後的門檻上，但是我正怕回頭去看她，或者說我怕被她看見，我的心一直跳著，不知道怎麼來安頓自己。

等心莊的車子開了，我知道一些送客的人已散，我聽到微翠她們上樓的聲音，我才敢回到裡來，不知怎麼，心莊的走，使我也感到非常孤寂。我想微翠當然也感到少了一個伴侶的，以後，似乎她很少下樓了，黃昏時候，她也不再來園中散步。

是夏天終於冉冉地過去，一陣熱氣，一陣雨，園中的鳳仙、雞冠都已經結籽，綠顏色漸漸暗淡，我開始被相思折磨得非常憔悴。

我本來是孤獨沉默的人，在這樣的環境裡，我更是除了教書以外不說一句話。每天早晨，當我碰到傭人的時候，我很想問問微翠的情形，但是傭人們對我也沒有說話的習慣，我知道她們對我醜陋的容貌是厭憎的，在我的背後，我不過是她們一個嘲笑的對象，她們離我竟是這樣的遙遠。

我唯一的伴侶是我破舊的留聲機與唱片同一個常常跟著我的拉茜。

要是這樣苦痛下去，我也許真想離開張家到外面去流浪。我已經幾次三番有這樣的衝動，我曾經寫信給林先生表示我的意思。我怕他誤會我同張老先生有什麼不合，我誠懇地說明這完全是我內心的矛盾，我當然不能永久在張家，那麼我待在那裡，雖是過著舒適安詳的生活，到底不是我的前途。林先生的回信勸我不要妄動，他總是鼓勵我讀書與寫作，好好利用張家美好的環境。他的話對我很有影響，事實上我離開張家也沒有一定地方可以去。人是有惰性的，尤其是我這樣內向的人。可是，在我夜來失眠之中，痛苦的煎迫常常使我想飛出那個安詳的環境，我覺得除了離開張家，我是沒有辦法擺脫微翠的魅影的，我沒有資格戀愛，尤其愛一個太美好的少女；這是癩蛤蟆吃天鵝肉的夢想。我每夜有離開張家的衝動，但一到早晨，情緒就完全變了，我覺得我不能離開微翠，我在張家，至少還有見她的機會，離開張家，就永遠無法再見她了。我發覺我不該對戀愛有太庸俗的想法，一定要佔據對方或者要對方愛自己，我愛了她，能夠多見她一次，也就是我生命的擴充與心靈的充實了。這樣，白天與夜晚的兩種思想與情緒，永遠交替地在我心中起伏，而這夜晚的想法逐漸地佔了優勢，最後我覺得真無法在張家待下去了。

五

但是人生的命運並不是直線的，奇怪的變化隨時在我們的環境裡發生。

一個陽光如春的秋天早晨，我忽然接到了一封信。在我，除了林先生是沒有第二個人同我通信的，這信封上的字跡只使我知道不是林先生來的，但並不使我知道是誰寫的。我當時非常奇怪，但拆開一看，也就並不驚訝了。

原來是心莊寫給我的，一封很平常的信，告訴我一些她進學校以後的情形。與其說她同我有點師生感情，還不如說她是為一點禮貌。我當時看了也沒有覺得什麼，只想到回她一封信鼓勵她用功讀書而已。

但是，在夜裡，當我想寫回信給心莊而重新讀她的信時，竟覺得那封平常的信有說不出的溫暖，我憑空對她有一種奇怪的感激。

寧靜的夜，四周是寂寞與空虛，許多內心的鬱悶與痛苦一時浮在心頭，我本來只想回一封平常的信給心莊，但是一動筆，不知不覺就寫到了自己；我勸她用功，也勸她珍貴自己；並且告訴她她處境的優越，與前途的光明，而這是一種上帝給她的難得的恩寵；於是我講到自己，講到我怎麼樣在艱苦中生長，孤獨地過著黑暗的日子，從來沒有人關念也沒有人重視，世上有我同沒有我一樣，也許這世界沒有我還要美麗些，可能的前途也都已看到，是黑黝黝的一個洞穴，通過這個洞穴只有墳墓等著我。

寫了這封信以後我就封好，第二天一早，沒有經過考慮我就寄出。我當時只覺得是一種吐抒，並沒有期望心莊會給我什麼樣的同情或安慰；但是出我意外的是心莊很快的就來信了。她信中不但給我同情還給我鼓勵，還非常莊嚴的說造物對人都是平等的，某一方面較低的另一方面一定較高，而世上決沒有無用的人；她說世上待我創造努力的事情很多，而許多自卑感都是心理的病態……

我與心莊只是在教書時有點接觸，教的是英文，放下書本就走開，從來沒有談到人生思想一類的問題，在我印象之中她不過是一個普通的活潑聰明幼稚的女孩子，而我知道我醜陋的容貌一定為她所輕視，至於我靈魂的高潔真善是她所不能瞭解的。現在她的信使我發現她內心的高貴；也許她只是憑著憐憫的心情給我一點心理的安慰，但在像我這樣一生沒有聽到過一句敬愛我的話的人，接到這封信，不知不覺感激得流下淚來，我就把我當時真實的感覺寫在信裡寄給她。這一次我可開始期待她的回信。

我的期待不知不覺把我生活的意義寄託在她的信上，像是黑暗中等待一盞燈火，像是死寂中等待一個熟識的聲音。而她竟沒有使我失望，她的信就在我計算的時日中到來。她信中說到在她的印象中，我是一個冷靜的嚴肅的教員，生活非常安定淡泊，心境是安詳平靜的，沒有想到我是有過艱苦的痛苦的人生，心裡蘊藏著無限的熱情而不敢外露的人。她接著又談到希望我會把精神寄託學問上或者文學上，她說她看過我幾篇發表在報上的文章，希望以後可以告訴她發表的地方，她可以找了去看，最後她提到了微翠同張家幾個孩子。

就在這封信以後，我們的通信中談到微翠；我告訴她我很少見到微翠，見到也只是一掠的影子，我馬上感慨到人與人間似乎都是重重的隔膜，在我大概是因為面貌的醜怪，使任何人不願同我接近，甚至王媽她們也覺得我是另外的一種動物一樣。她回信中突然指出我的想法的不對，她說我因為這種自卑，所以沒有發覺自己態度的冷峻與嚴肅，事實上倒是別人也許反在覺得我是不易接近不想接近人的人。

就在這樣的通信之中，我慢慢就坦白地告訴她我對於微翠奇怪的感覺以及我相思的痛苦，我請心莊不要笑我我這種癩蛤蟆的妄想，不要以輕薄的眼光估量我與別人一樣可以有的莊嚴而高貴的情懷。我特別告訴心莊我並沒有想佔有微翠這種凡俗的想法，我也並不是希望心莊會轉達我的相思；我不過覺得在同一個屋頂下活著，大家是不妨有機會見面談談的。

許多事情似乎都不是我們所能預料，心莊的回信竟在我的絕境中開闢了一條康莊大道。似乎整個命運的佈局是一個曲折的迷宮，而這個迷宮竟是為這個大道而存在的。

她告訴微翠也正是同我一樣，有一種自卑的感覺怕陌生人發現她的缺點；她也同我一樣常常在覺得別人輕視她討厭她的。她於是告訴我微翠的身世。微翠是張老先生的太太一個多年的女傭的女兒。她母親被她父親遺棄，微翠就一直寄養在別人那裡，由她母親寄錢去養她。後來張老太太知道這件事，就叫她把微翠接來，那時候微翠才七歲，以後就一直在張家。她於十二歲時候母親死了，張老太太就當作自己的女兒一樣的養她。在張老太太死時，還叮嚀張老先生及家裡的人要善待微翠。但是這些只是微翠可憐身世，微翠最不幸的是她是一個盲女。她沒有見過世界，她的世界只是她的感覺與想像；但她是絕頂聰敏而且絕頂美麗的，因為聰敏，她就感到痛苦，沒有人不誇讚她美麗，但是她自己無從看到，也無法相信，她認為別人對她的誇讚只是為可憐她而給她的安慰與鼓勵。因為盲目，她始終沒有讀書，聾盲學校當時不普遍，張老太太是老年人，也沒想到這一點。微翠就在這個家庭瑣事中長大，而她也熟練於這些瑣事，但是在一群智慧學識漸漸長成的姊妹兄弟當中，她的悟性所吸收的已不是我們所能想像。而她的性格尤其美好，始終為家中人人所敬愛的。

盲女，她是一個盲女！那麼她之怕我發現她是瞎子，正如我怕她發現我醜怪一樣。在社會中，我們常常猜疑別人驕傲冷酷，而實際上，驕傲冷酷大都是那個人自己對於自己的自卑感的一種矯飾與喬裝。在許多痛苦日子中，我時時想寫一封信給微翠，對她抒吐我心中的相思，我遲遲所以不做的原因，是我害怕微翠會把我的信拿給張老先生，或者是給別人去看，那麼其結果一定是別人會把我當笑柄，而每個人會笑我癩蛤蟆的妄念。我雖是沒有實行，但因為有這個念頭在心裡，每天傭人們送飯來的時候，她們的目光似乎已看到我的意念，臉上都浮著鄙視與訕笑的表情，這使我更沒有勇氣把我心底的意念吐露在信上。

心莊的信使我慶幸自己沒有寫信給微翠。她是一個盲女，又是不識字的，在她生命中並沒有人給她寫信過，那麼這封信如果從郵局寄來，一定會使她驚異，也一定會使別人驚異，而很自然的會由張老先生去拆讀的。如今想起來，命運的擺布真是有說不出的巧妙，假如我不是這樣的醜陋，並沒有養成畏縮自卑的性格，在我這樣痛苦之中，我也許早就寫信給微翠，那麼以後的事情一定有完全兩樣的擺布了。

心莊的信使我在絕路之中看到廣闊的世界，我的心情也就明朗起來，我再不用怕在微翠的面前暴露我醜陋的面貌，我應當馬上使她知道她的盲目在我的心目中不但不是一種殘缺，而且是一個恩寵。

自從那一天起，我的生命似乎旺盛起來，行動也比較輕盈，教書工作也較有興趣，音樂對我也有很多的慰藉。但是日子一天一天的過去，我始終沒有機會與微翠相見，每次遠遠地看到她的影子，而我想設計接近她時，她也就消逝。她在我好像始終不是一個實在的人，而是一個忽顯忽隱的魅影。

六

天氣始終忽冷忽熱的在變幻，我的情緒也是忽起忽落在變幻。我時時覺得有望也時時覺得絕望；在心莊所開闢給我的康莊大道中，竟只是可望見而不是可以涉足的。每次在絕望的時候我看到了大道，但每次想涉足的時候我又逢到了絕望。但是奇怪，命運始終未辜負誠虔的有心人，一個不能忘懷的夜晚終於降臨到我的生命。

記得是中秋的第二天，那夜月色似乎比中秋還好，它照著我房間使我房間裡的什物像浸在一種銀色的液體一樣。我無法入睡，但是我沒有開燈，我輕輕地開著音樂。拉茜是睡在我的門外客廳裡的，我的音樂沒有吵醒別人，但是把牠吵醒了，牠在門外吵著要進來，我就放了牠進來。就在那時候，我發現園中草地的月光非常美好，我於是打開長窗，走到走廊到草地上去散步去。

自從上一次看到陽臺上微翠的影子後，我是始終想在園中再看到她的，但是在悠長的日子中，我在晚飯後常常一小時一小時的在園中期待，我從來沒有再見她從房子走出來過。那天則已是深夜，我當然不會想到可以見到她的，但是出我意外，當我步下平臺，無意識的舉目望上面陽臺的時候。我竟看到微翠披著白色的衣服與長髮站在陽臺上。

她似乎若有所思，但沒有察覺我在望她；可是拉茜跟著出來。微翠像是聽到牠的聲音，她略一移動她的身軀。在月光下，我終於看到她仙子一樣的容貌，我像是朝聖的人看到聖母瑪利亞的顯靈一樣，我全身都顫抖起來。我無意識的吐出顫抖的聲音，我叫：

「微翠！」

她吃了一驚，但裝作沒有聽見，似乎急於想回房間去，但是我焦急地阻止了她：

「微翠，我可以同你說一句話麼？」

「陸先生麼？」她忽然很大方的說話了：「你還沒有睡麼？」

「你，你怎麼也沒有睡？月色很好，是不？」我說著可馬上發現我說錯了話，因為她是無法欣賞這奇幻的月色的。

「我，啊，我聽到你在開音樂……」

「是我把你吵醒了麼？」

「不，」她說：「我沒有睡，我很喜歡聽音樂。」

「你知道我開的是什麼麼？」

「啊，我不懂，我不懂音樂，我只是愛聽就是。」

「愛聽就是懂，藝術沒有懂不懂，只是愛好不愛好。」

「啊，我一點不懂，剛才你奏的是什麼？」

「是德布西的《雲》。」

「雲？」她想了一下，忽然說：「我想不早了，明天見。」

「啊，心莊有信給我，談到你，明天你下來，我讀給你聽聽好麼？」

「明天見。」她說著，彷彿意識到我們的陌生，她像是雲一樣的進去了。

我一直站在月光下，望著渾圓的月亮旁駛動的白雲，我想到當我告訴她我所奏的音樂是德布西《雲》的時，她無邪的純潔的表情是有驚異與喜悅的成分的。她曾經多少次聽到人們談到「雲」，而她從未有過幸福看到「雲」過，如今她聽到《雲》了，但德布西所寫《雲》是她想像中的「雲」麼？

在園中佇立許久，到月亮已經西斜的時候，我才回到房裡。我有奇怪的興奮，是喜悅也是驚訝。她的聖美無比的面貌似乎已經刻在月亮上面，我從窗口凝視著月亮，覺得她是多麼高貴與遙遠。一瞬間我忘去我自己的醜怪，我像童話裡的王子一樣，很自負的對自己訴說：

「我在愛她，我在愛她呀！」

我睡在床上，開始回想剛才同她談話的細節。我後悔我談到月光，這是一句多麼使她傷心的話！於是我想到最後一句的提示，其中是不是有一半撒謊的成分？心莊同我談到她，但並不是我要讀給她的題材。我為什麼不能找一句別的話來說，而要說那麼一句話呢？她沒有回答我明天什麼時候同我見面，那麼她是不是明天願意下來同我見面呢？……這一切是多麼使我不安與憂慮！

整個的夜裡我沒有好好睡眠。第二天我很早起來，我在園中躑躅了許久，我不斷的望樓上的陽臺，回味昨夜的情況，我很希望她會出來，但也害怕她出來。我馬上想到如果她那時步出了陽臺，我將說什麼呢？我想說的話，決不是在這樣的情境下可以吐露的。我的心不斷的跳躍，使我不得不離開那花園。

整整的一天我在不安中過去，我的情緒無法控制我的行動。教完書以後我極力想鎮定我的心神。我不斷的開我所有的唱片，我希望我可以跳進那些音樂的世界，忘去我現實的存在。但是我仍舊不能忘去微翠的印象，她的輪廓與她的聲音。我不斷的望窗外，窗外是晴朗的天空，但已無昨天的月亮，淡淡的雲朵在天空上駛游，我是多麼希望我的仙子會在這樣的天空中出現呢？但是園中竟是這樣的空虛，比往日還要加倍的空虛。而我的房間又顯得這樣的狹窄，狹窄得無法容我不安的心情。

五點鐘的時候，我開始感到燥熱，我走到客廳去。但是我一開門，我就吃驚了。背著我門的沙發上，就是上一次與心莊在一起所坐的地方，微翠很安詳的坐在那裡。我楞了一下，不知不覺把行動放慢下來，我輕輕拉上我門。

「是陸先生麼？」微翠用幽靜遲緩的語氣問。

「是我。」我說著走了過去，我繞到另外一把沙發上，那就是第一次心莊所坐的地方，我說：「我可以坐在這裡麼？這就是上次心莊坐過的地方。」

「你不是說心莊有信給你麼？」

「是的。」

「她怎麼說？」她低著頭，蓬鬆的頭髮斜披到她的鬢額。

「她談到了你。啊，是我寫信問她的。你……」

「她告訴你我是一個瞎子。」她顫動了一下披下來的頭髮，用感喟的語氣說，我看到她嘴角浮出甜美的笑容。

「……」我躊躇了一下，我不知道該怎麼回答。

「她希望你同情我可憐我，希望你會教我一點……」
「沒有，沒有，」我搶著說：「只是我在信中問到她，她告訴我就是。你不怪我在寫給她信中問到你麼？」
她沒有再說什麼，抿了抿嘴唇，露出寧靜的淺笑。但是我也不知說什麼好。在沉默之中，她突然很自卑的說：
「如今你知道我是一個瞎子，你已經什麼都知道了。」
「你難道沒有聽傭人她們說到我是一個醜陋難看的怪物麼？」
「但是我是一個瞎子，你知道在沒有視覺的人是分不出美醜的。」
「不過，我知道在你聽覺上，在你心靈上，你能夠比任何有視覺的人都能夠分別美醜的；比方對於音樂，你就比別人有更多的感覺。」我說：「上帝使你某一方殘缺，也許正是要使你另外一方面更堅強與敏銳。」
「你是這樣的相信麼？」
「當然，像我這樣又醜陋又愚笨的人是例外的。不過你，你當然聽到過別人誇讚你的美麗了。希望你不要以為我在對你恭維；上帝不能再讓你這樣美麗的人有視覺，如果你可以看到你自己的美麗，你的性格也許，……也許就……不同了。」我說。
我坐在微翠的側面，很容易看清她的面貌，但是我在談話中始終沒有敢正眼望她，這一半因為我的自卑使我有從來不敢正眼看人的習慣，一半是我已經被她的奇美的光耀所炫惑了。我的一生從未同一個美麗的女性這樣談話過，而她則是一個最美麗的女性，如果我不知道她是盲女，我不會有這個勇氣，也不會有這個幸福的。但當我說了那些話以後，我開始對她作正眼的凝視，這一瞬間，我真是對我的視覺不敢相信了。

沒有人可以相信一個塵世裡的成人可以保有這樣純潔天真無邪的容姿的。她像是一直封在皮裡的水菱或者是剛剛從蓓蕾中開放的花朵，似乎從來沒有接觸過人間的煙火塵埃與罪惡。真實，素潔，甜美，良善，活像十七世紀荷蘭畫派所畫的聖母，尤其是她的沒有被口紅染污過嘴唇，像是剛剛迎著朝陽而啟露的百合，從未說過謊話而也不知道什麼是謊話的。我說：

「沒有一個有視覺的人可以有你這樣高貴無邪的性格。」

「你怎麼知道？」

「因為人間的罪惡無法闖進你的心靈。」

「怎麼，你是說視覺是罪惡的泉源麼？」

「從你，我開始知道視覺是驕傲，自私，愚蠢，庸俗的來源。」

「這怎麼講呢？」

「也許很難說明，」我說：「但是假如你有視覺，你對於你天賦的美麗會驕傲，你看到我的醜陋會輕視與厭憎；你會聽憑視覺欺騙你自己的智慧，你會愛好表面漂亮，內容空虛的東西；你會被一切物質所誘惑，而無法瞭解你心靈對美善的傾向……」

微翠沒有說什麼，黃昏已經濃起來，我側過身軀想看飯廳窗外的天色，但突然我看到了飯廳裡的鏡子，鏡子正好照著我側面的臉。

啊，鏡子裡的我竟是這樣醜怪呀。

我的前額是尖狹的，頭髮壓在眼眉上面，黃色的眉毛淡得像剛出世的小孩，右面顴骨凸出，左面面頰低陷，鼻梁偏傾，鼻尖紅腫，而我的眼眶奇小，沒有睫毛，沒有眼白，紅厚的眼沿包著眼珠，像是兩粒黑豆嵌在死豬肉裡……

當我回頭再看我身邊的微翠時，我意識到她正是來自天堂的天使，而我則是一個從地獄出來的魔鬼，我有什麼面孔坐在她的旁邊呢？我心裡頓時不安起來。

「昨天你說你的唱片是德布西的《雲》，」微翠忽然說：「可以再開開我聽聽麼？」

「自然，自然。」我像獲到解放一樣的去開我的唱片，一面說：「你喜歡他的作品麼？我還有他的《海》……」

「真的？」她說：「不過我不懂音樂，我只是想知道，雲到底是什麼樣一種東西？」

七

自從那天以後，我心裡竟有了另外一種痛苦；我覺得我同微翠在一起簡直是一種罪惡。我像一種討厭的刺耳的聲響在擾亂她美妙而和諧的樂曲。我時時想見到她，但是一有機會的時候，我又急於想躲避。

可是在三四天以後的一個晚上，發生了一件出我意料的事情。那天天氣很悶，是將雨未雨的一種陰鬱，天空上沒有月光也沒有星光，窗外是一片漆黑。我拉上窗簾，我開著我的唱機，一面在看一本休謨的書。拉西忽然跳起來，牠聞聞我通往平臺的長窗，吵著要出去。我開始禁止牠，但是牠還是不斷的吵鬧，我也就為牠開了長窗。

開出長窗是平臺，平臺上是放著幾把藤椅的；我一眼就看到一把背著我房間的藤椅上坐著微翠。我吃了一驚。

拉茜很快的就叫著跑到微翠的身邊，我沒有思索的就叫出：

「微翠，你在這裡？」

「我散散步，聽你在奏著音樂，我就坐下聽一回。」她說。

「你真的這樣的喜歡音樂嗎？」

「好像它告訴我許多視覺所不及的東西。」她說：「我正在想，視覺上你們所說的好看難看是不是同聽覺上的好聽難聽有點相同呢？」

「也許，某一方面講應當是一樣的，」我說著在她旁邊另外的一把藤椅上坐下又說：「不過聽覺的對象是聲音，聲音是跟著時間行進的，視覺的對象是顏色線條形狀，那些則是隨著空間存在的。」

「那麼在視覺世界裡，什麼東西都有好看難看的了？」

「自然，比方房間的布置，這樣擺可以說好看，那樣擺可以說難看。」

「但是那同聽覺不同，比方鳥叫，狗吠；以及呼嘯的風淅瀝的雨；我覺得不光是好聽難聽的問題，而是叫人生出不同的感覺。」

「自然在視覺上也有這樣的情形，比方雜亂的使人感到煩躁，整齊的使人感到平靜。」我勉強解釋著說：「尤其是顏色，它很影響人的感覺。」

她沒有回答，但歇了一會，忽然說：

「我還是不能夠想像。」

「為什麼你要想這些問題？」我說：「人生總是苦多於樂，少一種感覺，也就是少一種痛苦。」

「這怎麼講呢？」她感慨似的說：「假如我沒有聽覺，我就什麼都沒有了。」

「但是，有聽覺的人，也不見得會像你這樣欣賞高貴美妙的音樂的。」

「那麼有視覺的人呢？」

「也不是個個會欣賞美麗的大自然，與真正的藝術的。」

「這為什麼？」

「這主要是在人的體驗。」我說：「佛教的境界有不靠所有的感覺而靠心靈與宇宙默契的，那麼照他們講，聽覺也是多麼不重要呢。」

「我不懂。」她說著又沉默了。

我房內的留聲機還在奏柴可夫斯基的《悲愴交響樂》，她傾聽了一會，忽然拿出手帕揩她的眼角，側了臉對我說：

「這是什麼音樂，這樣悲傷？」

天色是陰黯的，我也始終沒有看她的臉，但就在她側過面龐的瞬間，我房中的燈光劃出她臉上的明暗，在感傷的表情中，嘴角透露出慈愛的微笑；她像是一個畫中的神像。

房中的音樂停了，我說：

「這是柴可夫斯基的《悲愴交響樂》。」接著我談到柴可夫斯基，談到他的生平與作品，她靜靜的聽著，沒有說一句話，最後她說：

「謝謝你告訴我這許多音樂知識。以後希望你可以常常講一點給我聽。」

「但是這於音樂欣賞是沒有關係的。」我說：「我不過從書中看到的一些解釋與批評。」

「但是我很想多知道一點，」她說：「我上次聽你說德布西的《海》，明天下午我來聽好麼？」

「下午我等著你。」我說：「現在已經不早，你會冷麼？」

「我上去了。」她站起來說：「明天見。」

「那邊太暗，」我開亮了平臺的電燈說：「走好。」

但是我馬上意識到那是多餘的。在她，任何的黑暗都是光明的。她穿的是一件灰布的衣裳、長長的頭髮束在一邊，她一手扶到平臺的木柱上，安詳地走向西面。

我望著她，希望我可以去扶她，但是我不敢；我不知道這到底是愛護她還是輕視她的舉動呢？……

自從這次以後，她幾乎每天來聽唱片，我對於每個樂曲都對她作一個介紹；而她竟有一個不可企及的天賦，聽了一次以後，第二次她就記得是什麼樂曲與誰的作品了。

我們高貴的友誼就這樣建立起來，音樂是我們唯一的聯繫；碰到我到市區去的時候，每次我都買著新的唱片回來，因為這是唯一可以使她快樂的事情，當然也是使我快樂的事情。

自然，在平靜愉快的悠長時日中，我們談話的範圍無形之中也擴大起來，但是，我始終避免談到視覺的世界，我覺得這會使她感到痛苦的。

秋深了，園中永遠是蕭蕭的白楊聲，綠色的草地漸漸的黃枯下來。除了太陽很好的時候，我們不常到園中去。張老先生因為身體不好，很少下樓，微翠與我就常在客廳裡敘談。那寂靜的世界，長長的夜晚，使我與她都覺得這是一個不可省的生活了。

我當然也告訴她我可憐的身世，不知怎麼，有一次我談到了我的投稿的生活。告訴她我也寫過小說，因為沒有天才，所以始終寫不好。

「啊，我知道，」她說：「心莊告訴過我，她還把你發表的文章讀給我聽。」

「讀給你聽過？」

「是的。」她嘴角透露著無邪的笑容說：「怎麼，你奇怪麼？他們都肯讀書給我聽。前幾年我患肺病，三哥放學一回來就讀小說給我聽。史當達爾的《紅與黑》，福樓拜爾的《薩隆波》，囂俄的《悲慘的人們》，托爾斯泰的《戰爭與和平》，還有許多現在的作家。……」

「你三哥？」

「張世髮，」她說：「你不知道麼？他現在巴黎讀書，他就是大哥的弟弟。」

「大哥是張世眉，是不？」

她點點頭。忽然說：

「世髮比我大三歲，歲數最接近，同我最好。我們從小一起長大；他在大學讀書的時候，我忽然患肺病了，在床上睡了一年零八個月，他一回家就陪著我，一直讀小說，講文學上的故事給我聽。你知道他是學文學的。」

我一時沉默了，不知為什麼，我有點悵惘。是妒嫉世髮麼？當然不是；是惋惜自己沒有在她臥病的時候認識她麼？是羨慕她的身世麼？一個盲女，一個孤兒，但人人都敬愛她；而我是有父母與同胞的兄弟姊妹的人，反像是一個無依靠的孤兒。

微翠聽我不說話，她忽然說：

「他給我不少文學知識，現在你又給我音樂知識，啊，我總覺得我是幸福的。……」

我一直以為她不識字，不願意同她談到文學上文字上的東西，如今聽她一說，我們就開始常常談到文學。她第一使我驚奇的是她的記憶力，她聽過的小說，不但故事都記得，而且故事發生的時間，主角的名字——那些陌生的外國名字——她都說得出。第二則是她的欣賞力，她有她特別的感覺，說出許多她獨有的想像。

但是使我驚奇的並不止此，她還懂得不少中國文學。許多唐詩與宋詞，她都會背誦。

「這又是誰教你的呢？」

「姆媽。」

「你是說張老太太。」

「是的。」她笑著說：「她們都上學校去了，在家裡，她就教我些詩詞。」

「可是你，你……你說你不識字？」

「我只會這樣背誦。」她笑著說。

「但是你的確瞭解這些文學的。」我說：「文字不過是傳達這些文學上思想情感的媒介，你憑感覺從音調上、意義上、趣味上接觸了這些思想情感，個別的文字在你已經很不重要了。」我說。

「但是我對這些文字是有想像的。」

「真的，你可以告訴我麼？」

「我覺得字音像是同我的觸覺聯繫著，有的是尖銳的，有的是圓平的；有的是光滑的，有的是粗糙的；有些字同我味覺聯繫著，有的是甜的，有的是苦的，有的是酸的，有的是辣的……」她說著忽然又無邪地笑著說：「啊，你不要笑我。」

「怎麼會？」我說：「我覺得你的世界比我的豐富充實得多了。」

我的話是我真實的心裡想說的，但是她似乎以為我是對她的安慰與鼓勵；她沉默了一會，於是嘴角浮起了微笑說：

「你現在還在寫些什麼小說？讀一點我聽聽好不好？」

「不值得讀給你聽的，」我說：「我發覺我沒有天才，平庸，凡俗，沒有想像，不會深入。有時候也想寫，但是寫不好就擱下了。我這樣擱下的東西很多。現在我只寫些小小考據研究式的隨筆，我不知道我還會寫得好一點不會。除非我會寫得好一點，我真沒有勇氣再試創作。我現在寫的，談不到是文學，只是讀書摘記。林先生勉勵我發表，我也想借此有點稿費收入，我可以多買幾張唱片。」

「陸先生，假如你不是客氣，你一定太沒有自信，」她忽然說：「你去找一點讀點我聽聽。」

「沒有好的，實在沒有值得你聽的。」

「你不是說有許多寫寫擱下的東西。」

「啊，那些都沒有寫完。」

「沒有寫完也沒有關係。心莊讀給我聽的都是你新近發表的那些隨筆，我沒有聽過你的小說，我又不懂小說，不過想知道你的……你的風格，或者說……」

「我那裡談得到風格。」

「我覺得每個人都一定有他的風格，你不要客氣；讀給我聽聽有什麼關係？」

「那麼下一次。下一次，我去找一篇還想寫下去的讀給你聽，」我說：「也許你可以給我一點意見。」

於是，幾天以後，使我驚奇的事情就發生了。

我讀給她聽的就是我的成名作《蛇虹的悲劇》的初稿。那時我只寫了一萬多字，在我讀給她聽了以後，我請她給一點意見，可是她給我的竟不是意見，而是無可企及的想像。她從我所讀的一點提示，引申我所枯竭的意念，這正像一個在森林裡迷途的人，被人帶引到開朗的世界。這就鼓勵了我繼續完成這本小說，而一切都是根據她的提示與意念寫的，因為她的意念不是我想有而找不到，就是我想表達而無法表達的。所以這本書，以及以後我的作品與其說是我的，都毋寧說是她的。

我無法否認我那時早已愛了她，但是沒有對她表示過，也沒有想對她表示過，當然更沒有希望她會愛我。我是一個很會知足的人，我覺得我可以這樣常常見到她同她很自然的談談，這已經是非常非常幸福了。我該說我是感謝上蒼的，上蒼對於像我這樣醜陋愚蠢的人，竟會給他這樣美麗高貴的恩寵，我還有什麼不滿意呢？

八

《蛇虹的悲劇》在一家報紙發表，發表一小半以後，我馬上成為文壇的驕子，我被評為最有天才的作家，但是我知道這是微翠的天才。接著各報各刊都來約我稿子，我一概答應了。我把我以前寫了一點而擱起來的小說，一篇一篇讀給微翠聽，由她的啟示我繼續寫下去，我寫完了又重新讀給她聽，再由她的想像與意念來修改。許多地方往往經過我們很多的討論才決定。有時候討論了，她還覺得不好，於是第二天她又給我新鮮的意見。

這樣沒有兩個月，我已經成了人人都知道的作家。我的稿費收入也多於我的薪金，許多讀者都給我信，我的命運顯然有特殊的轉變。於是《蛇虹的悲劇》就由一家書店出版了。在書上，我標著：獻給微翠。我把第一本書交給微翠的時候，我是禁不住流下眼淚，我說：「《蛇虹的悲劇》出版了。但是這是你的，是你天才的結晶。」

微翠接過書，兩手撫摸了半天，她說：

「我不過恢復你寫作的自信。」

「不，不，」我說：「這是你的，是你的創作。我不過是一架鋼琴，你是音樂家，在我笨拙的身上奏出美妙的音樂的是你。」

「你不該怎麼說，」她說：「你是有天才的，不過是你可憐的被人輕視的身世，使你的天才被你自卑感所窒壓了。是不？」

她嘴角浮著無邪而慈愛的淺笑，不知怎麼，她的手突然放在我的手背上了。這是第一次我們有直接的接觸，我反轉手背，捧住她的手，我有點戰慄，有一種奇怪的力量使我俯吻了她的手，我的眼淚就奪眶而出了。

她收回了手，沒有一句話，就匆匆的拿著書離開我，我痴望她的背影，看她拿出一條紫花的手帕在揩她的眼角。

我不知道在她是什麼樣的感覺，在我，則正像一個孤兒重新找到一個愛他與看得起他的母親一樣。

《蛇虹的悲劇》出版後，各報與各雜誌都有許多好評，我把這些都讀給微翠聽，她的快樂竟超過於我，她很熱誠的賀我的成功。

「微翠」這個名字，自然也跟著我書上的獻奉被人看到。心莊來信，告訴我同學中讀這本書的都在猜作者與微翠，猜作者與微翠的關係。但是心莊則是一個奇怪可愛的孩子，她從未同人說是認識我們的。

而事實上，心莊也並不知道微翠在我寫作上的關係，一直到有一個星期她回家來的時候。自從心莊到學校以後，她曾經回來過三趟，都是同張世眉一家許多人來的；碰到這樣的時候，我總是客氣地同大家招呼了以後就獨自進城了。我同心莊雖是因為通信的關係，彼此視線接觸時有另外一種感覺，但始終還是同以前一樣沒有談什麼。但是這次則不同，因為知道張世眉他們這星期不來，她於是星期六就回來了。

一個女孩子的變化真是不易想像。我在這次方才發覺，心莊已是十足的大都市教會學校的大學生了。她已沒有當初的羞澀，也學會了節制天真的憨笑。當她同微翠一同下來看我的時候，她的自然大方，使她看起來像是有同微翠相仿的年齡了。

而微翠，事實是比心莊大好幾歲的，可是那天竟在愉快的笑容裡透露著一種不安的羞澀。奇怪，是這一份羞澀，使我知道她心底對我也有一種不平常的情愫的。

我反省我自己顯然也有許多變化，至少我自卑感是減少了。一方面是因為我同她們間有一種新的瞭解，另方面當然是我寫作有成功的開始。

因此，這一次我們三個人的晤面，同以前的空氣完全兩樣了。

談話轉到《蛇虹的悲劇》，心莊很快的提到她們學校裡大家的注意，以及外面對於我天才的評價。

「我是一個愚笨的人，」我說：「我從小都是愚笨的，如果我有天才，我早就應當有點成就了。假如《蛇虹的悲劇》是一件有天才的藝術作品的話，不瞞你說，那天才是屬於微翠的，藝術部分都是她的，我最多只是『作品』而已。」

我所說的話確是我心裡的話，但這使微翠美麗的臉龐忽然紅了起來，她沒有說什麼，但心莊忽然說：

「我想，這因為是她給你靈感的緣故。」

「心莊，我知道你不會瞭解我的意思，但是我知道自己，我的話一點沒有過分的。」

但是微翠似乎不喜歡我們在談這些，她忽然客氣了一句，就轉到別的話題了，她說：

「陸先生新近買了許多新的唱片。」

「可以開給我們聽聽嗎？」心莊說。……

這次談話就這樣中斷，話雖是不多，但是顯然我們間的空氣已經完全不同。星期日，上午心莊下來看我，但微翠沒有同來；我很想同心莊談談微翠，但是竟不能啟齒，大半的時間都談她學校裡的情形。

心莊於下午回學校，夜裡，我不知怎麼竟想寫了一封信給心莊。我告訴心莊，如果我現在生命上有個新生，那就是微翠所創造的；如果我的生命還有光明與幸福，那完全也在微翠的身上了。

「頓，頓。」就在我寫信給心莊的時候，忽然有人在敲我門窗。

那時候已是九點半了，天氣是深秋的天氣。平常吃了晚飯，樓下這部分是沒有人的。我一看拉茜不在房裡，我當然以為是拉茜，雖然這聲音並不像牠。

我很隨便的打開房門，出我意外，站在客廳裡的正是微翠。

我吃了一驚，但看她神情還是同平常一樣，我放心了許多。她穿一件灰呢黑條的旗袍，上面套一件手織的黑色絨線衣，兩手抓在衣袋裡，很安詳的說：

「你沒有睡麼？」

「沒有。」

「我，我想同你談一句話。」

我把她帶到客廳的沙發上。不知怎麼，我的心跳得很快。我覺得她的話一定會影響我一生的命運的。

在我坐下以後，好像隔了許多時候，大家都沒有說什麼。客廳裡的燈沒有開，黑暗中，只有是從我房裡映射來的一道光亮；靜寂的空氣裡沒有一點聲音，只有那滯緩的滴搭的鐘聲，還有是拉茜的鼾聲，牠就睡在沙發底下的地氈上。微翠的手一直插在絨線衣袋裡，她似乎很用力的握緊著拳頭，最後她忽然說：

「我不知道應該怎麼說好。」

「怎麼說都好，」我的心跳得很快，但極力鎮靜著語氣，我說：「你有什麼話儘管說，對我，你沒有什麼話不能說的。」

「我覺得我們這樣往還太……太……」

「太什麼呢？」

「太……總之，我覺得不很好。」

「為什麼？」

「你知道我是一個瞎子。」微翠喟著說。

「但是你比任何有視覺的人都高貴。」我說，我的聲音有點顫抖。

「你不要那麼說，我知道我是一個瞎子，我也不識字；我知道你們為安慰我，都不惜用各種恭維話來使我快樂，但是我知道我是一個瞎子。」

「但是我相信大家決不是為安慰你來恭維你的，尤其是我，我所說都是我心裡的話。」

「難道昨天你說你作品裡的天才是我的，藝術也是我的，也不是你故意安慰我使我看得起自己麼？」她說：「後來心莊問我許多話……」

她沒有說下去，微微的嘆了一口氣。
「她問你什麼？」我說：「我的話決不是恭維你，事實上，我寫《蛇虹的悲劇》不是完全是用你的意念與想像麼？」
「請你不要這樣說好麼？」她忽然微顰了一下，震動了一下頭髮，我看到了她牆上的影子有點震盪。
「為什麼呢？」
「尤其不應當對心莊或者別人說。」她的聲調是柔和的，但語氣很堅決，她說：「我是一個瞎子，一個不識字的人，你同她們說這樣話，不是明明……明明叫別人……別人聽了，你想她們會怎麼想？」
「你要是一定不喜歡，我自然可以不那麼說，」我不知所措的說：「但是我決不是撒謊，也決不是想用花言巧語來討你喜歡，我說的完全是事實，是我在寫作上感到的事實。」
她突然又沉默了，一種奇怪的靜寂包圍著我們，但也分離著我們。
一瞬間，似乎我們幾月來所接近的距離又拉遠了，我不瞭解她的心理，究竟心莊問了她一些什麼，使她對於我的話有這樣的誤會。
半晌，她忽然說：
「謝謝你給我許多幫助，不過，以後我們還是不要這樣往還了。」
「為什麼呢？」
「你知道我是一個瞎子，我不識字，我沒有學問。」

「但是那些於我們交往有什麼關係呢？你為什麼一定要記著這些，微翠？你說我有自卑感，你知道你這種意識也是自卑感麼？」

「可是這一切都是事實，你難道不承認我是一個瞎子與文盲麼？」

「但是人類可以寶貴的自尊的不是視覺，也不是書本上的學問，是他的心靈，是他在各種阻礙中都可以吸收智慧的心靈。要是視覺是這樣的重要，那麼許多比人類有敏銳視覺的禽獸，譬如鷹與豹，不是都比人類要高貴麼？在人類中，有多少人具有聽覺但不能欣賞音樂，有多少識字的人只知道看等因奉此公文而不懂得欣賞文學？往往感官特別發達的人，他的心靈與感官反而有更大的距離；感官固然是宇宙與心靈的媒介，但也是一種隔膜，而沒有某種感官的人，往往少了一種隔膜，他的心靈可以直接與宇宙的真美善接觸的。你難道不承認你的心靈是健全無缺麼？只要你知道自己的心靈是健全的，你沒有什麼可看輕自己的。」我的話不知不覺有點激昂，這是我從來所沒有的，說完了我開始有點後悔。但是微翠非常平靜，她說：

「就因為我心靈是健全的，同平常人一樣，我有平常人一樣的情感與夢，所以我覺得我們不應當往還得這樣頻勤，我希望你會諒解。」

她說著悄悄地站起，沒有再回顧我，像雲兒一樣駛出去了。我也沒有扶她，在多次往返中我知道她是不喜歡別人扶她的；她的自尊心使她覺得這樣扶她是對她一種輕視。我也沒有阻止她，我只是望著她，不知道應該怎麼樣好。

這時候恰巧時鐘響了，是十點鐘。

九

但是，我勸微翠的話並不能勸我自己，一個人生理上的殘缺竟是這樣控制著心理的歪曲，這是我們所無法瞭解的。

在我《蛇虹的悲劇》轟動了文壇以後，許多出版界文化界來約我宴敘，演講，茶會……，竟使我不但厭憎而且害怕。我用各種措辭來謝絕這一切的邀請，但是每一次寫這樣的信都使我感到說不出的苦惱。

自然，我還是繼續努力於寫作，但是微翠已不再給我意念，我寫了許多竟沒有是滿意的。我扯去重寫，重寫又扯去，我耗費了無限的心力都沒有成就，我覺得我的命運已經是定了。沒有微翠的天才，我是無法創作的。

在與微翠談話以後，我就寫信把詳細的經過告訴了心莊，我問她她到底問過微翠什麼，使微翠忽然有這樣的變化。心莊來信也說覺得非常奇怪，說她只是因為普通的好奇，不外乎問微翠到底有沒有幫助我寫作。最後，心莊允許星期日回來當面再向微翠探聽。如今我又寫信告訴她我沒有了微翠真的無法寫作，而這是再次證明我是沒有藝術天才的，我只是一架有完整音鍵的鋼琴，而微翠才是真正的藝術家，我希望心莊會把這意思告訴微翠，但不要說這是我說的。

我寫出了那封信就期待星期日的降臨，但是幾天的工夫竟有世紀的睽隔，好容易星期日等到了，而心莊竟同世眉全家一齊來，我一再想窺伺一個同她單獨談話的機會，但是終不可能，而我倒必須同許多人應酬。我本來是自卑與怕見生人的，如今因為心裡不安，更覺得非常局促。於是我只得告辭出來。我搭公共汽車跑到市區，熱鬧的街頭並不能遣散我心頭的苦悶；我本想去選購幾張唱片，但到了琴行的門口，我又毫無頭緒。但我忽然看到一個音樂會的廣告，我就走進去買了一張票子。我希望在音樂會可以消磨兩個鐘頭。

音樂會的節目不壞，平常在這樣的場合中我是很容易忘去現實的，可是那天我竟一點也聽不進去，我腦子與心靈一直被微翠的消息佔據著。於是一到休息的時間我就溜了，我跑到林稻門先生的家裡。

林先生還是同平常一樣的歡迎我，但是他看我心緒非常不好，以為我是病了。

「是不舒服麼？」

「沒有。」

「那麼有什麼事？」他焦急的問：「是需要錢麼？」

「不。」

「那麼是張家同你有什麼不合麼？」

「沒有，沒有，林先生。」

「那麼是怎麼一同事？」他說：「我想你現在應當很好，你的作品也已經有人欣賞。你應當更加努力寫作才對。」

「林先生，你真的沒有在我作品中看出，裡面的東西不是我可以有的麼？」

「為什麼？」

「你難道也相信別人的話麼？他們都以為我是天才的作家，而你知道我是沒有天才的。」

「但是天才是無法知道的，天才並不是聰敏，常常有許多人起初很平常，但忽然在一個時期透露了天才的光芒。」

「也許有人是這樣的，但那不是我，」我說：「我則是借用了別人的天才。」

「這話是什麼意思，你不是說你是抄襲什麼別人的作品吧？」

林先生說完了嚴肅地望著我，他是最正直的人，他怕我會做無恥的勾當。

「不，我當然不會有這種下流的行為的。」我說。

於是我告訴他我創作的經過與微翠所給我的想像與意念。最後我說：

「你沒有注意我書上的『獻給微翠』的字句麼？」

「是的，我一直想問你微翠是誰，但是我總是忘了。」林先生笑著說：「那麼有什麼不好呢？你也多一個真正的朋友。」

「但是可怕的是我愛上了她。」

「愛上了她，」林先生非常驚奇了，他說：「你是說你愛上張家的小姐？」

「是的。」我說：「但是嚴格說起來，她不能算是張家的小姐。」

接著我就告訴他微翠的身世，並且告訴他微翠是一個盲女。林先生想了一想，忽然說：

「你真的是愛她的？真的會永遠尊敬她，愛護她麼？」

「自然，自然，我一生沒有愛過人，沒有崇拜過一個人。」

「你不會覺得微翠盲目是一個缺點麼？」

「剛相反，我覺得因為她是一個盲女，我才會愛她的。我之不願看到別人的眼睛，正如我不願意見到鏡子一樣。」

林先生想了一想，忽然說：

「她是不是愛你呢？」

「我不知道，但是她對我很好，」我說著歇了許久，林先生一直注視著我，我說：「不過，最近忽然不願意接近我了。」

「是不是你自己太粗魯了呢？」

「沒有沒有。」我說：「我想不出理由。我現在正托心莊……，心莊你知道，就是我為她補習英文的那位小姐，我托她在探聽。」

林先生想了一會，他說：

「很好很好。如果她也是愛你的，我一定會同張老先生去說，我希望你們可以早點結婚。但是，倘若她並不愛你，你這樣下去很不好，我希望你會離開張家。」

「不過，在我，離開張家還沒有什麼，可是離開微翠，我就沒有法子生活下去了。」

「但這是沒有辦法的事情。你必須堅強起來才對。」

我們談話就停止在這裡，一切的發展似乎都要先聽心莊的消息。

我很想早點回家去會心莊，但一看時間已是六點鐘，心莊一定已經同張世眉們回去了。如果她還在家，我去也不會有機會可以同她單獨談話的。所以我沒有拒絕林先生留我晚飯。

我平常沒有喝酒的嗜好，但同林先生一同吃飯，我終是免不了被迫喝幾杯的，那天心裡非常鬱悶，我不知不覺就多喝了幾杯。

九點鐘的時候，林先生才為我叫車子。我到家已經不早，靜寂的庭園沒有一點聲音，深藍的天空閃著熠熠的星光，潮濕的枯草上已有霜層；拉西跟著開門的傭人叫著歡迎我。我謝了開門的人，就跟著拉西進來，我心裡正惦念著寫封信給心莊，但是一進客廳，當我開亮了電燈的時候，我吃了一驚，我發現有人坐在沙發上，是微翠，她穿著黑色的長袍，像男人一樣兩手縮在袖子裡。

「你回來了，陸先生？」她安詳地問。

「啊，微翠。」

我叫她一聲，就不知所措了。我站在那裡，楞了許久，才想到把我的衣帽放到房間裡去。我開了房內的燈，出來時我又關了客廳裡的電燈，好像黑暗可使我與她比較平等似的，我才有勇氣自由地坐在沙發上去。我說：

「你還沒有睡？」

「沒有。」她說：「我想問你一句話。」

「什麼？」

「心莊告訴我……」她說了半句忽然不說了。

「她告訴你，她告訴你我的確是靠你的天才而寫作的？」

「你真的相信是這樣的麼？」

「為什麼說這是『我的相信』？」我說：「這是事實。」

「你知道這是不對的，不會有這樣的事。」

「但是這是事實，希望你不要懷疑，」我說：「如果你一定不信，那麼也不必再問我了。」

她沉默了，半晌，她忽然說：

「那麼，你以後打算怎麼樣呢？」

「以後，以後你不想叫我寫作，我是不會再寫作的。」

「這是為什麼呢？」

「我知道我沒有天才。」

她又沉默了，於是寂靜的夜晚使我感到一種壓迫，我說：

「那麼心莊有沒有告訴你別的呢？」

「是的，」她微喟一聲說：「是的，她還告訴我，告訴我……」

「她可也告訴你，我……我在愛你。」

她沒有作聲，但是我已經跪在她的面前了。我說：

「你相信我在愛你麼？」

「愛我盲目麼？」她冷靜地說。

「這是什麼意思呢？」我說：「我知道我是不配愛你的，但是我讓你知道就夠了，我一生只愛你一個人，在你以前沒有愛過人，在你以後也不會愛別人。只要你知道我永久永久愛你就夠了。我不敢自己對你說，我想叫心莊轉告你；如果你以為我是一個毫沒有價值的人，那麼我是準備離開這裡了，我不要擾亂你。也許我們將永遠不會見面，可是我愛你是一樣的。」

她沒有作聲，但是她伸出她的手來撫我凌亂的頭髮。我一生從未有人給過我這樣溫柔的撫慰，一時間，我伏在她的膝上哭了。

夜是靜寂的，除了淒切單調的鐘擺的聲音，我感到的是我的心跳配合著微翠的呼吸。她的手輕輕的扶著我的頭髮，微喟一聲，於是她忽然說：

「你不知道你已成名了麼？你的文藝生命剛剛開始，無限的前途等著你，而我，我是一個不識字的盲女……」

「為什麼要說這樣的話呢？微翠，我不過是一架鋼琴，而你才是真正的音樂家。我知道你在任何的鋼琴上都可以奏出美麗高貴的音樂，而我，沒有你將永遠不會有音樂的，也許將是一個廢物。」我顫慄得像風中的秋葉，我說：「微翠，你儘管輕視我，卑棄我，但請不要輕視我卑棄我的感情。我雖然醜怪，但是我也是一個人，我有常人一樣的愛，我有常人一樣的情感。如果你當我是一個人，請你憑你的心告訴我一句真話，無論是愛我或者是不愛我，都請你告訴我，我只要知道就夠了。你不愛我決不是對我不好，愛情是不能勉強的，我們還是很好的朋友，像我同心莊一樣，是不？」

我說完了，兩只手握著她的右手。她的手是冰冷的，纖細的手指有點顫抖，在陰暗的光線中，我凝視著她的面孔，我等待她的答覆。我看她嘴唇顫抖著，但是沒有作聲。她的話就是我的命運，我的心跳躍著，不知是不是應當再說什麼，或是我想說什麼也不能說了。

突然她的左手壓到我的手上，我握住她的手。她的頭低下來，蓬鬆的頭髮披垂到前面，於是我在我手背上感受她一滴幽涼的淚滴。

「怎麼啦，微翠？」我抬起頭來問她：「是我傷害你了麼？」

「不是，不是。」在陰黯的光線裡我看到她嘴角天使般的微笑，她抬起頭，淚珠反映著從我房內射來的燈光，她用手輕輕地揩去眼淚。

「那麼你是愛我的，是不？」

她想收回手，但是我拉住了她，問她：

「告訴我，告訴我，微翠。」

她點了點頭，但隨即搶回她的手。她很快的站起來，急著走開，她說：

「你早點睡吧。」

我望著她的背影，她走得很快。我看她一隻手拿出手帕在拭她的眼淚。

十

微翠是愛我的，她竟是愛我的！

我告訴了心莊，又告訴了林稻門先生。

但是我們的戀愛並沒有像現在市上的戀愛一樣，有什麼浪漫的交遊，也沒有小說裡戲劇裡熱烈的場面。我從此就未曾再同微翠單獨在一起，她似乎反而不願意，或者說不敢再同我在一起了。

但是沒有疑慮，我知道她是愛我的，竟如我是愛她的一樣。

沒有比我的命運轉變更快了。我求心莊轉告微翠我有向她求婚的意思，接著，林稻門先生就向張老先生為我作伐。

當寒冷的冬天過去，迎春花初黃，桃花含苞的時節，我與微翠就成了夫妻。

世上已沒有人再比我幸福了！

我已經在蘇州近郊租了一所很幽靜的房子，婚後我們就搬到蘇州。《蛇虹的悲劇》那時已是四版。蘇州的生活比較便宜，我完全可以依靠稿費為生，我們可以不必同外界見面，一切的投稿出版，只要憑信札就可以解決。在蘇州幽靜的家中，永遠是我們兩個人的天地。

沒有人能夠想像我們的幸福，除非他瞭解天堂的樂園。我們沒有請僕人，也沒有孩子；我們也不必到外面買菜，那裡每天有小販到門口來兜賣的。世上似乎只有我與微翠兩人；我們幾乎每分鐘都在一起消磨的。在小小庭院中，我們一同種花，那些花都是平常的草花，但從放籽抽芽開花的過程中，微翠嗅撫每一種的葉子的花瓣，要我告訴她植物上的常識，以及葉子的形狀與花的顏色。我們總是一同做家庭的工作，只要每樣東西都存放在一定的地方，微翠永遠是能記得而且拿得到的。於是我們在一起寫作，她的先天的感覺與想像配合著我後天的修養與努力，我們寫了許多短篇小說與散文。在夜裡，我們聽著我的唱片。那些美妙的音樂總使我常常感覺到我們幸福的生活會是一個夢境。偶爾有幾分鐘不在一起，或者是她在別個房內，我就要找她，我要抱她，感覺她，撫摸她，吻她，我總要時時意識著她不是幽靈而是一種真實的存在才對。在睡夢中，也會突然驚醒，希望發現她是在真的在我的旁邊。

我常常想到我的醜陋正是為這份愛情而生的。我覺得如果我是一個俊秀的男人，我也許就同普通人一樣，會喜歡應酬交際與都市的繁華，我就不會對於愛情有這樣專誠的體驗而可以有如許的收穫。如果微翠不是盲目，她當然也會同平常的女孩子一樣，要有許多普通人所要的浮華生活了。那麼是不是我的醜陋正是為愛這個盲目的仙女而生的，而她的盲目正是為愛我這個醜怪的男子而生的。

每隔兩三天我總要到郵政代辦所去一次。鄉村裡沒有郵局，郵政是由一家小店代辦的，那裡也很少人像我一樣寄那麼多郵件，所以很快的就同他們熟稔了。我除了投稿以外，不過是同一些書店，編者，讀者的信札往還。這些人大都我從未見過面，也不希望他們會同我見面。此外，同我們通信的只是心莊與林稻門先生。

我寄信的工作是我們唯一的別離，但是這樣的小別竟使我們難捨難分。我常常一再拖延，還不時藉故折回去，微翠則總是送我到門口，為我關門。我在路上一直想念著她，一回來就需要找她，看她還是照原來一樣的存在，這才安心。她總是要問我外面的情形，我們像久別重逢般的有說不盡的話語。

在蘇州，我們沒有一個朋友，因此也沒有客人來往。林稻門曾經來看我們，在我們家住裡了三天，這是我們唯一的客人。

林稻門先生走後，微翠想請心莊在春假時候來我們家住幾天。於是我就寫信給心莊。心莊來信答應了，還說她有一個蘇州的同學春假時要回家，她可以同那位同學一同來。

心莊來我家當然是我們所歡迎的，但是她是來蘇州玩的，要我們陪她玩實在不方便；微翠說我應當陪心莊去走走，她不想出去。我知道雖然禮貌上我應當這樣做，可是事實上不是我所喜歡的，我知道心莊也一定不要我這樣醜怪的人陪她去玩的。這件事很使我不安。但是後來心莊到蘇州的時候，她住在同學家裡，她玩了四天，還有三天她住在我家，一直沒有出去，連我們要陪她出去她都不願意。

所以我的平靜淡泊的家庭生活，始終沒有什麼變動。

自從心莊來訪後，天氣就慢慢地熱起來，日子在幸福中似乎過得很快。

夏天裡，因為洗滌的東西多了，所以我們請了一個女傭，那是一個蘇州人，有四十幾歲，人非常好，她替我們做許多事情，因此我們更有時間兩個人在一起，我們的寫作的產量也更加多了。在這一年中，我們除了短篇的詩歌小說散文以外，還寫了三部使文壇震驚的小說，那就是《冥國之秋》、《山谷的波濤》與《冷渡》。

在我們這許多作品發表出版的當兒，我自然也成為別人注意的人物，但是我一直拒絕任何人的交往，除了通信。我不願意會見任何編輯、作家與讀者，我不想讓別人知道我是這樣一個醜怪的人物。於是從報上雜誌上我看到許多對我臆測的文章，我的神祕就加強了別人的好奇。

於是有一天，忽然有一個人來找我了。我自己去開門，他說：

「陸夢放先生在家麼？」

「你貴姓？」

他遞給我一張名片，當我是傭人一樣遞給我，我一看就是常發表我文章同我通信的徐訏。我吃了一驚，一時間真不知道我是不是應當承認我就是陸夢放？恰巧他在當我是傭人一樣的同我說：

「你告訴他我是從上海來的好了。」於是我就很鎮定的說：

「他不住在這裡，不過他信是這裡轉的。」

「他什麼時候來？」

「沒有一定，他常常好幾天不來。」

「他住在什麼地方。」

「不知道他。」

「你們主人知道麼？」

「也不知道，有許多人到這裡來問陸先生，我們東家都叫我請他們留下話。」

「你們東家貴姓。」

「姓盧。」我說。

徐訏躊躇了一會，終於在名片上寫了幾個字走了。

後來我同徐訏通信，說我那天正在鎮江。並且告訴他還是彼此不見面比較有趣，而且還請他叫別人也不要來找我。

與這相仿的事情不只一次，因此許多報章雜誌對我這個人物有許多奇怪的傳說，有人說我就是某某名人要人的化名，也有人說我是政治上的祕密人物，甚至也有人說我是哪一次什麼政治事件中失蹤了的某人，在國外度了多年又回到中國的。

但沒有人臆測到我是一個醜怪的人物，而因為醜怪，所以自卑得不願意見人的。當然陸夢放不過是我的筆名，我的真名是陸祥華，這是只有林先生與張家幾個人知道；而我的筆名，所代表本來也不是我，是我與微翠兩個人的生命，沒有我，不會有人知道陸夢放，沒有微翠，則根本產生不出陸夢放。

陸夢放在文壇上是一個神祕的幻影，我願意他永遠是一個神祕的幻影。

我與微翠也只是於寫完一篇東西時，看到陸夢放的幻影，在寫作時候不會看見他，在讀完以後也不會看到他。在我們生活中，我們沒有意識到有他的存在，我所意識到的是微翠，微翠所意識到的是我。只有當我們精神貫通在一起而放射的時候是我們的創作，當我們精神貫通在一起而凝斂的時候是愛情。

微翠永遠是像從未接觸空氣與世界的花朵，永遠有天使一般的笑容，但是整個的世界只有我在感覺她在接觸她，連她自己都是不知道她的神奇的。而我，我自己則只有越把醜陋的自己忘得越乾淨越好，我們家裡沒有鏡子，我也不保留任何有反射作用的發亮的東西。不用說，我的衣服是敝舊的，像我這樣醜怪的人，衣飾徒然增加我的醜怪。至於微翠，沒有衣飾可以增加她的美麗，也沒有衣飾會減少她的美麗；敝舊的布衣使她成為天使，華麗的衣服也只是使她成為天使。我們是知足的，只要想到微翠是我的妻，我還有什麼不知足呢？而微翠也始終覺得有我這樣丈夫是夠幸福了。但是，如果我想到自己，我就會覺得我是多麼不夠資格有這樣美麗的太太呢！假如我的面貌稍微平正一點，那不是比較有資格接受微翠高貴的愛情麼？在微翠，她一想到自己也就會說：「親愛的，假如我不是盲目，那不是更值得你愛我，也更可以使我多愛你麼？」這意思同我是一樣的，我們都覺得自己的不足，而感到對方的過多。我們的內心，我們的生活背景永遠隱潛著自卑的綜錯，這自卑的綜錯使我們更加愛護對方，珍貴對方，但也使我們自己有一種奇怪的內疚。

　這雖是一種矛盾，但並不明顯。我們的生活總是使我們因愛護對方珍貴對方而忘去自己。只有不想到自己，我們是幸福的，我們有伊甸園一般的幸福。

　在幸福的生活中，日子是多麼容易消逝呀。秋天過了是冬天；冬天一過，又是春天降臨了。就在我們結婚一年後的春天，一件像鏡子一樣的東西，在我們面前出現，這不但使我不斷的意識到自己，而也使微翠時時意識到自己了。

　人類的幸福是上蒼所安排，而破壞幸福的則還是自己。

　但是這一切竟就是命運！

十一

春天，每一瓣雲都舞著美麗的舞蹈，每一粒星都投射多情的光芒，每一株樹木都吐露活躍的生趣，每一隻鳥都唱著悅耳的歌曲。陽光是和暖的熨貼，輕風是溫柔的撫拂，鄉野是一片碧綠，但田壟間有金黃的雪裡紅，有紫色的羅勒，村頭村尾的短牆上都伸著高高低低的桃枝，桃枝上是重重疊疊的花朵，有白，有紅，有粉紅。我們院裡的草花，也都發芽，抽葉，輕弱的花草滿載著小小的花粒，一朵兩朵輕紫淡紅的小花都是嬌潔鮮艷。微翠總是愛用嘴唇去感覺這些天鵝絨一般的花瓣，一面誇讚造物的奇妙。

天氣是和暖了，微翠已經換上春裝，短袖裡露出她象牙琢成般的手臂，這象徵著夏天的降臨。蘇州郊外有不少荷塘，一到夏天，鄉下就來叫賣素白的蓮藕，而短袖的微翠永遠有這樣的想像。

心莊來信說，春假又快到了，這次她將帶一種「驚奇」來看我們。她叫我們猜是「什麼」？

我猜是食物，一定是微翠所愛吃的美洲葡萄。我在信裡曾經說起過。

微翠猜是花，一定是心莊從張家搬兩盆珠蘭來。心莊來信曾經提到張家花園裡有了珠蘭的事情。

我猜也許是書，心莊知道我們買不到，所以帶給我們。不用說，這一年中我是常常托她代我買書的。

最後微翠猜是人。

「人？」我奇怪了，微翠怎麼會猜到「人」，我說：「人有什麼可使我們驚奇的。」但驀然我想到微翠的弟弟們，我說：「也許她同你弟弟們，或者張世眉他們一同來玩。」

「不會的，」微翠露著聰敏的微笑說：「當然是她的男朋友，她一定有男朋友了，這次她要帶來給我們看看。」

「你真聰敏！」我說：「一定是的，她也是該有男朋友的時候了？……」

心莊並沒有告訴我們哪一天來，但是我們知道她這幾天一定可以到了。一有敲門聲我們就想到她。

於是，在一個春光明媚的上午，我在寫稿，微翠在打絨線，我們裝在門上的拉鈴響了。微翠說：

「這一定是心莊！」

她說著就去開門，不多一回，我就聽到一個男人的響亮的聲音，我放下工作，靜靜的聽他對微翠的招呼。

「微翠，啊，微翠！」這聲音不是世眉，也不是她其他的兄弟，但無疑的，他是同微翠很熟的。我聽她們關上門，我聽她們一面說一面進來。

於是我看到微翠同一個男人進來了。他一手擁著微翠，一手挽著心莊，一面不斷的同微翠講話。

我心中馬上想到這是世髮，而似乎是同時的，我心中也湧起了一種奇怪的妒忌。心莊見到我，就同我招呼，馬上拉世髮同我介紹，她說：

「這就是陸夢放先生；張世髮先生。」

世髮真是一個俊逸的男子，他身材高高的，有一頭黑漆濃郁的頭髮，近乎長方形的臉，大大的眼睛，挺直的鼻子，平正的嘴微露著潔白整齊的前齒；他是活潑的，有生氣的，精力充沛，經常掛著笑容的一種人；他穿一套剪裁得非常合身的西裝，臂上還夾著一件雨衣。在心莊介紹後，他用飄逸的姿態把雨衣拋在一把椅子上，過來同我握手。他的握手非常誠懇，眼睛注視著我，我知道他的眼光一點沒有輕視我的地方，但我在他漂亮的動作與誠懇的眼光裡，看到了我自己的醜陋與猥瑣。

他站在我面前幾乎比我高半個頭，我是屈背的，且有一個太大的肚子；在一切不合比例的配合中，我的手是纖巧輕弱的，當我握到他壯健結實的手時，我意識到我真是一個卑屑的動物了。

他使我意識到自己，像是一面鏡子一樣，他使我不斷的看到自己。

我們大家坐下，在談話之中，我注意世髮的一舉一動，瀟灑的動作，清晰而有情感的對白，幾乎沒有一點不是使我自慚形穢。在我偶而把他同微翠看成一組時，我馬上就有羨慕與嫉妒的情緒。我很少說話，但是我儘量保持愉快的表情陪坐著。起初世髮同微翠談過去的事情，我當然無法插嘴；後來世髮看我冷落，他就談到了他法國的生活。

世髮是可愛的，他沒有一點點驕傲與自大，他尊敬我們家庭也尊敬我，他很自然，也很誠懇，但是我看出他與微翠的感情，而在微翠的淺笑微顰之中，我也看出她是多麼羨慕世髮與敬愛世髮的。

於是，談話轉入了一件不平常的事情了。

世髮談到與他同船到中國來的有一個澳大利亞的眼科專家，叫顯美微資，他是專來調查考察研究東方的眼疾的，大概在紅十字會醫院要有三個月的時間應診。在船上，世髮曾經同他談到微翠的盲目，他表示願意看看。世髮於是要微翠到上海給那位醫生檢查一次。最後他徵求我的意思似的說：

「陸先生，你覺得怎麼樣？」

「這當然再好沒有，」我說：「假如能夠醫治，那真是太好了。」

我說這句話當然沒有經過什麼思索，微翠可馬上興奮起來，她說：

「真的？你以為我的視覺真可以恢復麼？」

「自然還不能知道，但是檢查檢查總沒有害處的。」我說。

「啊，我要是也像你們一樣可以看見是多麼好呢？我可以看見你，看見三哥，看見爸爸，看見心莊，看見每一個人；我可以看見雲，看見水，看見雪，看見風，看見每一種我撫摸過的花朵，看見我生活在裡面的家，家裡的每一樣東西。而且我可以看見你的作品，我希望我可以讀，即使我不能讀，我也可以看著你讀給我聽，……」她說著把手摸到世髮的手上，世髮握著她的手說：

「啊！微翠，你這樣說起話來，竟完全同以前小的時候一樣，像是在做詩。」

但是心莊一直沒有什麼表示，最後她忽然說：

「你真的想看見這世界麼？」

「為什麼不？」世髮插嘴說：「每一個盲目的孩子都希望有一天可以看見這世界的。」

「但是……」心莊說著忽然不說下去了。

「什麼？」世髮問。

「但是……我覺得微翠這樣不是很幸福了麼？」心莊說著似乎怕我發覺什麼似的，她看了我一眼。

自然，我是早就意識到了，我自從說出贊同的意見後就已經意識到了。假如微翠看到我醜怪的人形，知道她自己的丈夫是這樣醜怪的動物時，她難道還會愛我麼？這是我早就意識到的問題。但是，我覺得我沒有權利為怕微翠看見我的醜陋，而叫她放棄恢復光明的機會。

心莊的話似乎也使世髮有所感覺，但是他敏捷的言詞馬上轉換了方向，他的聰敏與活潑，始終沒有使我們談話因此阻塞。

不用說，微翠的恢復視覺，是微翠生命中的大事，也是我與我們家庭中的大事。我雖然不想因我妨礙微翠，但是我不敢說我毫不自私，假如要我來決定，我是動搖的。

微翠呢，一瞬間前的興奮已經過去，很明顯的，心莊的話使她想到她所聽到的我的醜怪了。叫她決定，她也是動搖的。

雖是動搖，但沒有一個人在反對微翠就醫，這原因是心莊與微翠都不願意使我知道在指我的醜怪，而我則不願意表示我的自私；大家似乎對這問題無法再發表意見。

於是世髮就用輕便的態度，婉轉而可愛的辭令說：

「你們大家不要太樂觀，醫生究竟不是仙人；也許是沒有醫治可能的。他也是研究性質，不過給他檢驗檢驗無所謂。如果要動手術，太危險，而又沒有十分把握，我覺得我們也還要從長考慮過的。那是以後的事情。」

世髮說完了看看已經是午飯的時候了，他要我們一同到外面去吃飯，吃了飯一同去玩玩。可是微翠要他們在家裡吃便飯，說飯後可以大家坐馬車去跑跑。他們贊同了，微翠就去廚房。

飯後，我們四個人就到郊外坐了馬車兜許多地方，這是我與微翠第一次出遊，因為微翠高興，我也就隨同著。世髮總是有能力使我們空氣非常愉快，他似乎想使微翠忘去自己是盲女，也想使我忘去我自己醜怪的形狀。我不知道微翠怎麼樣，在我，我則時時感到自己的猥瑣，尤其當世髮用輕捷的姿態招呼微翠與心莊，我感到我自己真是一個笨拙的男子。

晚上，我們在外面吃飯，我是東道主，自然應當我付賬，但是世髮還是佔先付了。我不知道他與我年齡相差多少，但在整個過程中，他總是當我是老弱的長輩一樣的。飯後，他伴我們回家，心莊也住我們家裡，世髮自己則回到城裡，他是住在旅館裡的。

世髮去了以後，空氣沉靜下來，我們喝了點茶，微翠突然提起了大家已經忘了許久的她的就醫的問題，可是，我像下意識怕提起這個事情，竟用話支吾了過去，我提議聽一會唱片，但當聽了一會唱片，剛剛停止的時候，微翠又提到這個問題，我說：

「現在你千萬不要想得太多，檢驗以後再說不好麼？」

接著我就提議就寢。心莊經過火車上的顛簸與一天的盤桓，事實上也疲倦了。她離開我們後，我與微翠也回到房裡。

可是，在我平靜的生活中，今天真是一個太大的波瀾，它使我在床上許久後竟還不能入睡。微翠在我的身邊一點沒有動靜，我想她一定因今天應酬吃飯郊遊而疲倦，所以很快就睡著了。但誰知隔了許久，當我似乎朦朧想入睡的時候，她忽然微喟一聲，偎依著我的胸懷，突然說：

「你真是贊成我去檢驗麼？」

我吃了一驚。原來她始終沒有忘去這問題，事實上這問題在她是很大的，因為這關聯她一直想有而不敢想有的幸福；因為這是一個將在她生命上起了革命的變化的問題。我當時就說：

「自然，我自然贊成你去檢驗的。怎麼？你一直沒有睡著？」

「假如我可以恢復視覺，你說這於我們是幸福麼？」她沒有理會我的話，繼續的問。

「幸福這東西很難講，」我說：「但既然上蒼給每個人都有視覺；他也應當給你的，是不？」

「也許上蒼不給我視覺，就是要叫我來愛你的。」

「那麼，這在你檢驗以後就知道了，」我說：「如果你是可醫治的，那麼上蒼也許是要你……」我想說的是「不再愛我」，但是我沒有說出，我躊躇起來。可是微翠竟接下去了，她說：

「要我證明我愛你是沒有條件的，要我有多一種感覺來愛你，來幫助你。」

「也許。」我說，但是我心裡是矛盾的。

微翠忽然露出無邪的笑容說：

「你說我如果可以重見光明，第一個想看的是什麼？」

「是什麼？」

「是我自己。」她說：「你們都稱讚我美麗，但是這究竟是否為要安慰我，使我在這方面有自尊以補償我盲目的自卑呢？我希望我可以看見自己。」

「這是當然的，你想著看你自己。可是一個可以看到自己的人，他可以看到自己的青春，也會看到自己的衰老。你是美麗的，但我是醜陋的；你要看到美麗也必須看到醜陋，你可以看到燦爛的春天，也必須看到淒涼的秋景，你可以看到光明但也必須看到黑暗，沒有視覺的體驗可以對萬象有永常的新鮮。」

「那麼你是不希望我恢復視覺了？」

「不，不，不是這個意思，」我撫著她的手臂說：「我只是說視覺會帶給你幸福，也會帶給你痛苦就是。」

「那麼我，我也不去檢驗了。」她說。

「為什麼？」

「如果我不求重明，我何必去檢驗呢？」

「微翠，如果我的話使你不想重明，那麼我的話就說錯了。這悠長的黑暗的日子，沒有一個人在陪伴你，是你一個人在搜索，是你一個人在感受，是你一個人獨自在體驗你所沒有看見的世界。那麼，你就該憑你自己來決定一切，不應該讓任何人的話來影響你。」

半晌，微翠沒有說話，我知道她在思索，我也沒有驚擾她。最後她說：

「但是，自從我們結婚以後，你已經做了我的眼睛，你給我一切我視覺所不及的世界，那麼我還有什麼不滿足呢？不過，這也使我愛你不能夠做到你愛我的程度，你給我太多，我給你就太少了，在愛你的世界中，我缺少一個視覺，如果我有視覺，我一定可以更多的愛你了。」

「也許，也許我給你的多於你給我的，但你給我的遠比我給你的貴重。」我說：「上蒼叫每個人有視覺，叫每個人可以看到美麗的世界；他獨獨不叫你有視覺，也許是因為你太美了，他不要你看見自己的美麗，所以他叫我侍奉你，而叫你把美給我。」

「那麼我為什麼還要恢復自己的視覺呢？」她忽然說：「但這是不是說，我在恢復視覺以後，我有更多的美麗奉獻給你呢？」

「沒有疑問的你會更美麗。自你有生以來，沒有人不以為假如你不是盲女的話，你的美麗會是十全十美的。我當初也曾這樣想過。我想：『為什麼要讓這樣美麗的仙女盲目呢？假如她不是盲目，她不是十全十美了麼？』我甚至祈求可以把我的視覺給你，我本是一個醜陋的生命，沒有視覺，或沒有生命都沒有關係。我只有在愛你以後，才發現我自己生命的價值與意義；也只有在被你愛了以後，我才覺得我視覺在我醜陋生命中是有價值與意義的。但自從我同你生活在一起以後，我逐漸覺得，我們要求人間有十全十美的存在是不對的。你，就因為你是盲目，所以你的感覺可以這樣靈敏，你的靈魂可以這樣高貴，你的意念可以這樣無邪，你的笑容可以這樣天真，你的風度可以這樣平靜自然，你的心地可以有如許的容納與謙虛，你的生命可以這樣淡泊與寧靜。如果你也是一個有視覺的人，那你就不再同我們常人有分別，一切外界的庸俗與污穢會從你眼睛侵入你的心靈，你也會同世俗的人一樣，有虛榮有好勝，你會鄙視一切不如你的人，你會勢利，你也許對你自己的美麗有狂妄的驕傲。這樣，你靈敏的感覺馬上會滯鈍，你高貴的靈魂也會變成鄙俗，你的意念不能再保持無邪，你的笑容也不能再保持天真，而你將整天惶急不安，有羨慕有妒嫉有仇恨，你的心地會變成褊狹淺窄，你無法保持平靜自然的風度，你的生命不再能淡泊寧靜。你馬上會從仙子變成了凡人，而你一塵不染的眉宇將失去清朗，你永遠年輕的額角頻添了皺紋……」

「不要說了，不要說了，」微翠忽然嗚咽著說：「假如這是真的，我願意我保持我的盲目。」

可是，我馬上覺得我說這些話是不對的。我所說的雖是我自己真實的感覺，但在現在這不是說這些話的時候與場合。如果我說出來，那不就表示我的自私麼？不是因為我下意識的要佔有微翠，怕她看到我的醜陋，所以要地永遠盲目麼？我覺得我是多麼卑鄙，我在內疚之中使我想改正我的態度，我說：

「但是，親愛的，如果上蒼要你恢視覺的話，這就是要你靈魂來受視覺罪惡的試驗了；你不是常人，這許多年來，你已經煅煉成你靈魂的高貴，你應當有自信，視覺無法改變你靈魂的真善與美麗，你會永遠保持你已有的自己的，是不是？不要懦弱，親愛的，也許這正是一個培養你成高貴的靈魂的試驗，躲避這個試驗，不正是招認你的靈魂也同任何的女人一樣麼？」

微翠沒有說話，我拉著她的手，她的手有點顫動。

「好在現在只是檢驗，我們何必討論這麼遠呢？也許是無法醫治的也說不一定。」我說：「太晚了，早點睡吧，不要再想這些了。」

十二

第二天，我們又玩了一天；第三天我們四個人就到了上海。我們都到了虹橋路。這是我別離了整整一年的舊址。白楊像是高了不少，珠蘭開得正盛，紅花綠草鮮艷如故，一切都是春天。我望著樓上的陽臺，想到第一次見到微翠時的情形，覺得我們的愛情始終是新鮮如春，我有說不出的快慰。

第一個歡迎我的是拉茜，牠長大了不少，但沒有忘記我。張老先生好像又老了些，他很高興的會見我們。其他的人當然都是舊友，個個都給我許多溫暖的招呼。

我原先住的房間現在是世髮的房間，所以他們為我在張老先生書房裡設了一個臥鋪；微翠住樓上，心莊的春假未滿，所以也沒有去學校。

當天我們在忙碌紊亂之中，時間很快就過去了。預定第二天陪微翠去檢驗眼睛，這原是我們來上海的目的，在微翠該有很緊張的心理，但在我倒覺得是必然的該行的事情。

但是，在晚上，當女眷們已經上樓以後，寧靜的樓下只剩了我與世髮的時候，不知怎麼我心理有一種奇怪的感觸。這黝黑的花園，寂寞的客廳與滯緩的鐘聲總使我與記憶的過去有一種時間上的隔閡。當時我告訴世髮，說我與微翠常常在不開燈光的客廳中談得很晚或者靜靜的聽我的唱片，世髮就邀我到他的房間去坐坐。

世髮的房間已完全改變了我原來的布置，頂使我吃驚的是裡面多了一個衣櫥，衣櫥的門上是一面很大的鏡子，我突然看到了我醜怪的容貌與畸形的身軀，我的頭顱是三角形的，頸子粗短，兩肩斜削，胸部內陷，肚子外凸。我的人不算矮，但是身軀奇長而兩腿奇短，一切都不是一個人型的比例。我每每意識到自己的醜怪，但在一直避免鏡子的生活中，我也不曾想到我是一個醜怪得完全不像人的動物。我在俊秀的世髮面前，使我覺得他是一個高貴的天使而我是一個污穢不堪的魔鬼。他的頭髮是秀美的，臉部清朗如明月，身軀靈健活潑，渾身都是青春。他是一隻垂在樹上的檸檬，而我則是爛在地上的橘子。他穿一件米色的毛衣，棕色的褲子，襯衫敞著，露出昂然的頸項，態度自然，動作瀟灑，活像是一隻悠然挺立在湖邊的仙鶴；而我，我像一隻從泥塗中很吃力的爬挖出來的烏龜。我們年齡應當相差不多，但是看起來他代表的是青春，而我代表的正是衰老，怪不得在我們蘇州郊遊的時候，他會把我當作老弱來看顧我了。

在他的房內沒有坐多久，我告辭出來；回到自己的床上，我就再也不能入睡了。

假如微翠的視覺會恢復，她發現自己的丈夫是這樣一個怪物，那麼她怎麼還能夠高興呢？這也許是不關愛情的。我難道不愛自己，但是我竟無法不厭憎我的醜怪！

人類的「利他」的動念，往往是衝動的。譬如我們看孩子下水，捨身去救他，都是在匆忙之中，沒有想到自己。等冷靜下來，想到自己以後，自私的念頭就會掩蓋了「利他」的動念。我的下意識儘管有自私自利的意識，但截止現在為止，我的意念還是「利他」的道德優於「自私」。但如今，在當我看到鏡子裡的自己以後，我的心靈就完全被我自私心所控制了。如果我還可以有微翠的話，唯一的希望就是微翠明天檢驗的結果是無法醫治才好。假如她真是可以恢復光明，那麼她決不會要我，我們的愛情算是完了。我的天才，我的生命一切都是完了。

即使我可以相信愛情是神聖的，沒有條件的，但無論如何也不能推論到在她看到她自己的美麗，看到我的醜怪，不用說還看到世髮的俊秀與心莊的活潑，看到世上許多的男人與女人以後，還可以同我保持現在一樣的親密，還可以同我過以前一樣生活的。

說戀愛是盲目的，毋寧說盲目才配有真正的戀愛。人世上的人有美有醜，但總是要不離開人型，而我，我則竟完全不像是一個屬於人類的動物！那麼與其說我是不配享受人間的愛情，不如說我是不配有人的生命才對。

假如我是一個動物，是猴子，是馬，是狗，……我總還有一個世界，我可以在我的世界中求幸福，但是我偏又是一個人，一個無法在人間生存的人！

但是我也享受到人間的幸福，而這一年來微翠所給我的幸福正是人間所稀有的幸福。但如今，這幸福就在面對一個真正的試煉了。

只有檢驗結果說是微翠的眼睛是無法治療的，那麼這幸福還可以繼續，否則，一切都不會再有了。我不相信我會有這樣卑鄙的意念，但是一個卑鄙的意念竟浮到我的心頭；為維護我的幸福，我覺得只有勾通世髮，或勾通那位醫生。只要那醫生說一句否定的失望的話，世界還是世界，幸福還是幸福，我不會失去我所有的。

但是這如何可以做呢？這難道是我所能做麼？世髮是不能勾通的，醫生也是不能勾通的，除非我在蘇州時就固執地反對檢驗這件事，那最多讓世髮與心莊想我自私，而現在已經是不能挽救了。

假如我蘇州的家裡也有那麼一面鏡子，當我看到了我醜怪的形狀，我也許真會不講情理的固執地去反對檢驗，但就因為我意識著醜怪，我不留一面鏡子，所以我沒有發現我的醜怪是非人間所能容忍的。世上的事情就是這樣組織成綜錯複雜的圖案。

如今我除非聽憑檢驗的宣判，我是毫無其他辦法的。唯一的辦法就是我的祈禱。但是我能夠祈禱我所愛的微翠永遠盲目麼？這樣的祈禱豈不是已成為咒詛！

微翠是知道我是醜陋的，但是她無法想像我的醜陋是無法忍受的醜陋，也無法知道一個人視覺會這樣不能容忍一種形狀的醜陋。假如愛情的神祕可以使她預感到她的視覺與我們愛情的關係，那麼她應該會突然覺得我們的愛情的生活已經是夠自足了，不能夠有所增加，也不能有所減刪才對？……

當我這樣想的時候，房內忽然投進了淒白的月光，園中有淅索的聲音；這使我想到當初我們婚前的日子。我有奇怪的敏感，使我想到微翠這時候也正在失眠，她也許正站在樓上的陽臺上回憶舊情，也許她一個人下了樓，現在正在園中蹀躞，啊，這聲音，這淅索的聲音……

這樣我就從床上起來，披上衣裳，輕輕地開門，走到了平臺。

園中草地上月光如水，樹葉閃著銀光，花影在風中移動，夜是這樣寧靜，世界是這樣寧靜，紊亂噪雜的只是我的心緒。上弦月是清澈的，熠熠的星光點綴著深藍的天空，幾朵輕浮的雲朵像是離天很遠，沒有一個人影，沒有一個人聲，只有我，我佇立在平臺上感到說不出的失望，微翠竟並沒有我們共同的愛情的感應。

我想到了樓上的陽臺；她該是站在陽臺上的，但是我竟怕去發現，如果她仍是不在，又是怎麼樣呢？忽然，不知怎麼，我心中起了一種預卜的意念。我默禱，如果她是在陽臺上，那麼我們的愛情與幸福不至於因她之檢驗而毀滅；如果她不在陽臺上，那麼我們的愛情與幸福是決不會再有了。

我默禱著，心就跳起來，我很快步到園中，抬頭望去。

陽臺上有很好的月光，長窗關著，裡面白紗的窗簾清晰可見；玻璃反射著月光閃閃作亮。沒有微翠，竟沒有微翠！

也許她會知道我的默禱而出來吧，我想。

我站在那裡，我一直站在那裡；我比以前戀愛時期望可以看到她還要熱切，除了她會出來，我們的愛情與幸福似乎將再無法繼續了。

我等著，我等著，我沒有移動，我一直沒有移動；風在吹動，月亮斜下去，我的人影在地上移動，但是我沒有移動。

露水浸濕了我的鞋子，我的腳有點潮冷，望著樓上陽臺欄杆的影子升上來，升到長窗的玻璃上，而微翠竟一直沒有出來。

微翠竟沒有出來……

十三

浸在一種不祥的預感，我一夜沒有睡眠。第二天是微翠去受檢驗的日子，本來說定由心莊、世髮與我三個人陪她去的，但是臨時我退縮了，我覺得我醜怪的面貌是不能出現的，尤其是在那個要使微翠重明的醫生面前。其次我是經不起聽到檢驗的結果，如果微翠的眼睛是可治的，那等於宣布我們愛情與幸福的死刑；如果它是無法醫治的，那麼是不是因為那醫生看到病人醜陋的丈夫而這樣說呢？當我曾經有過卑鄙的念頭以後，我是多麼害怕世髮、心莊會疑心我在賄賂那個醫生呢？

我極力裝作鎮靜自然，借種種可以原諒的理由不去，這倒並不十分困難，因為心莊與微翠是深知道我是怕見生人的。

她們走後，我心裡有萬種的不安；連同張老先生談話，我都不能夠集中心緒。後來我一直一個人坐在平臺上，拉茜陪著我，牠似乎知道我的心是沈重的。

天氣非常美好，陽光照著綠色的草地，在溫柔的風中起著明暗的微波，每株花木上都開著黃色紅色或紫色的花，有幾瓣白色的蝴蝶在花叢飛翔，時或有飛鳥追逐，從屋頂到樹梢，又從樹梢到草地，唧噥著悅耳的音階。

我坐在平臺上，沒有看書，也沒有看報。對著這平靜美麗的春光，只覺得它們離我很遠，好像我同它們間無法發生聯繫。它們沒有注意我，也沒有關心我，我是不配在春天生存的動物。

我也說不出我在想什麼，我只是感覺著一種寂寞害怕與空虛；似乎生存我周圍的花草、蝴蝶、飛鳥，每樣生物都在吸取應該屬於我的春天，使我無法在春天插足一樣。

我起初並沒有關心時間，但是，等太陽顯然升到天頂，花影在地上縮短的當兒，我才想到該是微翠她們回來的時候了。我第一次看錶是十二點一刻。跟著我開始盼待，到一點鐘的時候，她們還沒有回來。張老先生走下樓來，顯然他也有點關念。

「怎麼，她們還沒有回來？」他一見我就說。

「不知她們會不會到霞飛路去。」我正在想她們也許會到張世眉地方去吃中飯，所以就站起來說。

「沒有，沒有，我剛剛打電話去過。」張老先生就在平臺的藤椅上坐下，又說：「他們說好回來吃飯的。」

「我想他們就會回來的。」我說。

「我怕也許微翠是可以醫治，他們就馬上讓微翠入院了。」他忽然說。

「我想微翠總會先讓我曉得的。」我嘴裡雖是那麼說，但心裡覺得這也原是可能的，因為如果這手術是不嚴重，而微翠又是急於恢復視覺，那麼為什麼不早點做呢？世髮與心莊當然也是這樣想的。不過，如果是這樣的話，心莊一定會打電話來。他們至少會叫我去的，我想。

從那時候起，我似乎不光是等他們回來，而且還開始等電話了。我與微翠結婚以來，一直沒有分離過，這幾個鐘頭的別離，一時竟使我覺得時間太不容易過去了。

園外不時有汽車駛過，每次車聲總使我以為他們來了，但是都是很快的駛去，於是，終於有一輛車子在我們門前停下來了。我站起迎出去，拉茜也躍起追出去。我的心突然急跳著。從鐵門望去，我敏感地發覺微翠是可以重明，而我竟覺得她是已經重明了一樣。

世髮在付車錢，心莊挽著微翠，兩個人面上是笑容，手上捧著鮮花；春天是她們的，她們活在春天中。我開了門，世髮就迎上來握著我的手說：

「恭喜，恭喜。」

「怎麼？醫生怎麼說？」我站住了問他。但是世髮挽著我的胳膊一面走，一面說：

「大概醫治是沒有問題的。她的視神經完全正常，只是眼睛不能用，倘若有人給她一付健康的眼睛，她可以完全同常人一樣。」

「這怎麼講？」

「據醫生說，在外國，通常先在醫院病危的病人中徵求，有自願在身後把眼睛捐贈的，則可以在那病人死後，移到盲人身上。現在醫學界則已有眼庫的組織，願意捐贈時都捐贈給眼庫裡，登記著，由各處需要的醫生來申請。」

「那麼……？」

「當然要等些時候，他答應向各處醫院的病人去徵求，隨時來通知我們。」世髮說：「我想我們自己也可以去徵求，也許不難。」

「我想不容易，誰願意在自己死後被人挖去眼睛。」

「這為什麼不願意？」世髮忽然說：「自己已經死了，可以把有用的眼睛給活著的人，為什麼不呢？假如我先死，我就可以先寫下遺囑把眼睛贈給微翠。」

這時候，我們已經走到裡面，心莊與微翠上樓去了，飯廳裡傭人在預備開飯。世髮又繼續說：

「我想不難，也許我們可以多出點錢，到各地去徵求一下。」

「照理應當是不難的，不過中國人對於屍身的完整總是特別重視的，也許……，也許要多等一些時候。」我說著，心裡可起了巨大的波瀾。在飯桌上，我望著無比美好的微翠，設想她的眼睛是亮的，我不禁戰慄起來。我覺得如果人是上蒼造的，那麼上蒼所以要使微翠盲目，一定是因為他不願造十全十美的人，或者說上蒼以為這人世是無法容納這樣美麗這樣完整的人，所以他不想造。如今如果我們使微翠有一付健全而美麗的眼睛，那就是說要改造上蒼的作品了；假如成功，我怕造物主也許會把她收回去的。我這樣想法是離奇的。我不信什麼宗教，但我是有宗教情感的人，在我長期孤獨的生命中，我總覺得有一個超自然的存在在支配我，在讓我依靠。自從我愛了微翠以後，這個超自然的感覺就寄託在微翠身上，她成了我的神與我的信仰，因為她是可以不依賴視覺來愛我的，人世的愛情大都要依賴視覺，而她則因為不依賴視覺，才能這樣愛我。假如她一旦見到她所愛的人是這樣醜陋，她即使仍舊愛我，但這愛也就已經不同了。她的愛一旦不同，那麼我怎麼樣呢？當我時常要意識到在暴露我自己的醜陋，她當然也就不是我可依賴的上帝了。這等於說，造物賜我一個神，而這神在被改造後，就不會再是我的神了。他們使微翠十全十美，就是使我失去了神與宗教一樣的。

想著想著，我心緒就非常紊亂，我吃不下什麼，很快就離開飯桌。

下午，我們零零碎碎總是談到這件事，但是我始終沒有講出我想到的意念。在大家都對微翠重明的希望高興的時候，我當然不能表示反對，尤其是我不願使微翠知道我是反對的。從世俗上事實上來說，我表示反對，當然就是我的自私，沒有人會說一個瞎子之重明不是件幸福的事。而知道微翠的願望與幸福的人，沒有人再會比她自己更明白的。我當然也很想同微翠有單獨談談的機會，但是我竟也害怕這樣的機會。如果我的意見影響了微翠的興致，我會不安；如果我不說出我所想到的，那麼也就沒有什麼可談了。她可以因我而放棄醫治的意念，但別人將作如何解釋，將把我當作什麼樣的人呢？其次，微翠如果放棄醫治，也只是憑一時的情感，而以後是隨時隨地都會重燃這個欲念，而她這個欲念，不用說是永遠會擾亂我們生活的寧靜的。

總之，當醫生斷定她是可醫治的，我們的生活好像已注定再無恢復以前淡泊寧靜的可能了。但我看出微翠很興奮，她對於她的重明抱著許多美麗的憧憬，這是無可否認的。後來我問她我們回蘇州的日期，她似乎並沒有想到這個。我說：

「反正不知要等多少辰光，我們在蘇州去等也是一樣；醫生一有通知，我們就可以來的，好在還有世髮同心莊在上海，隨時可以同我們聯絡。」

我的話當然是合情合理的，微翠也以為很對。可是世髮同心莊挽留我們，一定要我們在上海多住些時候。最後我們決定再住三天，因為心莊還有三天春假，等她回學校了，我們再回蘇州。

長長的下午我們過得很愉快。這是我們婚後第一次來上海，第一次離開我們兩個人的環境同世界接觸，像是我們真正的假期一樣。但也是第一次使我與微翠沒有單獨在一起的機會。我不知道微翠是否也感到這些。

十四

黃昏時候天氣變了，陰黯的天空忽然下起雨來，蕭蕭的風響著園中的白楊；夜飯後，我們談了不久，就各自預備安寢。我到了書房裡，諦聽著園中的雨聲，回想我與微翠相愛時的種種，心裡有無限的感觸。一時間我又想到我白天所想的種種。我覺得我有把我這些意念告訴微翠的必要。即使不是為阻止她重明的企圖，也當使她知道我有這樣的感覺，這感覺是一種我們的愛情與幸福毀滅的預感。自從結婚以來，我們都是分擔著我們的情感與感覺，為什麼我現在竟不敢將我所感的坦白的告訴她呢？我這樣一想的時候，我很想立刻找微翠來談談。但是，這是不可能的，她也許已經入睡，而我也不能當作一件要事一樣的去找她。一切似乎要等我們回蘇州以後，而我的談話也應當處理得非常平淡，像是討論我們創作時故事的發展一樣，不該使她覺得我的話有什麼別的目的才對。

就在我這樣胡思亂想的時候，忽然我聽到一聲輕輕的敲門聲音，我拋了我手上的香煙再聽。

「剝，剝。」又是一聲，我想該是世髮或者是傭人想拿什麼東西，就很隨便去開門。

但是門外竟是微翠，她披著長髮穿一件銀灰閃亮的睡衣，臉上露著純潔無邪的笑容，沒有說一句話，只是把手伸著給我。

我拉著她的手，引她進來，扶她坐在沙發上，我說：

「我正想同你談談，我想到許多事情。」

「我也是。」她說。

「那麼你先說。」

「你先說。」

「還是你先說吧，我的話到蘇州再說也不要緊。」

「那麼讓我先說。」她微笑著說：「我想我今天是睡不著了，你一定知道我是多麼興奮與快樂，想到我有希望重明，可以看到我一生所沒有看見的一切，我怎麼還能夠入睡。我不知道我該怎麼樣好。我希望我可以做許多事情，我可以更多的來愛你；我第一件事情就要你教我識字讀書，我要為你抄稿，為你理書。我還想旅行，我希望我們可以長長的旅行一次，到北京，到東北，到四川，到西北。我要看雲起，看日出，看山，看水，看海，看一切我聽到過的地方聽說過的風景。現在我都可以憑自己的眼睛來領受了，這是多麼快活。我想等我看到這世界以後，我要回想我盲目時代對這世界的概念，我可以回憶到幼小時代的一些想法，以及以後從各人給我的教育中成長的想像，來同我目睹的真實作一個比較。我想這是一個非常好的題材，你一定可以根據我的報告寫一部小說的，是不？」

她一直微笑著，說到最後，用手拉著我的手，又接著說：

「於是我可以看見你了，看見你的手，你的面孔，看見你寫作時候的動作。我可以看到我們蘇州的家，那些都是我天天摸到的東西。還有我們院裡的花，那天竹，那月季，那草蘭，珠蘭，秋海棠，……這些留在我皮膚的感覺現在都要變成顏色，啊，這是怎麼樣一個世界！我真是不知怎麼好了。我愛你，我用一切來愛你，總覺得不夠，現在我想到我可以用眼睛來愛你，我真是太快活了。」

「但是，……但是你知道我是長得非常醜陋的。」

「啊，愛人，你千萬不要這麼想，不要這麼說，」微翠的眼角潤濕起來，她說：「你們不是常說：『情人眼裡出西施』嗎？我愛你，我知道在我的眼裡，你決不會醜陋的。上帝叫我盲目來愛你，等我愛了你再叫我有視覺，就是這個意思，就是要我因為愛而覺得你永遠是美麗的。」她微喟一聲，接著又說：「你是一個天才，你的妻子不應該是盲目的。因為你愛了一個盲女，所以上帝要我重見光明，可以更好的來做你妻子，是不？」

「啊，你真是這樣想麼？」我感激地說：「你真是太好了。」

「不是我這麼想，我想大家是這樣在想。大家在為我快樂。爸爸，世眉，世髮，心莊……都會送我許多東西，我知道他們要送我美麗鮮艷五彩的衣料，花朵，糖果，爸爸還說要挑選一件媽媽的首飾中最好一件給我；心莊還預備在我重見光明的一天，約世眉他們為我舉行一個宴會。那時候……啊，那時候，我想到那一天我真不知道該怎麼樣了。你千萬拉著我，同我在一起。你想，一個盲了一生的人突然看到了這許多繽紛斑斕的種種，也許真是會暈倒的，有你在我身邊，我就不怕了。必要時我可以閉起眼睛，重新過一回我盲目時候的生活。啊，愛人，你說我該怎麼樣好，我真是……」

微翠很興奮的說著，說到後來聲音有點顫抖，最後她突然伏在我身上哭了，他修長馥郁的頭髮披在我的身上，我輕輕撫摸著她的頭髮叫她：

「微翠，微翠！」

我知道她的哭泣不是悲哀而是興奮。她對於重見光明的憧憬已使她無法控制她天真無邪的心靈，她似乎被一種想像的快樂所浸透了。

在這樣的一個人面前，我是再無法說出我所想的要告訴她的意念了。我偎抱著她，為她揩去眼淚，我說：

「微翠，你說了許多，但是你沒有說到可以看到你自己，你的無上的美麗與娟好，你的雲一般的頭髮，花一般的面龐，還有你像海鷗一般的韻律；你的視覺不但會使你看到世界，也將重新使你看到你無比燦爛的前途的。但是，你現在必須安詳，不要太興奮了。時間會給你一切，也會教你一切，人人都愛你，我更愛你，你就要為別人尤其為我愛你自己，是不？」

我說了，微翠沒有說話，她已經停止哭泣，坐直了身子，微低著頭，兩手捧握著我的手。

我也沒有說什麼，在沉默中，我體驗到貫穿我們的愛與溫情。

夜是靜寂的，園中有淅瀝的雨聲，客廳裡響著滯緩的鐘聲；除此以外，我意識到的是我與微翠的心跳，同樣的脈搏，同樣的呼吸，愛貫穿著我們的生命，而我們生命竟是這樣的不同。她有一個無比美麗的構造，我則是一塊醜陋的堆積。在過去生活中，我曾經把這個對比忘去，但現我，當我偎依著微翠的時候，我竟被這個對比所困擾，我心裡有說不出的難過。我想到如此美麗的一朵鮮花，一直在牛糞裡生活，如今假如她變成雲瓣飛去，這原是應該的。最後，我說：

「時候已經不早了，你去睡吧，我要你安詳，要你乖。」

微翠站起來，她溫柔地吻我，她說：

「我把我的感覺對你吐抒了，我就安詳許多。我什麼都想對你傾訴，好像不對你傾訴，一切我的情感思緒都會困擾我似的，好，明天見，你也早點睡吧，不要看書了。」

微翠說著站起，攏攏頭髮，拉開門，輕盈地像朝霞一般的隱去了，我可是不想就寢，但是我也沒法看書。

起初，我的頭腦與心靈只是紊亂的思緒與感覺，慢慢的我想到微翠剛才的每一句話，她的聲音像是仍在我的身邊，「上帝叫我盲目來愛你，在愛你了才再給我視覺……就是要我因為愛你而覺得你永遠是美麗的。」這是她的體驗，但是同我的體驗是多麼不同呢？

假如真有上帝，他的意旨為什麼是這樣模糊，好像相反的解釋都是有理的。他既然要一個盲目的人來愛一個醜陋的人，為什麼又要注定那個盲目的人有重明的可能？說是要試驗她的愛情並不因盲目而改變，這是一種解釋；但也可以解釋，為要試驗她是否滿足於已有的愛情與幸福，要試驗她是否肯因上帝已賜她的愛情與幸福而放棄重明的奢侈的欲求呢？因為有兩方面可以解釋，所以人是各人依著自私的心理來注詮的，假如微翠的體驗是自私的，我的體驗當然是更自私了。

是不是微翠在重明以後仍會愛我呢？我無法相信；而且即使她還是愛我，如她所想像的，但是這愛情一定是不同了。不但是她的愛情不同，我的愛情也是一樣的會變質。愛情雖說是「取」，但主要的還是「給」，因為她是盲目，所以我覺得我始終對她有所「給」，等她重明以後，我就變成完全是「取」而再無所「給」了。而且，她的重明不但使她會看到我的醜陋，將也會使我永遠意識到我自己的醜陋，使我經常的看到我剛才所見到的對比。除非我可以忘去，我是無法忍受這個可怕的對比的，我想世上也沒有人會忍受一個天使與一個魔鬼的相愛吧？

但是，在微翠，經過了二十多年的黑暗生活，一旦有重明的消息，其興奮與渴望是極其自然的事情，而且她是有十足的權利來高興的。一切的阻擾是不自然的，即使成功，也是暫時的壓抑，假使真因我的阻勸而拖誤的話，將來，也許是晚年，也許是死前，想到這一件事一定是認為遺憾的。那麼我有什麼理由可以去勸阻她呢？

說是幸福，幸福是沒有標準的，它隨人的假定而存在。我所假定的完全是我生命所決定的，是我孤僻與醜陋的生命所決定的。這幸福同盲目的微翠是一致的，同重明的微翠可能不一致，但不能說盲目的微翠所謂幸福一定高於重明的微翠所謂幸福的？……

這樣想著的時候，我開始意識到我的自私。白天的意念，似乎是很深刻的體驗，實際上還只是一種漂亮的外套，內藏的仍是一個卑污自私的佔有欲而已。而這是多麼可恥與醜陋的心理！

其實，即使微翠明知道重明是不幸，她還是有權利去尋光明，像飛蛾撲火一樣，一次一次的被灼受傷，但仍是飛向光明一樣；人的尋求光明是一種理想，不是表面的所謂幸福；為尋求光明而死也常比黑暗中苟生為幸福麼？人類的文化就是這樣建立起來的。

假如我的愛微翠如我自己所想像的，為什麼我不能偕同她，為她尋求光明呢，即使這光明是叫我死。

這時候，我想到一切我的設想是上帝在給微翠一個試驗，但為什麼不是說是給我一個試驗？

當醫生說微翠的視神經健全而需要一付健康的眼球，這是不是說正是對我愛情的一個試驗呢？

微翠已經給我夠多的幸福了，她給我青春、給我美、給我愛、給我溫暖、給我創造，還給我天才。沒有微翠，我的一生一定是孤獨淒寂的人生，我不但享受不到人生，也無法看到人生。她既已經使我嘗到了人生的美妙與幸福，假如我是知足的，這人生給我已經是夠多了，我還要想有什麼？像我這樣的生命可以有微翠的愛，要是說是上帝的恩寵，那真已經是夠奢侈了。

而我給了微翠一些什麼呢？沒有什麼！一切我所給她的，是任何人都肯給她而願意給她的。而任何願意給她的人都會比我給她更多更好；那麼我的愛是多麼空虛與自私呢？說是上帝給了我奢侈的恩寵，對她竟只有我這個空虛自私的愛情，那麼要她恢復光明，為什麼不是上帝特殊的降福呢？

如今正是上帝給我試驗，如果我真的重視她給我的愛，那麼她的愛仍將永遠是我的，我可以永遠佔有她高貴而光明的愛情，問題是我是否會看重它，高於我自己，高於我自己的一切……

十五

摯愛的：

如今請你靜靜的聽心莊把我的信讀給你聽，不要再傷心，不要再哭泣了。

如果人死了是有靈魂的，那麼我要告訴你：我是快樂的，比我一生最快樂時間都快樂；我是幸福的，比我一生最幸福時候還幸福。唯一的不快樂與不幸福就是知道你在悲悼我與為我傷心。

如果你真的知道我的快樂與幸福，親愛的，我相信你一定也會快活起來的。那麼請相信我，快揩乾眼淚，露出你天使一般的笑容，靜靜的聽心莊把我的信讀給你聽。

到現在為止，你一定相信我是世間最愛你的人，實則我不過是一個最愛自己的人，我的愛你是自私的空虛的，只有在我寫這封信的時候，我才敢毫不慚愧地說我是最愛你的人，因為我在準備給你一個任何愛你的人都不會給你的禮物。在這以前，我的幸福與快樂都是你給我的，都是我從你地方拿來的。但是你知道人生最大的幸福決不是「取」，而是「給」，一個人依賴「取」而幸福的人，他一定是要用種種的口實理論甚至哲學來解釋他的「取」就是「給」，或者說他已經「給」了很多，所以「取」些是應該的，或者甚至說一切原是屬於他的，他的「取」是自然的，不取就是一種「給」，這些其實都是自欺欺人，如果他肯誠心地反省，他就會不安，就會感到慚愧與不幸福了。

要舉些例子來說明上面這些話是不難的。許多貪官污吏都以為自己為百姓做了許多事情，所以向百姓多拿一些是應該的；許多強盜也以為世界財富他本來有份，他是有權來取的；許多獨裁的政黨也以為他們在為人民服務，優越的享受是使他們有機會可以多「給」；中國以前的皇帝自稱天子，以為國家是他天定的財富，所以他可以厚顏的「取」；帝國主義者對殖民地的榨取以為在施捨文明；基督教以為世上萬物造來是給人用的，所以「取」正是人的權利。……這些都是一些懦怯的或無恥的自私假定以掩飾自己醜惡的自滿。

在愛你的過程中，我也正是這樣一個面目，我從你地方不斷的取，正以為我是不斷的在給，把你無條件的佔據作為我無條件的奉獻。我也以為上帝要你盲目就是要使你愛我這一個醜陋的男人，要你神奇就是為彌補我的愚笨；上帝是把你創造給我的。……這許多時日中，就是這些懦怯無恥自私的想法，使我覺得從你地方領取幸福是合情合理的，對我想到自己的醜陋與愚笨也不覺得慚愧。

但是如今你可以恢復光明了，要是上帝的用意確是我所想的，那麼這難道也是他的意志嗎？

你說，這是上帝的意志。因為她要你張開眼睛來愛我，要試驗你對我的愛是否會因視覺而變化。這解釋很合邏輯；但我竟不容易接受。原因是它推翻我以往的假定。

沒有人真正瞭解上帝的意志。假如有這樣的意志存在的話，人類的邏輯與理念對它也可作各種不同甚至相反的解釋。這因為人類都有自我中心的意識，使我無法看到上帝的意志的真像。

那麼為什麼上帝在對我試驗呢？上帝造我也許就是叫我愛你。在我的身上，祂創造的可以說沒有一樣是祂所滿意的，除了一個懂得信仰與愛的靈魂，與一個沒有殘缺，雖是非常醜陋的肉體。是這個靈魂使我知道如何去體驗生命與愛，在你的愛情面前，我的生命是渺小的；我已經在你地方獲得盡善盡美的幸福，你對我的愛情是沒有一點疏忽與殘缺。你因為愛我，所以給我一切你所有的而我所要的，那麼如今是不是在考驗我是否可以給你我所有的而你所最需要的東西呢？

當初我忽略了這個問題，因為我不知道什麼是我所有而又是你所最需要的，我覺得我可以給你的都已經給你，一切我的也都是你的；但現在我知道一切我給你的是任何人都可以給你願意給你，並不是你所最需要，也並不是什麼有價值的東西。但是現在，我知道什麼是真正你所需要的。而這雖是人人所有，但只有我第一個有這份光榮來把我所有的給你，一想到這裡，我是太快樂了。

我終於可以做一件別人做不到的事，我終於可以對你表示我迄無機會表示的愛情，我的幸福還能有過於此麼？摯愛的，只要你知道我衷心的欣慰與快樂，你就會知道你的傷心與難過是多餘的。你應當非常愉快的接受我的禮物。

以後，我雖然不再在這個世上存在，但是我的眼睛存在你的生命裡，這無形中就使我們的生命合而為一了。使我醜陋的生命，重新有美麗的復活，這正是上帝最大的恩寵。倘若有第二個人願意像我這樣做的時候，我是多麼希望你仍會選擇我的呢。你一定要說你有了視覺反而不能看見我了。但是，摯愛的，如果說允許我在你那裡還可以有點自私，那麼就讓我保留這一點自私吧。你已經聽了不少關於我的醜陋了，但是「情人眼裡出西施」，在你愛者的想像中，我一定是美麗的，而且將永遠美麗地活在你的心中，只有我活在你的心中，你的愛情將永遠是我的；我一直活在你的心中，所以請繼續讓我活在你心中吧。倘若我活在你的眼前，我就無法再活在你的心中了。

在我無比幸福的婚後生活中，我常常設想如果我一旦病死，我將遺留一些什麼呢？沒有財產，沒有子女。如今證明，我可遺留給的是一個生命。是重於財產與子女的一種遺留。倘若我們有子女的話，我將不能設想他們會是什麼樣一種人物，世上將無人會原諒我醜陋的遺傳破壞了你美麗的嬗遞，而你將在他們的身上發現了我的不可洗淨的醜陋了。這也許正是上帝的意旨，要我給你一個毫無滯泥的純淨的生命，而同時在我死了以後也獲到了復活。

此後，我們更加在一起了，你我也就在愛情的創化中化為一體。但千萬不要以為你對我有什麼責任或良心的束縛。你會碰到良善俊秀美好的男子，記住，那一切善的美的奉獻都是代表我來愛你的。我把生命交給你，我把愛情傳遞給愛你的人，接受愛你的人的愛情也就是接受我的。

任何愛你的男子，如果知道我對你奉獻禮物，他一定會知道愛情的真價與莊嚴。任何被愛的女子，如果她看到我給你的你身上的禮物，他一定會知道什麼是一個真正愛情的意義。愛情是叫我們重生，不是叫我們死亡，但我的消逝正是我們的重生；愛情叫我們結合，不是叫我們分離，而我的奉獻正是我們更深的結合。因此，當我融化在你的生命中以後，你必須更愉快更積極的求生命的擴張與延續，你會愛世上的一切，愛整個的人群；你會愛一個重視我們愛情的男人，你會愛你將來美麗的孩子，而在他們的眼睛裡，你也會看到我了。

沒有比我在知道了怎麼樣奉獻時更快活了，在寫這封信以後，我真是不知怎麼樣好，我有許多矛盾與痛苦，等我發現了我應當怎麼做，——或者說等我發現了什麼是上帝的意旨，我就變成了非常快活了。

我不怪你在讀這封信以前的驚怖與傷心，但在心莊把這封信讀下來的時候，你如果仍是不能愉快起來，那麼你就不瞭解愛與生命的意義了。

再見，親愛的，記住這是暫時的；當醫生把我眼睛移植在你的生命中時，我們很自然又在一起了。

夢放

我寫了三四次，才寫好一封這樣的信；那時候天已經亮了。我把信封好，藏好，開始就寢，我很安詳的就睡著了。

我起來已經是十一時，中飯後，我說要到市區拜訪林稻門先生，就一個人走了出來。天空是晴朗的，青青的草，綠綠的樹，到處有或紅或黃或紫的花朵，這世界一瞬間好像變成美麗許多，每一聲鳥啼犬吠都對我非常親切，我感到一種我前所未有的愉快。我已經不感到自卑，也忘去了我自己的醜陋，我覺得我並非是與世界隔絕的，我正是世界的一部分，世界也正是我的一部分。

我很安詳的去拜訪林稻門先生，我們談些極少普通的事情，後來我一個人出來，我走了好幾家藥房，我買了一百粒安眠藥片，才悄悄的回到虹橋路。

晚飯的桌上，我提議大家喝點酒。當時我心裡非常安詳愉快，我沒有想到我死，只想到我將永生；或許我意識地覺得我要同他們暫時的別離，可是沒有一個人看出我悶在心底的用意。

我不知道我當時的態度有否異於平時，不過我似乎再沒有意識著我是一個醜陋的生命，同心莊、世髮的交接已不再拘於可憐的自卑，我同他們一樣的笑談，一樣的快樂。世髮與心莊因我的高興也很高興，他們也喝了不少酒。

飯後，大家還在園裡散一會步，於是微翠與心莊上樓去了。我與世髮也回到自己的房間。那時候大概是九點三刻。

我開始澄清自己的頭腦，吸了一支煙。於是我坐下來寫了一個簡單的遺囑，我只說我願把自己的眼球獻贈給微翠，希望顯美微資醫生會馬上把我的眼球移植到微翠的身上。

寫完了遺囑，我又寫了一封信留給世髮，請他為我多愛護微翠。他們間並沒有戀愛的關係，但是我下意識之中覺得他們會很自然的互相愛悅的。所以在那封信裡我無形之中隱約地表示了我自己內心的期望。

我把遺囑同信，以及我昨夜寫給微翠的信一一封好；在致微翠的信封上還寫了請心莊轉陳的字樣，我清清楚楚的安置在我的枕旁，於是我換了一套舒適的睡衣，開始吞服我白天所購置的安眠藥。

我吞服了一百粒的藥片，就安詳地平躺在床上。

似乎很快的我就模糊起來，但是我眼前好像浮蕩著微翠蓬鬆的頭髮與世髮的大大的眼睛，這兩樣東西在混雜參差之中不斷地旋轉，旋轉。於是這些蓬鬆的頭髮一層層的厚起來，而大大的眼睛也就多了起來，後來我發覺這濃厚的頭髮竟是烏黑的雲層，而大大的眼睛竟是一顆顆明亮的星球，我似乎就在這雲層裡推移。好像我推開一層又擠進一層，前簇後擁的圍繞著我，而那些星球不大不小的總是在我的面前閃光。我感到頭暈眼花，呼吸困難，四肢疲乏；就在這個擺脫不開的當兒，突然我耳邊響起了一聲霹靂，我就此昏了過去。但忽然又像是醒過來了，這次竟像是一瓣落葉在海浪中飄蕩，我躺在雲層上面，聽憑雲海一層一層的卷過來，退下去，我不斷的忽浮忽沈或急或緩的在飄蕩，有時候突然下降，一瀉千里，有時候突然上升，一躍萬丈。我好像一時昏過去，一時又醒過來，我感到四周空氣的壓迫，我透不過氣來，但又無從掙扎。於是我感到奇怪的熱悶，每條血管像是要爆炸似的，隱隱作痛。我極力想吐一口氣，但竟無法吐出，想吼叫一聲，又偏發不出一點聲音。我感到口乾唇焦，但竟無力咽一下吐沫。突然，我抽噎一下，我感到我在抽噎，於是我就再感不到什麼，也再不覺得什麼……

十六

我以為如今我眼睛已在微翠身上了。我閉了一忽，又重新張開來。

我看到白色的几上的瓶花，那是美麗的玉蘭，翠綠的葉子鑲著玉白色的花朵。我看到白色的窗櫺與白色的天花板，於是我看到我白色的鐵床與白色的被單。

我在記憶中摸索著醫生的手術，想他怎麼使我的眼睛從微翠的身上復明起來。

但是我忽然想到「我」的意識有點奇怪。我不是自殺了麼？「我」不是不應當存在了麼？為什麼我還意識到「我」呢？「我」應當是微翠而不是「我」才對。

但是我忽然想到「我」不是要在微翠身上復活麼？我開始笑自己的愚蠢。那麼微翠呢？微翠自己的「我」呢？我轉動身子尋找微翠的「我」，我伸伸自己的手臂。

這可真的使我迷糊了，怎麼這手臂竟是我自己的手臂？那麼微翠呢？她在什麼地方？

我的自殺是失敗了！有奇怪的感觸使我伏在自己的手臂上哭泣起來。

於是門響了，一個白衣的護士進來，接著微翠與世髮都進來了。世髮站在我的床前，微翠走到我的床沿，她摸摸我的臉龐，突然她伏在我身上哭了。

大家沒有一句話，因為世上已沒有言語可以表示我們想說的。

最後，護士勸開了微翠；她要我吃三片藥丸，於是勸微翠他們出去。接著醫生就進來了，我望著微翠勉強地跟著世髮出去後，心裡有說不出的不解。

那麼上帝的意志，並不是叫我犧牲自己去完成微翠了？這成了我一個人睡在床上唯一的課題。

假如有一個全能的上帝，假如這上帝有一個意志來安排人間的一切；而一方面又要給人類有選擇的自由，另一方面又期望人順從上帝的意志；那麼人所能做的是憑智慧與經驗去解釋上帝的意志而已。但偏偏上帝的意志常常是模稜兩可，而每一種解釋竟都可以自圓其說，這又是多麼令人不解呢？

上帝既然安排了人間的一切，那麼人類就不必有也決沒有選擇的自由；這是宿命論的想法。在這個想法下，人類也無從有美醜善惡的表現，也無從努力於進步與和諧。如果人有選擇的自由，我們根據自私的、表面的要求作我們行為的標準，那麼人類也就無所謂文化思想與道德，同動物的世界不會有什麼分別了。

上帝有無且不說，人在尋求較真、較美、較善的境界則是一樣的，也許他的理解是錯誤，但是他總是這樣的在尋求。對於真美善各種不同的理解是人間的糾紛。但是發於愛的總比較是對的。

我的智慧所能理解的不過如此。許多宗教是反對人自殺的，但不反對殉教。殉教也就是殉愛，那麼我的自殺與殉愛正是一致的，說是我毀滅了上帝所給我的生命，但是我也完成了上帝所未完成的微翠的生命。

要是上帝的意志不讓我來完成微翠的生命，不允許我把自己的眼睛來使微翠重明，那麼，只是要微翠從別處獲得重明的機會，來看我這個醜陋的生命了。

這誠如微翠所說，上帝要使她看到自己愛情究竟是否可以超越人間的條件。

但是，不知怎麼，在我的心底始終不相信重明的微翠可以像現在一樣的愛我的。不知道我這是我的自卑還是我不相信微翠靈魂的高貴。

那麼，也許這只是一個消息，微翠可能永不重明；這消息只是使我們平靜的生活起了一陣波浪；醫生可能會在手術上失敗。倘若動手術而失敗，問題也就告一段落，如果永遠有一個希望，而這希望又不能兌現，那麼這就成了我們生活裡的暗礁，我的生活將決不能恢復以前的平靜，這是必然的事情。

在這樣的解答之中，我覺得我再無力作任何的努力了。一切似乎只好聽命運的安排，唯有時間可以讓我知道上帝的意志了。

只有在我寫這篇東西的時候，我才完全瞭解所謂上帝的意旨。假如上帝是不存在的，人類也天賦了一種我與他的意識，精神與肉體的矛盾與分歧中的課題，而這個課題也就是人類的命運。能捨我而就他，捨肉體而就精神是一種解脫，這正是佛教所教我們做的，但是除了佛以外是沒有人做到過。也有人努力於捨他而就我，捨精神而就肉體，但是偏也不容易做到，這因為人類的傳統與文化使人不能再回復禽獸的簡單的生活。這所以最自私暴虐的魔王也一定有一種人為的學說理論以解釋他自己的行為。像我們這種常人，則永遠在自私與利他，精神與肉體的矛盾中扮演著悲劇。

我在醫院中又住了三天，第四天，我與微翠就回到蘇州。

蘇州的家園如舊，一切都是平靜安詳。花清幽地發著芬芳，鳥嫻靜地在吟著纏綿，而經過了這一個風波，我們的愛情似乎更濃於往昔。

微翠說：

「為什麼要做這樣的事呢？你難道不知道我沒有你是不會活下去的？我要重明是為你，沒有你，我有了眼睛還有什麼意義？即使不是你而是別人，說是為給我眼睛而捨了自己的生命，我以後的生活也決不會快樂。一個人要用別人的生命來作自己幸福的資本，這是多麼可恥呢？當我每時每刻用我的眼睛而想到為我死去的生命，我在運用視覺還有什麼幸福可言？

「現在，你總知道上帝要證明的不是你的愛情，而是我的愛情了。我從來沒有懷疑過你對我的愛，所以這是無須證明的。你雖然並不懷疑我的愛，但是你永遠有一種奇怪的自卑，以為我看到你就不會這樣愛你了；現在，如果上帝給我重明的機會，祂就是要我來證明我對你的愛；要我在愛你的事實中，使你的自卑感消除。當你沒有自卑感以後，你的天才將更顯得燦爛，你對於這世界一定有更大的貢獻了。

「千萬不要再有愚蠢的想法，愛人；如果沒有人捨施我眼睛，決不去妄求，也不去催詢，因為那也是上帝的意志，可能是上帝也不信任我的愛情，所以不要我重明了。如果有人捨施，那就是說上帝對於我的愛情看得很高貴了，祂完全信賴我的愛情不會因我的視覺而變化，那麼，愛人，那時候你應當想到連上帝信賴我的，你怎麼可以對我有懷疑呢？」

在我完全不知怎麼去瞭解上帝的用意，微翠的想法真是給我無上的安慰。我們平靜的生活似乎反而增加了光彩，我們的相愛似乎此以前更深更厚。人世間如果有其他愛情的幸福，它是決不會超過我們的。上帝可以將無比的愛情的幸福賜予一個盲女同一個醜怪無比的男人，也足見他是並沒有輕視盲女與醜男了。

這是奇妙的世界，也是奇妙的春天。沒有音樂，沒有畫，也沒有詩歌可以傾述我們愛情的美妙與幸福。我們的生命浸在這愛情裡，幾乎不知道時間是怎麼過去的；我們的空間似乎已遠離了塵世，我們的時間好像也遠避了我們的生命。在過去幸福的生活中，還有我們彼此對於自己不滿的自卑，如今好像這些都已經消失，我們只是無我的相愛，相愛，相愛。

沒有文字允許我寫這一段奇妙的生活，追敘這一段的生活只是一種不求人瞭解的自語。於是，大概不過是三星期以後，我接到了世髮的一個電報：

已有人捐贈，即來上海。髮。

我很高興，興奮地把電報讀給微翠聽。我以為她一定比我還興奮的，但是出我意料以外，她竟完全沒有當初被檢驗後所有的興奮，歇了一會，她忽然用顫抖的聲音說：

「我們不是很幸福了麼？」

「是的，但是……但是也許上帝要給你更多的幸福。」

「我已經夠幸福了，假如祂的意思是要使你有更多的幸福，我應當照祂意志去做；否則在我，我是已沒有重明的需要了。」

「親愛的，你怎麼忽然變了；你不是說這是上帝給你試驗麼？要是不是上帝的意旨，不會有人捐贈給你的。」我說：「不要狐疑了，這是難得的機會，想想你就可以看見世上的一切了，這雲、這花，這些星星與月亮……」
「那麼你真願意我重明的？你真的相信我的愛情有如我相信你的愛情了？」
「自然，自然。」我說：「親愛的，上帝都相信了你高貴的愛情，我難道還會懷疑麼？」

十七

如今，整個的世界似乎都在期待微翠重明瞭。世髮拉了世眉與他們弟妹親友在籌備盛大的宴會，大家都在設想購置新奇名貴的禮物，心莊與世髮要把虹橋路的房子裝置得輝煌燦爛，花園裡開始綴起了紅綠電燈，客廳裡掛起了彩紙與汽球。

醫生在手術後已經報告微翠有八分可以有完全恢復視覺的希望。

如今只要等待微翠出院的日期。

我們每天到醫院去看她。世髮還常常送點禮物給護士，這護士是一個非常活潑的少女，日子多了，她也常常參加我們的談話。於是有一天，她告訴我們捐贈給微翠眼球的聽說是一個西班牙藉的修女，她是患肺病死的。她有一付非常美麗的烏黑的眼睛。因此這位護士相信微翠將會成絕世的美貌了。

這使我猛然省悟到什麼是上帝的意旨了。上帝一定是以我的眼睛不夠美麗，沒有資格去配微翠的面貌，所以他指使一個絕美的眼睛給微翠。

那麼，上帝真的要把微翠造成一個十全十美的仙女了！

人們似乎並沒有智慧可以分別上帝的意旨還是魔鬼的誘惑。我不知道給微翠重明的機會是哪一個，我也不知道給我這個省悟的是哪一個。當我有這樣省悟的時候，我馬上意識到我是不配站在微翠的身邊的。

於是，當微翠解去紗布的日子越來越近時，我的自卑的意識也越來越強，虹橋路的房子越點綴得美麗燦爛，我越感到自己的醜陋與黯淡。我覺得我活在那裡不但不能做微翠的點綴，反而會是妨礙微翠的光彩的陰影。

最後，我實在忍受不住了，我於微翠可以出院的前三天留了一封信給世髮，我還留下一隻我定鑲的寶石戒指，算作我慶賀微翠重明的禮物。沒有告訴人就獨自搭車回蘇州了。

我在給世髮的信裡，沒有說及我的心理的原因，但除了心理的原因外，我也說不出其他的原因。我極力使我的信寫得非常愉快與自然，我只表示我不習慣熱鬧的場合，所以要先回蘇州；我還表示希望微翠於重明後在上海多玩幾天，並請世髮於微翠想回蘇州時，陪陪她回來；我在蘇州當布置另外一種歡迎與慶賀。

從虹橋路到北站，我經過許多熱鬧的馬路，但是我竟一點也沒有看到什麼。我整個的心靈只是想著那封信的措辭，我是多麼希望這封信不會引起世髮或別人的別種誤會。我還想到我少寫了要世髮在微翠出院前告訴微翠，使她不致在出院時看不到我而難過，或因而不會盡情地接受這光榮熱鬧的慶賀。接著我也馬上想到，事實上世髮於第二天去醫院時，會很自然的對微翠說的；但也可能世髮會不願意使微翠在出院前有刺激而不告訴她，或者反用別種的謊話來做我不能去醫院看她的原因。我起初想回去重寫那封信，但後來我決定到車站補寫一封信，從郵局寄去。我要微翠知道我的先回蘇州完全為籌備在蘇州家裡對她的慶賀。

寄出了那封信，我的心好像快慰了許多。我搭上火車，一時間覺得我終於做了一件最聰敏的事情。我望著車外移動的景色，綠的稻秧，青的山色，平靜的河流與安寧的村落，覺得這大自然並不是不能容我一個醜陋的生命，假如微翠的愛情同大自然一樣，那麼我活在她身邊並不會損害她的美麗的。

但是上帝為什麼要拒絕我的眼睛移植到她的身上呢？

也許祂就是要我活在她的身邊。

如果祂要我活在她的身邊，那麼在微翠重明的一天，正當大家為她慶賀的時候，而我不在她的身邊，這不是不應該麼？

由此，我又覺得我這樣離開微翠是不對的。

這些矛盾的解釋與想法，使我很快的過了在車上的時間。太陽斜下來，天邊浮起金色的雲層，倦鳥歸巢，村落中浮起炊煙，我就在那時候回到了蘇州。

走進了我平靜的家，我的心也平靜起來。我覺得是對是錯，我都已做了，如今我可以放鬆了自己的緊張，沉下心過幾天孤獨的生活，靜靜地等待微翠的回來了。至於以後怎麼樣，那就只好聽命運的擺布，或者是上帝的吩咐了。在我的智慧中，我是想不出我有什麼地方可以努力的。

那一夜，我洗了一個澡，穿著睡衣，泡了一杯茶。我一個人一直聽我所收集的唱片，覺得重新又回到我與微翠初戀的日子。我在愛她想她，但是我怕見她，也怕被她看見。當初我不知道她是盲目，如今我知道她就要重明，而我的害怕是一樣的。

就在我一個人聽著音樂的時候，忽然門鈴響了。

看時間是一點鐘，這麼晚有誰來看我呢？可是電報？

鈴聲又響。傭人已睡，我就自己去應門去。
「誰？」
鈴聲又響。
「誰呀？」我大聲的問。
「世髮。」
「世髮？世髮！」我開門歡迎世髮，這真是我意料以外的事，但是我的心馬上急跳起來，我所想到的是微翠有什麼變化麼？
世髮的神情很緊張，但似乎在極力在鎮靜，他很愉快的同我進來，我關上門問他：
「怎麼？怎麼你這麼晚會趕來？」
「我看到你的信，就去看微翠，她叫我來陪陪你。」
我同世髮走進裡面，唱機上的音樂還在響，燈光下我看世髮似乎很欣慰，他放下手上的手提箱說：
「我想來幫你籌備一下歡迎微翠，我想你也許需要錢，我們應當把這個房子重新布置一下，你說好麼？」
「我正在這樣想。」
「等於你們重新度一個蜜月。」世髮一面四周觀望了一下，一面說。
但是，我心中一直在揣摸世髮突然來此的原因。這時候我想到他是怕我自殺，所以趕來的。但究竟是誰以為我有自殺的意圖呢？是他，還是微翠？

我倒一杯茶給世髮，在他坐下的時候，我說：

「世髮，真對不起，這麼晚要你趕來，我想你一定是恐怕我又有什麼意圖，或者是自殺。」

「我沒有這樣想。」

「那麼微翠？」

「她也沒有那麼想，但在聽我讀了你信後，她覺得你始終不夠相信她，她怕你一個人在家裡會有什麼新的意念，或者會索興悄悄地離開家裡了。因此我答應她馬上來找你。」

「是找我回去嗎？」

「不，不，」世髮微笑著說：「我知道你不喜歡這種熱鬧的場合，微翠也知道，好在那邊有許多人，已經夠熱鬧，我們在這裡為微翠慶賀，不是更好麼？」

「你說我們，那麼你難道也不回去麼？」

「我在這裡陪你，我們一同到車站接她不好麼？」

「不，不，」我說：「我想你還是回到上海好，她出院以後，我希望她在上海多看看玩玩，你一定要去陪陪她。」

「啊，上海隨時可以去玩。現在我們已經說定，她出院後在上海待兩天，就同心莊到蘇州來。心莊現在在學校裡，微翠出院時，心莊預備告假幾天，總之，你什麼都可以不管，那面有我的兄弟們在安排。」

接著世髮談到微翠對我的愛情，他告訴我微翠已經告訴他我們相愛的一切，微翠覺得重明以後第一件事，不是看這個她從未見過的世界，而是要向我證明她的愛情，她要用她的新獲的視覺來驅逐我種種的自卑，她要重新創造我的自信，重新使我們可以坦白光明的相愛，而不要以可憐的自卑為我們愛情的基礎。

世髮的話很使我感激微翠，但是我覺得這等於要我與她重新愛過了。我當時也有一種安慰與希望。這安慰與希望，暫時的確掩蓋了我的陰暗的不安。當時我沒有再說什麼，我們開始計畫如何重新布置我們的房子。

第二天，我們找人粉刷房子，我們重新搬移一切作新的安排，又到城裡去配置幾件家具。於是，一件不可避免的事情就發生了。

我們的家裡本來是沒有鏡子的，如今當微翠可以重明回來，一隻梳妝檯就成為不可省的東西。我的感覺是說不出的，我當然也覺得這是必需之物，但是我不願意自己去挑選，我叫世髮決定。

翌日，這些家具搬來，當那只梳妝檯搬到房間裡，我發現大大的圓鏡映照整個房間裡的一切時候，我覺得我與微翠間的確有一重不可逾越的石壁了。

我提議把一間房間完全布置成微翠一個人私有的。新的粉刷，新的家具。我們還去配置了新的窗簾。等這些都舒齊之後，我在房子巡視一周，看到鏡中醜陋的我，我覺得我將決不會再到這間房裡來了。

在隔壁，我又重新安排我的寢室，我把原來房內的舊家具搬過來，使它保住著以前簡陋的趣味。

我們洗刷了地板，整理了書架，最後，我們購置了許多盆花、花瓶與花束作為我們整個房子的點綴。我們沒有用紙彩與汽球來作裝飾，但我們購置了教堂用的長燭，預備在慶賀的小宴中來點燃。

世髮真是一個聰敏活潑有美術頭腦的人，他非常有興趣的來幫我做這許多事情。在幾天忙碌以後，鄉間的平常的房子，竟有一種特別的趣味與美麗。在這一瞬間，我開始奇怪我自己為什麼當初這樣疏忽，為什麼當初不好好收拾我房子，使我幸福的生活多一點美麗與快樂呢？

在時間上看來，微翠已經是出院了，慶賀的場合過後，他們應當給我們電報，使我們知道微翠與心莊來蘇州的日期，可以到車站去接她。

但是竟沒有電報！我雖也關念，但覺得一定是世眉他們要帶微翠看看上海，晚幾天來，原是不足為奇的。但是世髮可真焦急了。他幾乎沒有一時能夠安詳，一回兒跑到新布置的微翠的房間轉一轉，一回兒又跑到樓下書房裡坐坐，一回兒換換花瓶裡的花，一回兒又端端燭臺，在這些舉動之中，我突然意識到世髮的愛微翠決不是是一種簡單兄妹的感情了。也許他自己不知道，但是這是事實。我相信他所以到蘇州來，正是不願意先我而單獨與微翠的眼光接觸，這或者也是一種害怕，害怕在見面一瞬間會種下可怕的種子。我從而瞭解世髮之所以如此同我好，如此對我同情，如此熱心來布置我的家，那完全是下意識的對微翠的一種愛。他們從小在一起，名義的兄妹使他們愛慕的心理歪曲，但她們是相愛的。如果沒有我，世髮一回國，他們的結合是多麼自然呢？而他們又是多麼調和相配的一對。那麼，我之愛微翠正沒有給她幸福，反而破壞她的幸福了。

我雖是這樣想到，但並沒有同世髮說，因為我知道他是決不會承認的。但當我第二次想到的時候，我記起世髮的話，說微翠叫他來伴我是怕我一個人棄家遠遊，那麼這是不是暗示上帝的意志呢？為微翠的幸福，我是不是應當這樣做呢？

黃昏時，當東方的天際浮起第一顆藍色的星星時，我們的門鈴響了。

「電報來了！」世髮叫著就跳出去開門。

「夢放，夢放！」我突然聽到了微翠的聲音：「三哥，三哥，啊，你是世髮……」我的心跳著，但是我極力鎮靜，我沒有奔出去，我只是痴呆地走向門口。我看到微翠美麗的頭髮，她的臉伏在世髮的臂上哭了。

世髮看到我，就把微翠交給旁邊的心莊，他自己去招呼行李。

院裡是黑暗的，我過去拉微翠的手，微翠抬起頭望我好一回，我看到了她的眼睛，是一付同清晨荷葉上的露水一樣清新的眼睛，在她美麗的臉龐上，閃著疑慮的多情的光芒，從嘴角微皺，眉心輕蹙。她神奇的美麗已經使我顫抖，我有點怕，我說：

「不要看我了，我就是夢放。」

「啊，夢放！」微翠突然叫出來，她伏在我的衣襟上哭了。

我也不覺流下淚來，不是悲哀，也不是快樂。

十八

到了裡面，我才注意微翠煥然一新的打扮，她穿一件棕色綢質的旗袍，鑲著嫩黃的細邊，外面罩著嫩黃的短襖，鑲著棕色的細邊，非常合身的襯托出她柔美的身軀。她耳葉上戴著碧綠的翠環，胸前垂著與耳環一樣翡翠的項圈，手腕上是一隻圓形小巧的手錶，指上是一隻寶石的指環，那就是我留給她的。她身上沒有一點不調和的地方，要有，那就是我給她的指環的寶石的顏色！

她臉上已薄施脂粉，象牙的色澤中透露著玫瑰的紅暈。她的眼睛正是她應有的最美眼睛，除了上帝，人是無法挑選的，即使給畫家以權力，要他在萬千的人群中選一付最合式的眼球捐贈給微翠，恐怕也是不可能的。

這不是證明上帝是不願意我的眼球去毀壞微翠的美麗麼？上帝在創造微翠的時侯也許就無法交卷，他要在隔了二十幾年以後，其中創造了無數的眼睛，一直等它在一個少女身上長大，由她的死亡而轉贈交給微翠呢。

世髮進來後，一直站在旁邊，他似乎突然憂鬱緘默下來。像他這樣活潑敏捷高興的人，又是如此熱切的布置慶賀微翠的場面，為什麼在微翠回來後反而不興高采烈呢？這是我當時所不解的。

當時我只注意微翠，大家都在注意微翠。她仍是端莊安靜，嘴角浮著淺笑，從房間的那面走到這面，從一樣東西看到另一樣東西。她不時閉起眼睛來撫摸她看了許久的東西，好像她是在追尋她盲目的回憶。她沒有作聲，沒有發問，也沒有看任何人，她似乎需要自己一個人來體驗她自己的家。最後，她在我們牆上掛的一幅畫幅前站住了，那是一幅南田的山水，是林稻門先生在我婚後搬到蘇州時送我的。我不知道微翠站在那山水面前有什麼感覺，她竟一直站著在觀望，大家都沒有作聲。

「微翠，」我開始打破了這靜寂，我說：「我們在樓上特別為你布置了一間房間，你上去看看好麼？」

微翠於是就轉過身來，她說：

「這世界太奇怪了。」

接著她領先，拿了一隻小提箱就走向樓梯。心莊也拿一隻提箱。世髮拿兩隻大提箱。我也拿一隻行囊同一隻小網籃。這些行李都是新置的，張家似乎重新在嫁一個女兒，但是我竟覺得她所嫁的不是我了。

微翠一面上去，一面開亮了每一盞燈；她在臥室的門口站了一回，顯然她是被裡面簇新的布置所炫惑了。她低聲地說：

「你們太……太……了。」

她走進裡面，放了提箱；於是走到窗口，她摸摸窗簾，又從窗口望了一會，接著她順著牆壁過去，她走到梳妝檯，對著大鏡，她開亮了檯燈，於是她望著自己的面容，就坐下了。

我已把東西放下，站在門首在觀望微翠夢遊一般的動作，在她坐下的時候，我說：

「你們休息一會，理理東西，我們在樓下等你們。」

我說著就同世髮走到樓下。

樓下還有行李，一隻網籃裡都是食物，這當然是張家送的。我想到我們並沒有預備什麼飯菜，因為我們沒有想到她們會沒有打電報就來的，因此我就撿出一點食物到廚房裡去。世髮也到廚房裡來伴我張羅。

就在我們在廚房裡的時候，心莊也來了。她告訴我們微翠在哭。

「微翠在哭？」我吃了一驚，想放下東西而去看微翠。但是心莊阻止了我，她說：

「沒有什麼，她只是被你們的熱忱所感動，而對她的周圍還不怎麼適應就是。她非常快活，現在我叫她一個人休息一會。」

接著心莊很愉快告訴我們微翠出院的情形，虹橋路慶祝家宴的熱鬧。又說到大家都被微翠的奇跡所炫惑，而微翠似乎也被大家的興奮所炫惑。她又說到慶賀那天，附近的人還都以為是老先生在祝壽，也有很多鄰居來道喜，知道了微翠的重明，大家都好奇的來看，好像是瞻仰上帝的奇跡一樣。

世髮當時就責問她為什麼來前不打一個電報，害得我們等得很焦急。

「啊，那是我的主意。」心莊笑著說：「我說這樣可以給你們一個驚異。」

「但是我們因此沒有預備好，」我說：「不然我們想叫一點酒菜。」

「酒菜我們都有。」她說著望望我們在忙的食物，又說：「啊，你們還沒有找到酒麼？我去布置去。」

心莊的活潑高興，使我們的空氣也有點變化。等我們布置了菜餚，向女傭交代了，走到裡面的時候，心莊已經點上了長燭，開了燈，開了酒，布置了酒杯在等我們，可是微翠還沒有下來。

我們大家喝了一杯酒，心莊還是不斷的告訴我們微翠的種種。她說微翠可以出院的一天，醫院裡大家都想留她多住些時候；大家都對微翠的手術感到興趣，而且都驚異於微翠的美麗。她也同樣表示對那付眼睛這樣神奇地與微翠相調和，覺得真是一個奇跡。我說：

「只有在那付眼睛長在她的臉上以後，它使我覺得任何的眼睛都不配了。」

就在這時候，樓梯上出現了微翠。

她換了一件黑衣的旗袍，領間掛著潔白的珠項圈，耳葉上垂著珠環，在漆黑的發叢中閃著光，肩上披搭著一件手織的毛衣，她微露著她象牙琢成似的手臂，我馬上注意到她手指上仍舊戴著我贈送她的指環。

她的臉沒有什麼化妝，那雙無比青春而有像蘊蓄著一種淡淡的哀愁的眼睛，閃著一種多情而不輕薄，天真而不浮躁的光芒。她掛著無邪的微笑，唇間微露著纖巧玲瓏的前齒，好像專為配合她耳葉上的珠環，與項間的珠圈而生的。

此外她沒有其他的點綴，腿上穿著極平常的襪子，腳上也是穿一雙極平常黑鹿皮的平底輕鞋，但是她的端莊靜嫻婀娜自然的風度，在柔和的燭光中移過來，竟像是月光下銀湖中的水蓮冉冉開放。

我驚異了，世髮驚異了，心莊驚異了；我們熱鬧的空氣馬上寧靜下來。

沒有人，連我自己在內，可以敘述或描寫我當時的感覺，要說這個人曾經是我的妻子，我是無法相信的。我現在該後悔不在上海等她出院，看她變化，如果我一直守著變化，我也許還可以相信她就是我盲目的樸素的妻子，但現在我真無法這樣相信，她在我實在太陌生了。從出院以來，在上海不過是四天，而四天中她已經完全吸引了所謂時髦的感覺。我原以為像她這樣一生盲目的人一旦重明，一定會像鄉下人進城一樣，喜歡打扮得閃紅亮綠的，而她竟會體驗到怎麼樣去襯托與點染自己的個性。我馬上意識我自己的醜怪，我避開對她的注視，我望著燭光所照映的微翠的影子，濃濃淡淡的在牆上像雲霓一股的移動，我覺得她是雲端裡的仙女，而我則既是泥塘裡的蛤蟆而已。

終於，在微翠坐下不久，傭人把飯菜開上來了。可是我們坐在一桌的時候，空氣與情調竟完全不是我們所想的，我們每一個人好像都想使得我們過去一樣的自然，但是竟不可能；過去的空氣是世髮所創造的，但是今天他完全不同了。我發現他之不能或不敢正眼看微翠正是同我一樣的，他很少說話，一句兩句話，說的時候還是低著頭，嘴角時時浮出羞澀的微笑，但再沒有爽朗的笑聲。

心莊比較自然，她很想找點話來談談，於是談到她們帶來的食物，告訴我們這個是誰送的，那個是誰送的。微翠於是談到每個人對她的良善與親熱，談到大家送她的禮物，她謝謝我贈她的指環，又謝謝世髮。

「世髮送你什麼？」我說：「我還不知道呢。」

「你不知道？這個，還有這個。」微翠指著她身上的項圈與耳環說。

不知怎麼，世髮的臉竟紅了起來，他似乎想說什麼，又說不出什麼，於是邀同心莊舉起酒杯，他偕同心莊說：

「讓我們祝他們兩個人幸福。」

心莊跟著世髮一同舉杯，她說：

「祝你們永遠幸福。」接著他們乾了杯。

微翠看我一眼，但隨即低下頭。我說：

「我也祝微翠光明與幸福。」

我喝乾了一杯。

儘管我們想借酒來使我們空氣活潑起來，但是我們始終沒有恢復以前一樣的自然。後來心莊叫世髮開唱機，音樂響起來後，大家更加靜寞了。

飯後我們喝著咖啡，要求心莊唱幾只歌，我們計畫明天一早就到虎丘留園一些地方去走走，預備在外面吃中飯，所以沒有多久就就寢了。

心莊與微翠睡在一間，我與世髮睡在一間。但是我在床上竟一直無法入睡。奇怪的是我並沒有感覺到悲哀與傷心，我所想的現在只是一個問題，是怎麼樣不使微翠感到任何的打擊而遠離了她。我覺得她與我現在無論如何是兩個世界裡的人了。

我想悄悄的遠走，也想同微翠有一個澈底坦白的談話。微翠是否仍舊愛我現在也不是問題，因為即使有愛也決不是以前的愛情了，而從她今天的眼光中，我覺得她對我的陌生正如我對她的陌生一樣。她的眼睛本不是她自己的，對我陌生並沒有什麼稀奇，假如這是我的眼睛，那麼它是否會對我陌生呢？這是一個永不會解答的疑問了。

就在我失眠之中，我發現世髮也在失眠；我相信他也知道我沒有睡著，但是彼此沒有點明，也沒有說話。

窗外投進昏黃的月光，黯淡的房中浮出模糊的輪廓；遠處有犬吠聲傳來，使我感到這靜寂的夜不斷的在空曠的鄉村中成長。我想到窗外的小院，院牆外的樹林河流，以及河流對岸的田野與遠處隱約的山林。假如我有翅膀，我會馬上一躍下床，從窗口趁著月光向飄渺的世界飛去了。但我竟是一個凡俗沈重的肉體。

於是我想到微翠，微翠這時候已經睡覺了麼？

沒有，我知道沒有，她會比我們更不易入睡的。

十九

早晨，當我醒來的時候，世髮已經不在房內。我下樓，發現世髮一個人在書房裡，我說：

「早。怎麼這麼早就起來了？」

「天氣很好，睡不著。」他笑著說。

「她們還沒有起來吧？」

「她們起得比我還早，」他說：「現在在廚房裡。你再不起來，我要來叫醒你了。」

我坐在他的旁邊，我說：

「今天我們先到什麼地方？」

「啊，我們想吃了早點就回去了，搭九點鐘的火車。」

「笑話。」我說：「我們昨天不是講好的麼？」

「啊，這是你們的蜜月，你們應當兩個人來過。」世髮低著頭說：「我們隨時可以來玩的。」

「但是……」

「我已經同微翠說過。」

「她贊成嗎？」

「她這幾天也太多刺激了，我覺得應當靜靜的過一陣，以後還怕沒有機會看這世界麼？」

世髮說：「她覺得我的話很對。」

我沉思了一下，也沒有再說什麼。

早餐後，世髮與心莊就動身了，我要送他們去車站，他們極力辭謝，但是我一定要送他們，這原因是我自己不知道的，實則是我下意識的想違避一下這家庭的空氣。後來我終於同他們一同到車站，微翠倒一個人待在家裡。

火車開後，我一個人在人叢中從車站出來，一直走到熱鬧的街道，望著熙熙攘攘的行人，聽著吵雜的市聲，我心裡覺得我竟是孤獨的，我再不能相信我是有一個美麗安靜的家庭的。

我在市上蹓躂了一個鐘頭方才回家。微翠迎著我，她走在我的旁邊，低著頭說：

「現在，我希望我們還是過以前一樣的生活。」

她的聲音是低沉的，但語氣是堅決的；在這句話的音調裡面，似乎潛蓄著一種覺悟或是懺悔的情感，不知怎麼，這一切竟在我聽到這句話時就震動了我的心靈。我覺得這聲調是她從來所沒有的，我看了她一眼，使我詫異的是她已經換上以前家常所穿的敝舊的粗布衣裳了。

我沒有說什麼，只是同她並肩走進來，微翠又說：

「希望你還是當我是一個盲女。」

「但是，」我說：「你現在已有了視覺，你應當過一種新生活才對。」

「不，不，」她說：「如果我的視覺真的使我無法過我過去一樣的生活，我……我願意再毀滅我的視覺。」

「微翠，這是什麼話？」我說把腳步停下來。但是她還是平靜地走著。

「只要你還是當我盲女，我就滿足了。」

……

這是她重明以後，我們倆第一次單獨的談話。這以後，我們生活就開始完全同以前一樣，但是這一天的時間竟好像多了起來。她不斷的去理上海帶來的食物，問我要吃什麼，水果，糖食，糕餅。中飯的時候，她親自端菜出來，而這些菜都是非常可口的，她不斷的叫我多吃，問我是不是覺得太鹹或太淡。她的奇怪的殷勤與關切，使我覺得非常不安。

在一切態度與動作上，微翠似乎極力要做一個最溫柔最良善的太太，我相信這是她經過一夜的失眠而決定的。可是她似乎一直怕正眼看我，她的笑容裡含蓄著對自己的譏笑；她雖是寧靜安詳，但已失去了癡憨天真與愉快。在許多場合上她似乎避免我去碰她。

她已不是盲女，她無法再當自己是盲女一般的來生活，我當然也更無法當她是盲女了。過去的已經過去，這是無法再恢復了。即使如她自己所說，她要重新把視覺毀滅，但是這毀滅以後的生命，也是無法再同於未明以前的生命的。一張眼以後，這侵入她心靈的世界是永遠無法從心靈上揩去的了。

如今，顯然她的視覺對我是陌生的，它時時在迴避我，而因為視覺的迴避，整個的她似乎都在對我迴避；我不知道這是她的視覺不受她高貴的靈魂支配呢，還是我卑微的心靈對她的視覺有過敏的反應呢？

為她要極力恢復當初的生活，下午她同我又回到寫作，但是我們的情緒竟完全不是以前的情緒，我怕她的視線，而她的視線也在怕我。她一切同以前一樣，但是失去了親切，增加了一種莊嚴；我們談到我一篇以前在寫的作品時，我發覺她對那作品的主題已沒有想像的靈感，她雖是極力想對我有所啟示，而我則也好像失去了過去對她的感應。

我發覺這世界真是完全變了。我提議暫時把工作擱下，我說：

「擱了許多日子，我想我們應當收收心才對。」

微翠也沒有反對，最後她忽然說她想學識字了。她打算去請一個女教員來家裡教她。我當時表示非常贊成；但在事後，我竟以為她不要我教她，也是一種不願意接近我的意念了。

在細細分析這變了的世界與變了的我們情緒以後，我覺得我應當澈底同她談談才對，但是我竟不知道怎麼措辭才好。我深深地感覺到，如果我的談話沒有結果或反而觸動她，那將變成一個無法挽回的過錯了。

在相對無言的時候，她出去了。憑她多了一個視覺，她當然有許多可以過問的家務。黃昏中，長長的時間，就是我一個人在書房裡。也許是我的過敏，我竟覺得微翠是有意在避免同我在一起似的。我一直在想要同她澈底談談，我覺得也許真是我應當離開她的時機了。

夜裡，她很早就到她房裡，她關了燈，但沒有關門；我藉著門外投進去黯淡的光亮，看到她緊緊地裹著被睡在那裡，就沒有再去驚擾她。我睡到隔壁的房內。

從此，我們就各人有各人的房間，我們再不在一起了。但是一切生活是依舊的，我們還是不出門，除了我去寄信以外。我曾經三次四次約微翠在黃昏時候到郊外去散散步，但是她拒絕了；我也提議到有風景古蹟地方去玩玩，她也拒絕了。但是她的拒絕是很和善的，她沒有說什麼理由，總是低垂著眼睛，輕柔地說：

「我只想過以前一樣的生活。」

但是事實上，我們感情生活同以前已無法一樣。在我抑制了幾千次想澈底談談的衝動，我在第四天晚上終於說了。

那時候，我們已經吃了飯，她坐在藤椅上，我坐在書桌旁，我轉過身突然問她：

「微翠，我們可以像以前一樣的談話麼？」

「你真奇怪，」她忽然很奇怪微笑著，這笑容顯然是我以前所沒有見過的。她說：「我們不是完全同以前一樣麼？」

「你真的這樣覺得麼？」我說。

她低頭不響。

「是不是你……，啊，是不是我以前的話是對的，你對我的愛情，假如還有，也已經不是以前的愛情了。」

「沒有，沒有，」她瞥了我一眼，微蹙著眉心說：「為什麼你總要這樣想呢？」

「微翠，請你冷靜一點。我們應當冷靜的反省我們的愛情。為你的幸福，我什麼都可以，我可以離開你一個人去生活，你知道我是愛你的。」

「為什麼……，我真不明白，為什麼你老是要想這些問題。我現在可以告訴你的，就是我愛你，我還是同以前一樣的愛你。你要怎麼想我沒有辦法，不過我希望你不要提這個問題。你可以完全不當我已經有了視覺，仍舊當我是一個盲女，還是同以前一樣生活，這不好麼？」

「但是你知道我愛你，我不願意勉強你，使你有一點痛苦，或者……」

「為什麼你要想我是痛苦呢？我同以前一樣，雖然多了一雙眼睛，但是我在當我自己沒有眼睛一樣。這不是很快活麼？」她似乎不耐煩的說：「老實說，我現在也不想識字，也不想請教員了，我願意完全同過去一樣。你還不滿意麼？」

「但是，你知道我要你幸福。你有了視覺，事實上同以前是不同了，為什麼你一定要過以前一樣的生活呢？這是不自然的，是勉強的。」

「但是我願意這樣，我自己願意。」

「啊，微翠，我知道你是為我。為我，我自然是很感激你的，但是我要你快樂幸福，如果你心裡不感到快樂幸福，你是無法使我快樂的。你千萬不要以為上帝要你重明，是要你來愛我的。上帝的意志我們不容易解釋，它可以有多種解釋，而每種解釋可以是不同的。這幾天我無時不在體驗上帝的意志，我覺得祂只是在考驗我的愛情，祂先試我是否肯為愛你而犧牲我自己的視覺，如今祂是在考驗我是否可以為愛你而犧牲自己的生命了。」

「但是，這是不對的。我因為覺得我過著盲目的生活快樂，所以我要過以前一樣的生活。上帝先試你是否肯為愛而犧牲自己，如今是在試我怎麼樣用視覺來創造愛情了。視覺是屬於我心靈的，不是我心靈屬於視覺的，是不？」她忽然站起來，走到我身邊拍著我的肩膀說：「不要輕視我，我覺得你應當做的是鼓勵我來愛你，來幫助我實踐我對於上帝的誓約。你知道我在手術前，曾經祈禱過，我說：『如果我恢復了視覺而不能愛你，那麼就讓我同我不潔的愛情一同滅亡吧。』那麼，如果你是愛我，你必須幫助我，幫助我幸福地活下去。是不？現在我們不要再談，以後你也不要再提起了。」

她的話很使我感動，我不知不覺潸然淚下。我沒有再說什麼，我拉她的手，一時她沒有反應，接著她撒開我的手。她說：

「我想我該到廚房去看看去。」她沒有再看我一眼就走了。

當時我一個人楞坐了許久。

此後，我再沒有提起我剛才所談的問題。生活完全一樣，微翠始終和藹美麗安詳，臉上還是常浮著平靜的淺笑，但是我覺得這笑容是不同的。好像她盲目時的笑容是對我，如今她的笑容是對自己的，她有美麗的眼睛，但是這眼睛是不屬於我的。我覺得在她盲目時她倒常常望著我，如今有了視覺，她倒反而一直在避開我了。

我不知道，如果那時候我能夠有勇氣完全同以前一樣生活，不知道以後變化是怎麼樣？但是當時在她避開我一切的接觸的情境中，我覺得我對她接近是惹討厭的。她願意保持完全盲目時一樣的生活，但不追求視覺所可以享受的一切現世的幸福，她甚至也不準備識字，但是她既有了視覺，就很自然的而也好像是必須的在避開醜陋的事物，她不願也無法看我。也許她當時覺得不看我反而可以多愛我一點，看了我反而會無法愛我的，可是因為她眼睛不願意看我，接著就什麼都不願接觸我了。不過她是不願意承認這就是不愛我，她好像願意在除了在同我接觸以外的生活中，處處表示她還是無上的愛我。她也好像覺得我是有同她接觸的權利的，但是在我每一拉她的手或想抱她的時候，她總是想種種托辭來避開與逃脫。走進她自己的房間，她從不拴門，可是她在床上總是緊緊的擁著被使我知道她是害怕我去接近她的。有幾次，我看她亮著燈，就敲門進去，她坐在梳妝檯大圓鏡面前，並不回頭，只是在鏡子裡瞥我一眼就避開了我。而我從鏡子裡看到了她輕輕的皺一下眉，接著又露出微笑。有時候她會問：

「你還沒有睡覺麼？」

我在鏡子裡看到她無比美麗的臉龐的身軀，但同時也看到我醜陋卑污的形狀。這個對比馬上使我感到慚疚與難過。我不願意多看這個可怕的對比，我極力鎮靜抖顫的心情，我勉強說句無關痛癢的話，就出來了。

我不知道微翠的感覺怎麼樣，在我，我的痛苦則隨時日加深起來。我又開始失眠。在失眠之中，我竟常被許多邪惡的念頭所佔據，我想自殺，也想殺微翠。在我現在回想中，我奇怪我當時竟從未想到先殺她而再行自殺的。我一再想到我偷偷地遠行，預備永遠不再見她。但是我覺得我又必須佔有她，我無法離開她。我常常被矛盾念頭擾亂得渾身燥熱，耳鳴眼花，於是我想緊抱她，吻她，咬她，我要她在我的緊抱吻咬之中死去。但是我馬上又為這可怕犯罪的念頭自責與懺悔。我又想同她好好的談一談，告訴她這樣的生活是無法持久的，她還年輕，為她的前途，應當離開我去尋真正的幸福。於是我會期望她悄悄地私奔，她會離開我不讓我再見到她，讓我在痛苦的相思中為她祝福。但是這念頭一起又使我害怕起來。我由害怕而猜疑，一次兩次我因聽到一些聲音，而疑心到她的私奔，我輕輕地躡手躡腳的走到她的門首，輕輕地推開門去窺探，察知她的確睡在床上，方才放心。我又抱著我猜疑的內疚回到自己的床上，而整夜在失眠中懺悔起來。

於是，有一夜，正當月光照進她的房內的時候，我推開門進去；我看到她水蓮一般的臉半隱在馥郁的烏髮中，藕色的手臂裸露在被外，她的肉體雖在湖色的被中，但是湖色的被並未掩去她柔美曲線；不知怎麼，我一下子就到她的床邊了。

我不知道我有沒有碰她，但是微翠似已被我驚醒。她張張眼睛，閃出一種奇怪的光芒，忽然尖聲叫起來。

我從未聽到她發出這樣的聲音，也從來不知道她嗓子底下竟有這樣的聲音，這不是人的聲音，是原始的獸禽自衛的聲音。這聲音駭醒了我的頭腦，我感到一種慚愧與退縮。

她沒有再作聲，她翻一個身，裹緊了被鋪，再沒有理我。

於是，在我抬頭的瞬間，我在那面梳妝檯的圓鏡中，看到月光裡的我了，我的肉體在睡衣中竟是這樣可怕的一個怪物，一個沒有一點人形的怪物！

我捧著頭哭了，我回到自己的房內，我伏在床上一直哭著，我自語：

「我能怪微翠厭憎我麼？我自己也在厭憎我的自己！」

二十

不知怎麼，第二天我們什麼都一樣，只是過得非常沈鬱。我很想同微翠談談昨夜的事情，微翠也似乎有話同我說，但是我們都沒有開口，我們只當作沒有昨夜那回事一樣。我們竭力過得像平常一般，可是我們的心理可已經不同，微翠幾乎對我有點害怕，她一直不曾看我一眼。

夜裡，微翠很早就上樓了，等我上去的時候，發現她的門關著，她已經拴上了她的房門。這是第一次她拴上門，大概以後她每天將關門睡覺了，我想。

第二天早晨，我起得很早，我在院中看我們的盆花。我已經想了一夜，我覺得我必須同微翠坦白談談。我打算在好好談了一次以後，決定離開她獨自去流浪了。我相信微翠對我已經沒有愛清，只是一種道義上的責任在使她願意犧牲自己的幸福而維持我們家庭的關係了。我曾經答應她不提起我們相愛與上帝所給我們的課題，我這次將不提起這些，我只要告訴她把道義與愛情分開，並且使她知道她在道義上對我並無所欠，我雖是決定離開她，但我們的友誼可以永存，只要她需要一個朋友的時候，我是隨時可以來看她的……

我正在這樣想，我聽到微翠在叫我了：

「夢放！夢放！」

這聲音帶著興奮愉快的顫抖，完全不是昨日的氣氛，我有點奇怪，就很快的奔進去。我發現微翠竟不是昨日的微翠了。

她又脫去了舊日的衣裳，她穿了一件黑底銀紋錦緞的旗袍，項間垂著項圈，耳葉垂著耳環，我一看就知道那是世髮送她，而在她回蘇州時戴著的東西。她頭髮梳理得非常勻整，臉上薄施脂粉；她一見我進去，愣了一下，於是避開我的視線說：

「我想到上海去一趟，你說好麼？」

「真的？」我愣了一下，壓抑了我驚異的情緒，我遲緩而故作高興的口吻說：「為什麼不好？你要我陪你去麼？」

「我想一個人去，」她說：「我想試試我的眼睛，試試有了眼睛以後的生存能力，我不要人送，也不要人接，完全一個人，我想一個人生活試試。」

「那麼，……」

「你放心，我什麼都決定了。」

「那麼，何妨打一個電報請世髮到車站接接你。上海車站上人太多，你……」

「啊，」她提高了聲音說：「你太當我小孩子了，我現在要試試自己。我不要他們接。這次我想到世眉那裡住幾天，一個人去買點東西。我覺我應當訓練訓練自己。」

我當時沒有再說什麼，實際上我是被她突然的變化所炫惑了。

早餐後，她叫傭人叫了一輛人力車，她一手提了一隻手提箱，一手拿了一件黑色的大衣就上了車子，我只是送她到門口。她說：

「我去三四天就回來的。」

「不，微翠，如果你覺得那邊快活，何妨多住些日子，只要寫封信給我好了。」我說。

於是我望著她的後影慢慢地遠去，才回到屋裡。

我在靜悄悄的環境中開始猜想她突然變化的動機。微翠想再同我過像她盲目時候一樣的生活，她也已努力過了，但是如今她發現這是不可能的了，她必須尋求一種新的生活方式以適應她的需要。一個人有了錢以後想過沒有錢時候的生活都不可能，何況有了視覺以後而還想過沒有視覺時候的生活呢？這努力原是徒然的。

她到了上海以後，上海會給她所尋求的生活麼？我相信她不會撒謊，她會住在世眉家裡，一個人摸索著都市生活，但是這決不是她所尋求的，她不知道她自己所要的是什麼，她不知道她所缺少的是什麼，她的突然恢復的視覺使她心靈無法適應從視覺而來的許多印象與從視覺而起的許多問題，如今她心靈的突然變化，也將使她視覺無法配合她心靈的需要與解決心靈的許多問題的。

我自然也想到世髮突然回上海，就是要避免可怕的事件。微翠對於世髮的愛情，不用說是很可能的。她一定在不知不覺之中，意識到我應當是世髮才對。而這次到上海，她會不同世髮見面麼？見面以後，他們倆的愛情很容易爆發的，這時候，他們必須對我明言，無論採取什麼方式，我將怎麼樣呢？

我害怕，我妒嫉，我也有仇恨，但是我的愛始終使我知道這正是我預料的命運。沒有世髮，也會有別人。在微翠恢復視覺以後，她已經，而也決不會是我的了。我不知道到那時候我是否很有風度的說：

「好的，本來你們應當相愛的，我同微翠結合本是一件錯誤的事情，我早就決定一個人離開微翠，如今我把她交給你，希望你們終身幸福；我走了……」

一個人的理智在平時往往是清明的，一到情感無法控制，就再找不到理智了。我不相信我有始終掌握這理智的能力。這樣想的時候，我覺得我還是趁微翠不在的時候離開她。我可以到南京，順長江到湖北、四川，我不必留地址，我不必說什麼，只是祝微翠幸福而已。

但我的決定只是暫時的，當我想到要清理一點什麼的時候，我竟對家中什麼都留戀起來。那些唱片，那些書，那些花草以及一紙一板，凡是家中的日常生活中接觸的，竟都有我與微翠共同生命的痕跡，而這些竟使我無法離開。

而這種不想離開的情緒也馬上引起了不離開的理由。人類的解說都是一種情感的掩護，而我也永遠是一個平常的凡人。

我想到翠微可能愛這個家會同我一樣，她可能不會愛世髮。而這也是太使張家全家驚駭的事情。而她儘管美麗聰敏，究竟還是一個文盲。世髮是可以有更好的對象的男子，他沒有理由要在這許多困難之中來要微翠。假如這只是我的多疑，而微翠回來後，竟因我遠離她而發生什麼，那不是我創造了不該有的悲劇了麼？

不管是怎麼樣的發展，在我，我必須冷靜鎮定的等微翠回來。如果事情的發展不出我所料，我清楚明瞭，很有風度的離開微翠那麼終算是完成我自己的部分了。我以後不必有什麼悔恨。問題就在我要保持冷靜與鎮定。我相信，微翠一定是會很快回來的。而她，假如她與世髮有我所想的發展，一定會一個人回來；如不是我所想的，她也許反會同心莊與世髮同來的……

我於第二天接到世眉的電報，只說微翠很平安的到了上海。

他沒有告訴我她什麼時候回來。在我一個人呆了一天以後，我發覺我實在想念微翠，她在家裡並沒有同我親近，但是似乎只要可以使我意識著她是在我同一屋頂生存著就夠了。我於是也想到我離開她一個人遠行，以後的日子究竟怎麼樣呢？

夜裡，我獨自登樓，微翠的房間沒有燈光也沒有聲音，這是多麼寂寞的世界呢！我在自己的房間內，望著天，望著鄰近的燈火與遠處的原野，我覺得我竟永遠是一個孤獨的生命。我開始努力忘去微翠，我想獨自寫一部中篇的創作，我想就以微翠為中心寫一部小說。我設想把她盲目改為聾啞，又設想把她改為一個男人；我想使他做他一個朋友的秘書，策劃了許多事情使他的朋友成為政治家，但是這個朋友後來變成出賣人民，只謀權勢，他就想離棄他的朋友，就在這時候，他的聾啞竟可以治療了，他知道他的聾啞愈後，他朋友會殺他以滅口，他於是在治癒之後，仍裝著聾啞……

在我設想這篇小說時候，我雖是稍稍解除我對於微翠的想念，可是第二天，當我坐下來想寫我設想的，我竟不能下筆了。我需要微翠，我渴念微翠。房上的雀鳴，窗外的蝶飛，房中的寂靜，處處都使我想到微翠。好像只有微翠可以使世界成為現實，可以使我的寫作可以實現。我拋下紙筆，一直在房中旋轉，我不知道應當怎麼樣，下午三點鐘的時候，我突然發覺我自己的愚笨。

我為什麼一直沒有想到去上海呢？我想我應當獨自去上海，我可以住到虹橋路去，也可以住林稻門先生家裡，或者甚至住旅館，我可以暗暗地偵伺微翠的生活。

我這樣想的時候，我真想馬上就動身了。但是我又想到偵伺微翠是不應該的。微翠不是一個會撒謊的人，如果她愛情有變化，偵伺並不能阻止，如果為明瞭，那麼還是等她告訴我好了。我覺我到上海應當直接去找微翠，坦白地告訴她我對她的想念好了。我應當告訴她我想寫的小說，希望她會給我意見與鼓勵，這許多日子來，我都沒有創作。也許我們共同創作的生活，可以我們心靈有更多的溝通。

但是微翠說過三四天回來，是不是她會回來？也許我去上海，她倒回來了，這樣的參差不是使她對我的行為懷疑麼？我再三徬徨與思索，最後我決定等過這個下午，我打算於第二天清晨六點鐘的火車去上海。

但是到黃昏時候，我竟後悔我沒有搭三點半車去上海了。奇怪的相思使我整個的身心都不安起來，我不斷的吸著煙，在整個的屋子內外樓上樓下散步，像是一隻新進鐵籠的小豹。一直到我非常疲倦的時候，看天色層層的暗下來，我開亮了燈，坐倒在沙發上，開始聽我的唱片。十來張以後，我心情比較安寧了些，而就在這時候，我聽見了門鈴的震響。我不以為意，靜靜聽著音樂，於是我聽見傭人去開門了。

真出我意外，馬上我就聽到微翠的聲音。

真是微翠回來了麼？

不錯，第二聲我就聽她問到了我。

但是她究竟是一個人還是兩個人呢？我曾經想到過她回來應當是有人同來的，如果是一個人的話，恐怕她一定反而有什麼變化了。

我迎了出來。

微翠竟是一個人。她已經把行李交給傭人，非常親切的到我的身邊，她打扮得非常雅潔，身上沒有一件是醒目的飾物，沒有項圈也沒有耳墜，容光煥發，笑容嫣然，她說：

「你想不到我今天回來吧？」

「沒有想到。」我說：「我正想……」

她突然對傭人說：

「把我那只手提箱先拿到房間去好麼？」於是又同我說：

「我想你一個人很寂寞的。」

「奇怪，我這次竟非常想你，」我說：「我本來想明天一早到上海來看你的。」

我們到了裡面，唱機上還奏著Handel的Largo，她為我關了唱機，她說：

「你還沒有吃飯吧？」

「沒有。」我說。

她坐了不一回，傭人從樓上下來，她就跟著到廚房去了。

微翠神奇的變化，真是使我非常不解起來，那麼一切是我自己的疑雲，我自卑感在作崇了。也許是她在上海有了幾天熱鬧的生活，使她的心神有了一種調劑，所以她不像以前的沈鬱了；也許她這次有一種新的決定，預備重建家庭同我過另一種夫婦的生活了。

飯開出來，微翠手裡拿了一瓶葡萄酒。她告訴我這是世眉給她的。

微翠非常愉快，因此喝了好幾杯酒。飯後，她泡了茶出來，熄了燈，她叫我揀一些她在認識我以前聽我常奏唱的唱片，我們聽了一曲又一曲，最後當德布西的《雲》曲終的時候，她閉上眼睛說：

「我現在方才知道這音樂的美妙，原來沒有視覺，聽覺也是不完全的。」

「也許，」我說：「那麼沒有視覺的愛情是不是完全呢？」

「也許，」她說：「只有所有的感覺加在一起，方才有一個心靈的感覺。」

「那麼，我們……」我說著過去接近她，但是她突然站起來說：

「不早了吧，我們該去睡了。」

我起來關了唱機，我同她一同上樓，她送我到我的房間裡，告訴我她從上海帶來一樣東西送我。她叫我猜，我猜了唱片，猜了晨衣，最後我猜中是鋼筆。她就叫我就寢，她去拿去。

她出去了好一會，方才回來。那時我已經上床，她就在我床上把她帶我的一對鋼筆交給我。我就在床上打開了紙包，原來是一對很講究的放在桌上的檯筆，我謝謝她。接著，她就告訴我她在上海三天的生活，看過電影，看過京戲，還到過舞場，她一直非常愉快，但是她拒絕了同我親近。最後她為我關上了燈，輕輕的拍拍我的肩膀，她說：

「好好睡吧，再見。」

「你也早一點睡吧，我想你今天很累了。」

「真的，我昨夜也沒有睡好，今天也累了一天，明天我想睡晚一點，你不要鬧醒我呀。」

她說著又說一聲：「再見。」

「明天見。」我說。

她輕輕的走到門口，又回顧我一眼，接著她為我掩上了門。

一切都出我意外，微翠雖是一個人回來，但並非同我不好，而是想同我創造另一種生活，我心裡有說不出的快慰。

那一夜我睡得很好，所以第二天我一早就起來了。我計畫今天要把微翠行前所想的一篇小說同微翠談談，也許這樣我們又可以開始工作了。

但是微翠到九點鐘還沒有起來。我想微翠一定太累了，所以就自己一個人先吃了早點。於是九點半，十點鐘，十點半，十一點鐘，微翠還沒有下來。十一點半的時候我上樓去看微翠。我輕輕的敲門，她沒有答應，我又重敲了幾下，她還是沒有聲音，突然我害怕起來。一種奇怪的感覺使我心急跳震盪，最後我終於撞開了門。

微翠打扮得非常整齊，但是頭髮亂了，皮色發青，她已經服毒死了。

我當時匆匆的找了醫生，醫生說她死了已有七個鐘點。

房內有兩個安眠藥的空瓶，那竟是我上次用過的同樣藥劑。

沒有呼號與眼淚可以使她甦醒；世間曾經有眼睛使她的盲目重明，但是我的生命並不能獻給她，可使她重生。

……

尾語

上面就是我改了幾次的故事。我知道我的整理與刪補是很不合理想的。第一我說過我沒有夢放的天才，或者說沒有他的身歷心受的情感；第二我實在怕損害他原稿許多特殊的色彩與音響。

但是我在改了第二遍的時候，就把它發表過；發表以後，不久就接到伍先生的信，當時我當然已經知道他就是夢放。但是他信中並沒有說到這一層，他只是叫我把稿費交給張世髮先生，請張先生把這稿費為他經常在微翠的墓前獻致一些鮮花。

我當時就照地址寫了一封信給世髮，約定星期日上午到虹橋路去看他，他回信對我很表示歡迎。

於是我就見到了夢放文稿中所談到的房子，那花園，那草地，那白楊與紅楓。是秋天，草地已非翠綠，樹葉也有些凋落，我從鐵門望去，覺得很是蕭瑟。我按鈴，有一個女傭來開門了，追在她前面的是一隻狂吠的狗。我叫：

「拉茜，拉茜。」這正是我第一個碰見的夢放文稿中的人物。

女傭很奇怪我會知道她們狗的名字。她喝住了拉茜，我把名片交她。

她進去了，不一會才出來開門，請我進去。

到了裡面，我開始注意樓上的陽臺，以及陽臺的長窗。在陽光中，我也隱約看到裡面的窗幃。我望了好一會，心中有說不出的感觸。於是我又看到草地前的平臺，上面放著灰舊的藤椅，似乎也好久沒有人在坐談了。

我走進那間客廳，我覺得真是什麼都是熟悉的。世髮就在客廳裡迎見我。他是我在夢放文稿裡久仰的人物，我覺得在我，他也是不陌生的。

他是一個非常俊秀的男子，大概不過三十幾歲，但是兩鬢已有幾根白髮。不過白髮並不使他美麗的頭髮有什麼減色。他有一個近乎方形的臉龐，五官配置得非常端正。眉毛非常英挺，眼睛長長的，眼角微升，有一種非常聰敏的眼光隨著他嘴角的笑容，時時投在我的身上。

我把錢交了他，就問他有沒有讀到那篇文章，他告訴我他已經讀過。

「你以為是不是夢放寫的？」我問。

「自然，除了他不會有別人了，我想。」他說：「我正想知道那篇文章是怎麼來的，是他寄給你的麼？」

「不，不，」我說。於是我把長江輪船上會見那位伍先生的經過告訴他。於是我說：「不過我讀了那文稿，我知道他一定就是夢放了。」

「自然是他，」世髮說：「你知道他的地址？」

「他沒有告訴我。」

「那麼你怎麼知道我的呢？」

「他要了我的地址，所以寫信給我。」我說著把那封信給他看，問他是不是夢放的筆跡。

「當然不會錯。」他說著把信還了我，又說：「那麼他是不希望人家還想到他了。」

接著我問世髮：

「那麼你讀了那篇文章有什麼感想？」

「啊，沒有什麼，他說的都是實事實感。」

「但是，在我局外人從文章來看，覺得微翠自殺的原因總覺得不夠清楚。」我說：「不瞞你說，我受了伍先生之托，曾經很費勁的把這篇文章整理改寫了兩遍，很想加一點上去，但總是不敢。我想如果你知道微翠最後到上海那一次的種種，由你把它補記上去，那一定就完美了。」

「我覺得這樣已經很完美了。」

「那麼你是說你是愛微翠，而微翠也是愛你的？」

「現在也沒有否認的必要。」世髮感傷地說：「我們從小在一起長大，我始終以為她是我的妹妹。實則我是很早很早就在愛她了。你大概知道她養肺病的兩年時間吧。那個時期，我天天在她的病榻旁，讀我所愛的詩歌、小說給她聽，她的超絕的感受與記憶能力使我驚奇；我想那時候起就已經愛著她了。記得那一年的暑假寒假，我整個生活是消磨在她的病榻旁邊的。要不是在愛她，你想，像我那時候的年齡是不可能的。但是這愛情太純潔了，我下意識總當她是我的親妹妹。要是我可以想到別的，我想我是不會到歐洲去的。」

「那麼在她最後一次到上海，你有沒有告訴她你一直在愛她？」

「沒有，沒有。」他很快的回答。

「但是你知道她也是愛你的。」

「我回國後到蘇州第一次看到她，就感覺到了。」世髮低下頭，忽然低聲地說：「可怕的事情！」

「那麼到底她最後一次回上海，是不是直接來找你的？」

「啊，這是命運。」他微喟一聲說：「她那天到世眉家裡，我正在那邊，而且大家都出去了，只有我一個在客廳裡看報。她一進來，我吃了一驚，我一面歡迎她一面就問：『夢放呢？』

『他在家裡，我一個人來的，怎麼你以為一個人不敢來麼？』微翠說：『老實說，我想試一次用用我的眼睛呢。』

這樣，下午我就陪她在國泰看一場電影，電影散後，我帶她到哥薩克飯店吃飯，飯後又陪她看一場京戲，那天我們都住在世眉家裡。但是第二天我起來的時候，知道微翠已經一個人出去。中飯時她回來，飯後我帶她去跑馬，我還贏了一些錢。晚上我帶她到國際吃飯，我再三拉她跳舞，她說不會，我說不會沒有關係，但是她一定不肯，那一晚我們談了許多話，但都是對於過去的回憶，她似乎特別記得她在病榻上我讀詩歌小說給她聽的生活，她說：

『我以後常常感謝我有這一場病，由此而獲得這許多寶貴的教育。你知道這場病以後，我變成完全是兩個人了。』

『不瞞你說，這兩年也正是我真正讀書的開始，在那以前，我讀書是應付老師；在那以後，我讀書是為自己的興趣與快樂了。』

『那麼不是你教育我，而是我改造你了。』

『這當然是相對的，』我說：『正如夢放創造你，你也創造了夢放。』

不知怎麼，當時我看她突然低下頭不說話了，這使我吃了一驚。我馬上談到別的，她也沒有對我理會。後來音樂臺上奏起一隻史特勞斯的華爾滋，她聽了一會才抬頭來，忽然說：

『當時我不知道你是什麼樣子，我也沒有想知道你是什麼樣子。』

『現在你總看清楚了。』

『但是你還是同以前一樣的嗎？』

『自然，』我說：『正如你還是完全同以前一樣的。』

『怎麼會一樣？』微翠說：『至少我現在可以看見你是什麼樣子了。』

我們談得很晚，大家都很快樂，但始終沒有說到『愛』字過。」世髮說時聲音很感傷，他一直沒有看我。我說：

「但是你一直意識著你在愛她？」

「假如我知道她已存著自殺的念頭，我當時一定對她表示了。」

他點點頭。他說：

「你當時沒有想知道她愛你麼？」

「但是我知道她不會承認，她決不會負夢放的。」

「她到上海是不是專為買安眠藥呢？」

「也許是的，」他說：「但是她的確也想在自殺前運用一次眼睛或者說享受一次視覺。」

「那麼她要回蘇州去，你沒有留她麼？」

「沒有。」世髮搖搖頭說：「我的確有點怕，我覺得她如果再多待一天，我恐怕不能再抑制自己了。」

「你記得她最後同你說句什話麼？」

「啊，在車站上，我送她上車，她拉著我的手說：

『謝謝你讓我看到這許多，現在我知道什麼是視覺了。人類的感覺原來是整個的，缺一樣就什麼都不正確了。』

「火車動了，我方才下車。她在窗口同我說再會，我對她揚揚手，並且告訴她，等心莊有假期時同心莊一同去看他們。我一直望著她，她在火車開出月臺後還對我揚著手帕。誰知道這就是最後的一瞥了。」

世髮說完了，像出神似的，眼睛望在遠處，好像活在回憶裡去了。

「那麼以後……以後你就沒有再見她了？」

「我見過她。」他點一下頭說。

「見過？」

「我接到夢放的電報，趕到蘇州。在四個尼姑伴著的廳中，我見到她躺在油燈前的屍體。我可以告訴你，世上沒有一個死者有微翠這樣的美麗的。除了她皮膚變成青灰色以外，她真像是個熟睡的孩子。眼睛輕掩著，滿臉是安詳與愉快。」世髮說著，像是仍可以看到這個影子似的。

「那麼，夢放……」

「他什麼表情也沒有，像是一架機器，也不同我談什麼。」世髮說：

「兩天以後，我們為微翠入殮，我主張把微翠的棺木運到上海安葬，夢放很贊同。」

「她葬在哪裡？」我問。

「就葬在虹橋公墓，離這裡不遠。」

「夢放難道就走了？」

「不，他同我一同到上海。葬了微翠似後，他才回蘇州去，以後就不知他下落了。」

世髮說著，像有點不安。他吸了一支煙，眼睛望到餐廳，我跟著看過去，隱約地看到夢放文章裡所提到的玻璃櫥。房中一時寂然無聲，我突然注意到牆上滯緩的鐘聲。世髮似乎有點不耐煩，他站了起身。我忽然想到我該告辭了，但是我說：

「那麼，我告辭了。謝謝你。」我站起來，一面又說：「我想順便到虹橋公墓去一趟，去看看她的墳塋，你想我找得到吧！」

「我同你一同去好了。」世髮沈吟了一下說。

「那更好了。」

「不遠，不遠。」他說。

世髮拿了大衣帽子，伴我出來。拉茜又對我叫了幾聲，他追上來嗅嗅我的衣服。但是被後面的女傭叫走了。

世髮駕著車子，我坐在他的旁邊，大家沒有說話，在秋天的陽光中我們到了墓場。天是藍的，有輕微的灰雲白雲在飄蕩，地上的草已大半枯黃，面上散亂著落葉，風過處颯颯作響，我隨著世髮踏落葉走著。

最後他在一個簡單的墓塋前站住了。他脫下帽子，似乎在祈禱什麼。

我也脫下帽子，低下頭對這個墓裡的人致敬。接著，我抬起頭，我看到墓碑上寫著：

「陸盧微翠君之墓」，旁邊還有兩行小字：

「安息在這裡的，是一個無比美麗與聰慧的生命，

在天國，她的靈魂永遠閃耀著不可企及的愛情。」

一九五三年三月一〇日晨一時脫稿

徐訏文集・小說卷12　PG1767

盲戀

作　　者	徐　訏
責任編輯	林昕平
圖文排版	周妤靜
封面設計	王嵩賀

出版策劃	釀出版
製作發行	秀威資訊科技股份有限公司
	114 台北市內湖區瑞光路76巷65號1樓
	電話：+886-2-2796-3638　傳真：+886-2-2796-1377
	服務信箱：service@showwe.com.tw
	http://www.showwe.com.tw
郵政劃撥	19563868　戶名：秀威資訊科技股份有限公司
展售門市	國家書店【松江門市】
	104 台北市中山區松江路209號1樓
	電話：+886-2-2518-0207　傳真：+886-2-2518-0778
網路訂購	秀威網路書店：http://www.bodbooks.com.tw
	國家網路書店：http://www.govbooks.com.tw
法律顧問	毛國樑　律師
總 經 銷	聯合發行股份有限公司
	231新北市新店區寶橋路235巷6弄6號4F
	電話：+886-2-2917-8022　傳真：+886-2-2915-6275

出版日期	2017年6月　BOD一版
定　　價	420元

國家圖書館出版品預行編目

盲戀 / 徐訏著. -- 一版. -- 臺北市 : 釀出版,
2017.06
面 ;　公分. -- (徐訏文集. 小說卷 ; 12)
BOD版
ISBN 978-986-445-208-8(平裝)

857.63　　106008835

讀者回函卡

感謝您購買本書，為提升服務品質，請填妥以下資料，將讀者回函卡直接寄回或傳真本公司，收到您的寶貴意見後，我們會收藏記錄及檢討，謝謝！

如您需要了解本公司最新出版書目、購書優惠或企劃活動，歡迎您上網查詢或下載相關資料：http:// www.showwe.com.tw

您購買的書名：________________________________

出生日期：________年________月________日

學歷：☐高中（含）以下　☐大專　☐研究所（含）以上

職業：☐製造業　☐金融業　☐資訊業　☐軍警　☐傳播業　☐自由業

☐服務業　☐公務員　☐教職　☐學生　☐家管　☐其它_____

購書地點：☐網路書店　☐實體書店　☐書展　☐郵購　☐贈閱　☐其他

您從何得知本書的消息？

☐網路書店　☐實體書店　☐網路搜尋　☐電子報　☐書訊　☐雜誌

☐傳播媒體　☐親友推薦　☐網站推薦　☐部落格　☐其他__________

您對本書的評價：（請填代號　1.非常滿意　2.滿意　3.尚可　4.再改進）

封面設計____　版面編排____　內容____　文／譯筆____　價格____

讀完書後您覺得：

☐很有收穫　☐有收穫　☐收穫不多　☐沒收穫

對我們的建議：________________________________

____

____

____

請貼
郵票

11466
台北市內湖區瑞光路 76 巷 65 號 1 樓
秀威資訊科技股份有限公司 收
BOD 數位出版事業部

（請沿線對折寄回，謝謝！）

姓　名：__________ 年齡：______ 性別：□女 □男

郵遞區號：□□□□□

地　址：____________________

聯絡電話：(日) __________ (夜) __________

E-mail：____________________